# O CONDADO DE CITRUS

# JOHN BRANDON

# O CONDADO DE CITRUS

Tradução de
GUSTAVO MESQUITA

1ª edição

**— Galera —**

RIO DE JANEIRO

2014

CIP-BRASIL. CATALOGAÇÃO NA PUBLICAÇÃO
SINDICATO NACIONAL DOS EDITORES DE LIVROS, RJ

B822c
Brandon, John
   O condado de Citrus / John Brandon; tradução Gustavo Mesquita. –
1. ed. – Rio de Janeiro: Galera Record, 2014.

Tradução de: Citrus County
ISBN 978-85-01-09446-9

1. Ficção americana. I. Mesquita, Gustavo. II. Título.

14-08514

CDD: 813
CDU: 821.111(73)-3

Título original em inglês:
*Citrus County*

Copyright © 2010, John Brandon

Todos os direitos reservados. Proibida a reprodução, no todo ou em parte, através de quaisquer meios.

Texto revisado segundo o novo Acordo Ortográfico da Língua Portuguesa.

Direitos exclusivos de publicação em língua portuguesa somente para o Brasil adquiridos pela
EDITORA RECORD LTDA.
Rua Argentina 171 – Rio de Janeiro, RJ – 20921-380 – Tel.: 2585-2000, que se reserva a propriedade literária desta tradução.

Impresso no Brasil

ISBN 978-85-01-09446-9

Seja um leitor preferencial Record.
Cadastre-se e receba informações sobre
nossos lançamentos e nossas promoções.

EDITORA AFILIADA

Atendimento e venda direta ao leitor
mdireto@record.com.br ou (21) 2585-2002.

*Para John William Schneider Sr. (1930-2008)*

# PARTE UM

Toby levou seus *tacos* para fora e se sentou no meio-fio. Deixou cair um pouco de *sour cream* no concreto, devorou os *tacos* sem saboreá-los, amassou os papéis e os atirou por cima do ombro. O vento havia parado e podia-se dizer que era inverno. Toby achou que ainda estava com fome.

— Você jogou lixo na rua.

Toby se virou, sem se levantar. Um menino o observava. A mãe do menino ainda estava no carro, falando ao celular.

— É verdade — admitiu Toby. — Você me pegou no flagra.

— Jogar lixo na rua é ruim para a natureza.

— A natureza vai ficar bem — disse Toby. — Ela sempre vence no final.

— Você pode receber uma multa. De até 500 dólares.

Toby encarou o garoto. Havia algo errado em uma de suas sobrancelhas.

— Quando chegar a hora, você será um ótimo inspetor escolar.

O menino olhou para Toby e depois para as embalagens de papel no chão. Estavam imóveis; não havia nem sinal de brisa.

— Algumas pessoas são penalizadas, outras não. Você me viu aqui cuidando da minha vida e ficou incomodado com isso.

— Você não vai pegar?

— Já ouviu falar das glaciações?

— Sim — disse o menino.

— Pode ser que demore bastante tempo, mas estamos a caminho de outra. Quando a glaciação chegar, dois pacotes de *taco* não farão a menor diferença.

O menino deu de ombros. Os nós dos dedos dele estavam em carne viva, assim como os cotovelos. Ele usava uma camiseta com estampa de golfinho.

Toby se levantou e esfregou as mãos, limpando a poeira. Ele tocou o ombro do menino.

— A sua mãe não o ama mais. Ela acha que há algo errado com você. Ela está certa? Tem algo de errado com você?

O menino abriu um pouco a boca e moveu a sobrancelha engraçada. Ele virou de costas para a mãe.

— Você percebeu, não percebeu? Tem ficado de olho nela e notou a diferença com que ela nos trata.

O menino olhou para a mãe, no carro, que esperava sua vez de dar a resposta ao telefone. Os olhos dela estavam semicerrados, impacientes.

— É por causa dos pensamentos ruins que você tem — disse Toby. — Por fora você tenta ser certinho, mas por dentro é um doente.

Toby parou em uma 7-Eleven para comprar um refrigerante. O balconista era um rapaz que usava óculos com lentes bifocais e estava sempre pronto para falar sobre as mesmas coisas. Aquele balcão era seu mundo. Toby pagou com moedas. Ele pegou as moedas de 1 centavo de um vidro ao lado da registradora, mas o balconista decidiu não protestar. O rapaz olhou fixamente para Toby ao receber o dinheiro.

Na frente da loja havia displays com jornais e revistas gratuitos. Aquelas coisas eram gratuitas, mas ainda assim ninguém as queria. Toby finalmente saiu do campo de visão do balconista. Apoiou o copo de refrigerante em um dos displays e tirou todos os exemplares, aos punhados, e os colocou na lata de lixo. O lugar daqueles jornais era o lixo. Toby estava apenas acelerando as coisas. Ele precisou forçar a última leva para dentro com toda a força, sujando o braço com tinta preta de péssima qualidade.

Ele caminhou sob outdoors de corretores, todos sorrisos e cortes de cabelo antiquados. Passou por vários postes, todos cobertos de folhetos: cachorros perdidos, quadriciclos roubados, bicicletas sumidas. Nenhuma dessas coisas voltaria a aparecer. No condado de Citrus, ninguém possuía coisa alguma, a não ser que tivesse um bom lugar para escondê-la.

Toby não se incomodaria de andar a noite inteira, limpando a mente de tudo. Desejava poder saltar os próximos anos da sua vida, até o momento em que fosse ele mesmo, o que quer que isso significasse. Nenhuma das fascinações inúteis dos seus colegas de turma — música, drogas, automutilação, sexo — tinha significado para Toby. As drogas eram patéticas. Flertar parecia degradante. Toby parecia entediado. Estava apenas matando tempo.

No posto de gasolina, luzes esparsas deixavam cicatrizes no céu. Toby firmou os pés no chão e respirou fundo, o ar carregado com cheiro de combustível. Ele viu o telefone público próximo ao compressor de ar e o aspirador. Estava mais fraco do que nunca. Qualquer coisa o enfraquecia — o cheiro errado, a cor errada no céu, pensar em todas as tardes tediosas que já passara na vida e nas que estavam por vir. Toby era viciado em pequenos vandalismos. Ele colocou o copo com o que restava do refrigerante sobre a moldura de metal, tirou o fone do gancho, colocou algumas moedas no aparelho e discou um número qualquer. Um homem com sotaque do norte atendeu e Toby perguntou se ele acreditava que a vida valia a pena, se honestamente acreditava que havia alguém que gostasse dele.

— Quem está falando? — perguntou o homem, impaciente, como se recebesse trotes o tempo todo.

— Ninguém que você seja capaz de entender — disse Toby.

— Telefone público — disse o sujeito, provavelmente vendo o número no identificador de chamadas.

— No Citgo — disse Toby.

— No Citgo? Vou dizer uma coisa, seu engraçadinho. Estou indo para aí e vou esmagar seu cérebro com um taco de *softball*.

— Isso me mataria, ou pelo menos me deixaria gravemente ferido. Era isso que meu tio costumava dizer, que me deixaria gravemente ferido.

— E era isso que ele deveria ter feito — disse o homem.

— Acho que poderia ter ajudado.

— Um taco de *softball*?

— Eu o uso para jogar *softball*. Acho que é igual a um taco de beisebol.

— Você só está dizendo que faria isso — disse Toby.

— Mas na verdade não faria. Você não assassinaria um adolescente de 14 anos.

— Não sei — disse o homem. — Acho que dessa vez eu faria.

— Confie em mim, você pensaria melhor a respeito. Você não é como eu. Quando tenho uma ideia, fico totalmente à mercê dela.

— O Citgo da Rota 50?

— Esse mesmo.

O homem desligou. Toby olhou para o fone e então o largou, deixando-o balançar pelo fio. Bebeu o refrigerante até que restasse apenas o gelo, deixou o copo no chão e caminhou em direção à mata. Encontrou um lugar para entrar por entre as árvores e seguiu para a casa onde morava com o tio Neal. Tomou o caminho mais longo, em meio às árvores mais altas, para dar uma olhada no *bunker*. Não ia entrar. Fazia isso apenas quando queria ficar lá embaixo por muito tempo. Mas gostava de passar por ali, ver que o *bunker* estava deserto. Ele não sabia quem era o dono da propriedade. Já percorrera aquele trecho da mata uma centena de vezes antes de encontrá-lo, passara pelo esconderijo diversas vezes ao se embrenhar naquela terra abandonada vizinha à propriedade de tio Neal. O *bunker*, com suas tábuas antigas empenadas e rachadas pelas raízes das árvores, seu fedor de mãos e bolor, sua porta enlameada e coberta de cogumelos que quando abria soltava um sopro de mofo e então dava lugar a um silêncio ensurdecedor. O *bunker* vinha de um tempo terrível, talvez não há muito, mas um tempo terrível, diferente daquele em que Toby estava, um tempo terrível que chegara ao fim, de uma forma ou de outra.

Toby deixara ali uma cadeira dobrável que encontrou em outro trecho da mata, além de fósforos, velas e água. Acreditava que o *bunker* tinha um propósito específico para ele e não daria um passo até descobrir qual seria. Não guardaria ali revistas pornográficas ou fogos de artifício ou fingiria que estava acampando. Ele não fazia nada além de sentar-se na cadeira e sentir os cheiros. Algumas vezes, farejava vinagre. Outras, escamas de peixe. E sempre que partia, sempre que finalmente subia e saía dali, sentia que o *bunker* se entristecia ao vê-lo partir. Sentia que deixava o *bunker* solitário. Talvez nada de terrível houvesse acontecido ali. Era apenas um cômodo simples, arrumado à sua maneira. Poderia ter sido usado como depósito de alimentos e nada mais, num tempo anterior às geladeiras, quando os índios caminhavam por lá. Talvez fosse um lugar que os matutos do passado usavam para proteger a carne de jacaré dos urubus.

O sr. Hibma deu um cronômetro a uma das puxa-sacos e a nomeou juíza. Alguns dias, o sr. Hibma dava aulas. Outros, ele fazia jogos de trívia com os alunos. Essas eram as duas formas como ele conseguia suportar o papel de professor:

mergulhar em uma aula ou sonhar acordado enquanto os alunos se ocupavam com as respostas.

— Sr. Hibma — disse a puxa-saco. — Steven insiste em dizer "retardada". Ele disse que a "Austrália é a sobrinha retardada" da Nova Zelândia.

— Não posso deixar de intervir — disse o sr. Hibma. — Na verdade, a Austrália é a enorme *tia* retardada da Nova Zelândia.

O sr. Hibma sabia que podia dar aulas até a eternidade e que ainda assim não soaria natural. Ele era professor de geografia, mas não ensinava a matéria. Fazia exposições sobre o que bem entendesse e deixava a cargo dos alunos a memorização de termos topográficos e capitais estaduais. Eles tinham livros. Tinham apostilas com exercícios. Se fossem inteligentes e curiosos acabariam aprendendo bastante, se fossem burros, não aprenderiam nada.

— Rodada semifinal — anunciou a puxa-saco.

O sr. Hibma escutou enquanto um garoto chamado Vince, conhecido por distribuir chiclete aos colegas, tentava diferenciar países asiáticos.

— Há muitas pessoas espremidas juntas — disse Vince. — Pessoas baixinhas. — Ele tamborilou os dedos, em busca de palavras. — Mas não é o país onde eles gostam de pato.

A puxa-saco pediu tempo. O jogo era parecido com o programa de TV *The $ 10,000 Pyramid*. A turma nunca ouvira falar dele.

— Deixem-me ajudar — disse o sr. Hibma. — Esse é um país cheio de gente quase branca que sorri de um jeito engraçado, come peixe cru e usa sapatos legais pra caramba.

Todos os alunos mantiveram os olhares inexpressivos, a não ser Shelby Register.

— Japão — disse ela.

— Correto. Eu não trocaria vocês por todo o chá da... Shelby?

— China — disse ela.

O sr. Hibma algumas vezes via a si mesmo como o personagem de um romance. Aos 29 anos, ele já havia passado por três situações que costumam acontecer apenas em livros: (1) Quando bebê, foi roubado do hospital por uma enfermeira. O sequestro durou seis horas e o sr. Hibma saiu ileso. (2) Ele herdou dinheiro inesperadamente. Foram apenas 190 mil dólares, que torrou viajando pela Europa por dois anos. (3) Ele escolheu sua residência permanente atirando um dardo num mapa. A ponta não acertou uma cidade, mas não há muitas cidades no condado de Citrus, na Flórida. O condado fica uma ou duas horas ao norte de St. Petersburgo, na região conhecida como Costa da Natureza, que o sr. Hibma via como um nome escolhido pela falta de outro melhor; havia natureza porque não havia praias, parques temáticos, hotéis ou dinheiro. Havia caipiras, manatis e sumidouros. Havia insetos, não grilos simpáticos, mas criaturas com ferrões, garras e desprezo no coração. Havia cheiro de mato, com plantas florescendo escandalosamente ou apodrecendo por todo lado. Havia um lago pantanoso cercado por algumas casas que já tiveram dias melhores, e uma dessas casas tornou-se o lar do sr. Hibma.

Ensinar havia sido o único trabalho disponível e por algum tempo foi divertido, um capricho, mas já havia se passado um ano e meio. Era fevereiro. Era segunda-feira. Era o quarto trimestre. O sr. Hibma estava farto de adolescentes fedidos, confusos com a explosão hormonal, olhando para ele e mentindo e fazendo perguntas. Estava farto de suas roupas, seus rostos. E os outros professores eram ainda piores. O sr. Hibma fazia o possível para não se misturar — comia na sala de aula, evitava presidir clubes ou comitês, restringia as aulas à sala para não precisar lidar com a diretoria e mantinha distância do "sétimo tempo", que era como os professores jovens chamavam os encontros em um restaurante mexicano nas noites de sexta-feira para encherem a cara.

A professora que ocupava a sala ao lado, a sra. Conner, não era jovem e provavelmente nunca enchera a cara na vida. Ela estava na casa dos 50, uma nazista da gramática com cabelos cor de bronze que usava sandálias tão pequenas, que esparramavam seus dedos pelo chão. Era uma professora que se recusava a usar nas aulas qualquer livro que visse como literatura moralmente corrompida. Poe era moralmente corrompido. *A loteria*, de Shirley Jackson, era moralmente corrompida. Provavelmente os russos eram corrompidos. Certamente os franceses também. A sra. Conner costumava dizer ao sr. Hibma que sua camisa estava amassada. Fazia perguntas incisivas sobre seu plano de aulas, sobre os jogos que fazia com os alunos. Ela e o marido, um policial, bombeiro ou coisa do tipo, aposentado, tinham um pequeno depósito. A sala da sra. Conner era decorada com pôsteres sobre a vida não ser um destino, mas uma jornada, pôsteres de filhotes de gato escalando cordas, pôsteres de um navio ou baleia com uma palavra estampada acima, como PERSISTÊNCIA. O sr. Hibma costumava fantasiar em assassinar aquela mulher. Aquele era o último ano de aulas dela antes que se aposentasse e passasse a viver uma vida desprezível, dependendo das pensões dela e do marido e dos lucros do depósito, acordando ao amanhecer para saudar o dia livre, se envolvendo cada vez mais na igreja. A ideia era permitir que ela terminasse o último dia dos seus 25 anos de trabalho sorrindo, arrastando as sandálias pequenas demais e sentindo que tudo o que fez havia sido certo, deixá-la ir para casa e se instalar na varanda com uma xícara de chá naquela tarde quente de junho, e então, assim que cochilasse, esgueirar-se às suas costas e... Essa ideia não saía da cabeça do sr. Hibma. A mesinha com a xícara de chá rolando ruidosamente pelas escadas da varanda. O olhar de incredulidade no rosto pálido dela quando se visse com a garganta cortada, por exemplo. Ele não conseguia ver a si mesmo fazendo aquilo. Também não conseguia imaginar-se dando um tiro na decana. Ainda não havia se decidido quanto a essa parte. O olhar no rosto dela era no que mais pensava. Se o marido também estivesse em casa o sr. Hibma também precisaria matá-lo. Ele não fazia a menor ideia da aparência do homem, mas o via com cabelos grisalhos, camisa polo e tênis brancos. O sr. Hibma esconderia os corpos num dos espaços para locação do depósito. Ele se perguntava se uma pessoa nasce assassina ou se torna assassina. Pensava bastante sobre isso. O sr. Hibma era um caso perdido. Era triste, ele sabia, sentir-se impotente a ponto de fantasiar o assassinato de uma velha.

Fantasias eram para crianças e prisioneiros. O sr. Hibma não se sentia um adulto e não se sentia livre.

Apesar de não terem acertado a resposta na semifinal, Vince e sua parceira estavam na grande final. Os oponentes haviam desrespeitado uma regra ao usar gestos e foram desclassificados. Seria o time de Vince contra Shelby e Toby. Shelby era a aluna mais inteligente do sr. Hibma e Toby, bem, inteligente não era a palavra. Astuto. Talvez ele fosse astuto.

Shelby sabia muito sobre comediantes de *stand-up*. Ela memorizara monólogos que ninguém conhecia, textos escritos muitos anos atrás. Sabia onde os humoristas haviam começado a carreira e por quais piadas eram mais conhecidos. Entendia bastante sobre muitas coisas — literatura, doenças. Além disso, o sr. Hibma havia percebido, Shelby parecia desejar ser judia. Ela usava palavras como *meshugana* e *mensch*, levou sopa de bolas de matzá na semana de pratos étnicos e, quando faltava a escola por estar resfriada ou com dor de estômago, era sempre nos feriados judaicos. Shelby morava com o pai e talvez uma irmã numa pequena casa praticamente vizinha à escola. A mãe havia morrido havia alguns anos.

E Toby, frequentador contumaz de detenções, quebrava as regras como se quisesse alcançar uma meta. Não havia prazer no seu comportamento, não existiam raiva. Ele não tinha amigos, mas não era alvo de brincadeiras de mau gosto. Seus pais não estavam por perto. Ele vivia em uma propriedade extensa com o tio.

Vince e a parceira identificaram o Marrocos em sete segundos. Depois Shelby olhou impassível para o cartão, que continha a charada para o outro grupo.

— A terra natal de Björk — disse ela, quando a puxa-saco fez o sinal.

— Já ouvi falar de Björk — disse Toby.

— Você não pode falar — disse a puxa-saco.

— Então como faço para responder?

— O nome foi cunhado para dar a impressão de que não era um lugar convidativo para se colonizar — disse Shelby.

— Você pode dizer o nome do país — disse a puxa-saco para Toby. — Mas não pode fazer comentários.

— Merdalândia? — sugeriu Toby. — Isso não me parece convidativo.

— Tempo — disparou a puxa-saco.

O sr. Hibma informou à classe que havia ido a uma feira de usados no fim de semana anterior e encontrado uma banca com pôsteres de filmes a 10 centavos cada. Comprou trezentos. Dali em diante, aqueles seriam os prêmios. Ele presenteou Vince com *Fuga à meia-noite* e Shelby com *Rebelião em Milagro*.

— Deixa-me ver se entendi — disse Vince. — O primeiro lugar ganha um pôster e o segundo lugar ganha um pôster?

O sr. Hibma pegou alguns tocos de giz e os sacudiu na mão.

— Se Vince e Toby forem cavalheiros, deixarão que as damas fiquem com os prêmios.

— Não sou cavalheiro — disse Toby. — Acho que nunca vi um cavalheiro na vida.

O sino do almoço soou, encerrando a discussão e provocando uma evasão rápida e completa da sala de aula.

— A propósito, Toby — o sr. Hibma disse —, você ficará em detenção amanhã à tarde por dizer um palavrão.

Toby olhou para o teto por um instante e então assentiu, indiferente. A detenção era uma parte da sua vida, e com a qual ele já se conformara.

O silêncio na sala durante o intervalo do almoço era irresistível. Transformava os membros do corpo do sr. Hibma em chumbo. Para irritar alguns dos outros professores, o sr. Hibma não decorara as paredes com mapas ou gráficos. Para irritar alguns dos outros professores, não usava o computador na sala. Não mantinha registros digitais das notas ou da frequência dos alunos, não armazenava os planos de aula no computador ou o usava para fazer consultas na internet, tampouco permitia que os alunos o utilizassem para fazer pesquisas. Até onde o sr. Hibma lembrava, ele nunca havia ligado a máquina. Para irritar alguns dos outros professores, o sr. Hibma tinha um frigobar e um micro-ondas na sala. Isso o mantinha afastado da sala dos professores.

Ele abriu a porta do micro-ondas e colocou um *burrito* congelado no aparelho. Ao observar os segundos passarem, não conseguia parar de pensar nos livros de estratégia na gaveta da mesa, nas pastas com formações táticas, nos redemoinhos de bonecos toscos e setas. Princeton. Nebraska. Pressionar o adversário no campo de defesa. A direção da escola queria que o sr. Hibma fosse técnico de basquete das alunas do nono ano. O antigo técnico havia se aposentado e todo o seu material havia sido entregue ao sr. Hibma, com a observação nada sutil de que ele era o único professor da escola que não conduzia uma atividade extracurricular. Isso o fez lembrar de que, no ano anterior, prometeu coordenar a equipe de debate, o que não cumpriu. O sr. Hibma sentou-se à mesa e soprou o *burrito*. Se os treinos de basquete houvessem começado quando deveriam, no outono, ele teria sido capaz de permanecer escondido, abaixar a cabeça e deixar que aquela tarefa fosse entregue a outra pessoa, mas uma sequência de furacões, as piores condições climáticas que já se abateram sobre a Flórida, forçou o adiamento do início dos treinos para a primavera, dando à direção tempo para avaliar as opções, identificar um candidato disponível e cercá-lo para o abate. E nenhum dos furacões havia atingido o condado de Citrus. Arrasaram os condados ao norte e ao sul, de onde vinha a maior parte dos adversários da Citrus Middle School. Por que a direção não cancelou os treinos de basquete, pura e simplesmente? Essa era a pergunta do sr. Hibma. Os outros treinadores apareceram, um a um, para garantir que treinar os alunos era simples. Você os faz correr, determina as posições, escala um time titular — basicamente isso.

Na tarde de sexta-feira, quando saiu da detenção, Toby foi embora da escola e entrou na mata February. Passou por uma clareira coberta de areia, um campo de golfe cuja construção havia sido cancelada anos antes. Um pouco além, havia um barracão que parecia ter sido esquecido, provavelmente construído por alguém que morreu ou se mudou. Estátuas de todos os tipos — gnomos, santos, aves aquáticas — estavam encostadas nas paredes, como que implorando para entrar.

Toby seguiu em frente, abandonando a trilha e rumando naquela direção, imaginando que despistaria alguém que o estivesse seguindo. Notou um ninho e escalou um galho baixo para olhar. Cinco ovos pequenos. Pareciam de brinquedo. Toby desejou que a mamãe pássaro aparecesse para afugentá-lo, picá-lo nos olhos, mas isso não aconteceria. Aqueles ovos estavam entregues à própria sorte, ou seja, ao azar. Toby pegou-os um a um e os atirou contra o tronco. Eles não se espatifaram como esperava, apenas deixaram manchas na casca da árvore e rolaram para o chão. Um tremor de deleite percorreu Toby, e ele imediatamente ficou com nojo de si mesmo. Não importava quantos sermões se fizesse, ele não conseguia se controlar. Ele não era páreo para seus impulsos. Era tão viciado quanto as pessoas que deixavam latões de gasolina e colchões velhos espalhados pela mata. Tinha quase tanta determinação quanto elas.

Toby morava com o seu tio Neal em uma propriedade de alguns hectares com uma casa de blocos de concreto. O terreno era repleto de sumidouros, mas tio Neal dissera que era mais fácil um míssil atingir a casa do que ela ser engolida pelos sumidouros. Toby entrou em casa e foi recebido pelo familiar cheiro de iscas de peixe. Tio Neal estava sentado em um banco, cortando as unhas. Tinha os cabelos desgrenhados e os olhos aquosos. Ele sempre parecia ter acabado de ser acordado por um estranho.

— Você é como um cachorro — disse ele a Toby. — É só sacudir a tigela de comida que você aparece.

Toby sentou-se à mesa e tirou o livro de matemática da mochila. Ele poderia ter feito o dever durante a detenção, mas sempre que estava sendo punido, fazia questão de olhar pela janela ou para o relógio mais próximo. Toby não fazia nada no *bunker* nem durante as detenções, mas o *bunker* era o *seu* nada e a detenção era o nada do sr. Hibma. A detenção o exauria e o *bunker* o fortalecia.

— Estou farto de comer — disse tio Neal. — Café da manhã, almoço, jantar. Café da manhã, almoço, jantar. — Ele vestiu uma luva de cozinha e tirou uma travessa do forno. Dividiu as iscas de peixe em dois pratos e empurrou um para Toby. — Preciso trabalhar amanhã. — Tio Neal encheu a boca com uma isca de peixe fumegante e engoliu depois de mastigar apenas uma vez, livrando-se do incômodo. — É um trabalho de um dia inteiro, uma carreta com frutas velhas. Os irmãos que eram donos da empresa se desentenderam e cancelaram todas as entregas. Isso aconteceu na década de 1980.

Até onde Toby sabia, o trabalho de tio Neal era limpar coisas que ninguém mais queria limpar, de motores velhos sujos de graxa a matadouros abandonados. Podia-se dizer que o tio de Toby era seguramente um pária. Ele vivia em um mundo de arrependimento, se não de remorso — do quê, Toby não sabia. O tio sempre falava brincando em suicídio e Toby agora começava a suspeitar de que não era brincadeira. O homem não tinha muitos motivos para continuar vivo. Tio Neal, assim como todo mundo, acreditava que Toby era um inútil como outro qualquer, mais um adolescente com o coração cheio de raiva. Ele não fazia ideia do que Toby era capaz.

Outra semana na escola se passara; mais aulas, horas na sala de estudos e, no caso das aulas do sr. Hibma, mais jogos. Shelby já não era mais a novata e estava grata por isso. Ela se integrara e via o tempo passar. As pessoas tinham os seus próprios problemas. Shelby havia sido enganada a respeito da Flórida, mas estava tudo bem. Não havia sido a primeira. Ela imaginou que viveria em um lugar quente e convidativo e se deparou com um lugar sem estações definidas e doentiamente abafado. Queria coqueiros e encontrou carvalhos mirrados e cinzentos. Queria surfistas, e não caipiras. Pensava que a Flórida faria com que se sentisse glamourosa ou coisa parecida, e até havia uma região do estado que faria isso, mas não aquela. Apesar disso tudo, não era ruim. Era diferente. Não era o Meio-oeste. Não era um lugar em que nada acontece em volta. Shelby viajaria para lugares melhores quando fosse mais velha, quando pudesse trilhar seu próprio caminho. Iria para a Índia e para a França. Shelby conseguia ver as manhãs do seu futuro, as alvoradas rosadas do exterior.

O amanhecer *daquele* dia, no condado de Citrus, tivera a cor de feijão. Daquele tom que se vê debaixo de tinta descascada. Shelby encheu um dos bolsos da calça cargueiro com *bagels* e no outro colocou um pequeno pote com salmão defumado. Depois que ela, o pai a irmã caçula subiram no barco e vestiram os coletes salva-vidas, Shelby serviu o banquete do café da manhã, com direito a fatias de tomate, alcaparras e *cream cheese*. Eles haviam alugado uma chata e planejavam navegar pelas águas do condado de Citrus até verem um manati. Foram informados de que podiam nadar com os peixes, se quisessem. Os manatis não têm defesas naturais a não ser o tamanho, que fazia com que encalhassem nos canais mais rasos e fossem atingidos pelos hélices dos barcos. O homem que alugava os barcos explicou tudo isso com o rosto coberto pela aba de um boné azul com os dizeres DEVAGAR, CRETINO! Que o condado nunca havia sido atingido por um furacão e que, na sua opinião, esse era o motivo de os manatis terem escolhido a região.

O pai de Shelby, um homem de cabelos finos que se agitavam de um lado para o outro pela força do vento, um antigo boxeador quer falava com um sotaque que poderia ser de qualquer lugar, sempre procurava expor as filhas a coisas novas — novas comidas, novas paisagens, novas ideias. Ele acreditava precisar ser o pai e a mãe delas, sentia Shelby. E era. Shelby não sentia falta de nada.

A irmã de Shelby, Kaley, havia levado o livro sobre Many, o manati. Imediatamente depois do café da manhã, a menina colocou o livro debaixo de um banco, junto a seu precioso relógio que sempre marcava 3h12 e o resto do suco de laranja. Kaley em breve faria 4 anos. Ela olhou para Shelby, incomodada por a irmã ter visto seu esconderijo. Isso era algo que Kaley vinha fazendo ultimamente — juntar coisas. Como sempre, ela usava meias, mas não sapatos.

Depois de limpar os restos de *bagel* e salmão defumado, enquanto o pai as levava para águas mais profundas, Shelby pegou o trabalho de casa. Era um daqueles de vocabulário. Naquela semana, o tema era burocracia. Ela queria encerrar o semestre sem deixar passar uma palavra ou definição.

— Você gostaria da minha palavra de ontem — disse o pai. — No meu calendário do trabalho: *poshlust*. Significa arte ruim. É russo, acho.

Shelby dobrou o papel que tinha nas mãos e o colocou no bolso.

— O sr. Hibma nos falou a respeito. É *Poshlost*. Estudamos essa palavra. Significa mais do que arte ruim. É arte ruim que a maioria das pessoas não sabe que é ruim.

— Como o quê?

— O sr. Hibma não dá exemplos.

— Como assim?

— Ele não acredita que precise provar suas afirmações. Ele acha os exemplos cafonas.

— Bem, *poshlost* me parece ser uma palavra bem elitista.

— O sr. Hibma gostaria que o elitismo voltasse à moda.

— Conheci o sujeito — disse o pai de Shelby. — Ele é um desses pessimistas idiotas.

— Papai — interrompeu Kaley. — E se o manati me morder?

— Nao, os manatis te amam.

— Ele está dormindo?

— Pode ser que sim.

— Para onde estamos indo? — perguntou Shelby.

— Não faço a menor ideia.

O pai de Shelby seguiu por um rio que rapidamente se transformou em um canal ladeado por casas. Eles se aproximaram de um beco sem saída. O pai de Shelby reverteu o motor para evitar bater em um píer, então passou a executar uma volta de três pontos. O barco era difícil de manejar. Um senhor apareceu em um quintal para observar e a volta de três pontos se transformou numa volta de cinco, sete pontos.

— Obrigado pela preocupação — gritou o pai de Shelby. O homem balançou a cabeça.

— Tem uma placa ali — disse ele com a voz esganiçada. — Na entrada do canal.

O pai de Shelby aprumou o barco e eles seguiram de volta à confluência principal de canais, passando por carvalhos cobertos de musgo e coqueiros tortos. Seguiram por uma curva do rio. O sol estava mais alto agora, aquecia a estrutura de alumínio da chata e a grama molhada que cobria o piso. Kaley, com as meias ensopadas, se aproximou e apoiou a cabeça na coxa da irmã.

Shelby fechou os olhos e sentiu a brisa. Ela sabia que sua família estava vivendo da forma como pessoas como eles viviam. Estavam vencendo. Faziam coisas legais nos fins de semana. Os dias ruins ficaram para trás com o clima frio. Em Indiana, havia métodos comprovados para lidar com a má sorte — certas comidas, reuniões e expressões. Ali, a família de Shelby vivia por conta própria, esse fora o objetivo da mudança. Havia coisas a fazer e eles precisavam encontrá-las e realizá-las.

Shelby aspirou o cheiro ligeiramente desagradável da água e logo sua mente se voltou mais uma vez para Toby, o colega nas aulas de geografia. Ele havia sido seu parceiro no jogo de trívia da semana anterior. Shelby sentiu coceira ao pensar nele. Ou talvez fosse o sol. Ela sabia que a atração que sentia pelo colega era um clichê. Ela era considerada a boa moça e ele o mau rapaz. Havia uma razão para isso ter se transformado em clichê, um motivo para que, com o passar dos anos, garotas como Shelby terem se encantado por rapazes como Toby. Os garotos comuns eram chatos. Não havia nada que um rapaz comum pudesse fazê-la sentir que ela fosse incapaz de sentir sozinha. E Toby tinha panturrilhas parecidas com cocos pequenos e dedos longos, cabelos e olhos de um tom comum de castanho. Ele não fazia parte de uma turma. Parecia haver algo nele que não se percebia na superfície. Shelby queria sentir o toque das mãos de Toby. Queria cheirar seus cabelos. Queria que ele a fizesse sentir arrepios. Havia muitas coisas que Shelby queria fazer e ela tinha certeza de que queria fazê-las com Toby.

O movimento do barco a desequilibrou. O canal tornou-se mais largo, as marolas se transformaram em ondas, barcos de pesca agora passavam acelerando em várias direções. A chata balançava. Um pelicano sobrevoou a cobertura do barco, as asas se agitando no ar, os olhos rosados semicerrados, e Kaley apertou a perna de Shelby.

— Aquela é a boia do canal — disse o pai de Shelby. — Vamos sair para o golfo.

Ele esperou que o trânsito náutico diminuísse e então fez uma curva com esforço, as ondas se chocando contra o fundo do barco. O motor dava tudo que podia.

Shelby ouviu vozes familiares e se virou, então viu duas garotas populares da escola, de biquíni, deitadas na proa branca reluzente de um barco que estava ancorado. As garotas acenaram quando Shelby passou. Estavam comendo abacaxi.

— Não consigo agradecer o bastante por você não ser oferecida como elas — disse o pai de Shelby. — Mas é bom eu não me animar demais, ainda há muito tempo para você mudar.

— Obrigada.

— Você tem bom caráter. Não tenta impressionar as pessoas.

— Vou dizer "obrigada" mais uma vez e mudamos de assunto.

— Talvez eu esteja fazendo a coisa certa — disse ele.

O pai de Shelby pilotava o barco e acariciava a cabeça de Kaley. Passaram por jardins com fontes para pássaros e mangues repletos de garças. Chegaram próximo de onde tinham alugado o barco e rumaram em outra direção, por um rio com as margens cobertas de mata. Kaley pegou o livro de baixo do banco e começou a folheá-lo.

Shelby ainda pensava nas garotas. Ela tinha *escolhido* não ser uma delas. Em outubro, a família dela se mudara de Indiana para o condado de Citrus e, imediatamente, na metade do primeiro dia de aula, Shelby recebera sinal verde do grupo das garotas populares. Dormiu na casa de algumas delas, foi a algumas festas na piscina, circulou pelo shopping. Isso durou um mês, tempo mais do que o suficiente para perceberem que Shelby não se interessava por maquiagem, atletas, fofocas de celebridades e bailes. Não gostava das mesmas revistas, não dava a mínima para dietas. E algumas vezes lia livros por prazer.

O sr. Hibma criou um projeto de história familiar. Disse aos alunos para escolherem um lado da família, o menos chato, e voltar no tempo o máximo possível. Eles apresentariam a história para a turma, não era preciso entregar nada escrito.

— Aquelas bibliotecárias ganham o mesmo que nós, professores — disse o sr. Hibma. — Peça a elas que larguem os clipes e mostrem a seção de genealogia. E se precisarem usar a internet, não se preocupem em me dizer.

O sr. Hibma passou a falar sobre assassinato. Ele basicamente se limitou à geografia, informando aos alunos *onde* certos assassinatos haviam acontecido, como o ato tinha implicações diferentes em diversas regiões do mundo.

— O assassinato — disse ele — ajuda a fazer com que todos saibam de que lado estão. Ele transpõe os ardis dos votos e das trocas de acusações.

O sr. Hibma esperou que os alunos absorvessem a afirmação, então abordou pontos importantes sobre revoluções. Ele queria que todos entendessem que, nos Estados Unidos, o capitalismo se tornara tão monstruoso que até mesmo a ideia de revolução podia ser promovida e vendida. O protesto contra grandes empresas podia ser vendido por essas mesmas empresas. Os artistas e moralistas não podiam mais iniciar suas próprias rebeliões; dependiam dos pobres para isso. O problema era que os pobres não eram tão pobres assim. Tinham pizza congelada, TV a cabo e cigarros. Que diabo, os pobres tinham pizza de verdade, DVDs e maconha.

O sr. Hibma tinha a capacidade de falar por vinte minutos sem pensar no que estava dizendo. Não havia nada a fazer a não ser observar os alunos. Era como observar macacos no zoológico — as coçadas, as roídas, o uso de ferramentas simples. Uma das puxa-sacos olhava para Vince, o garoto do chiclete. Vince olhava para Shelby. Shelby olhava para as costas de Toby. Toby olhava para as páginas de um livro, ao que parecia, sobre atletismo, lendo, ao que parecia, sobre salto com vara.

— Salto com vara? — o sr. Hibma perguntou, interrompendo a si mesmo.

Toby ergueu os olhos.

— Eu não sabia que havia treino de salto com vara no ensino fundamental.

— Se você quiser treinar, eles precisam oferecer o treinamento. Aquelas duas garotas grandes que perderam o ano pode atirar o peso e o disco mais longe do que qualquer cara, e eu não consigo correr rápido sem alguém me perseguindo, então escolhi o salto com vara.

— Elas podem atirar a bola e o disco mais longe. — O sr. Hibma o corrigiu.

— Com certeza.

— Não, você disse *pode*, na terceira pessoa do singular. Como são duas as garotas, o certo é *podem*.

— Certo.

— Você gostaria de ler esse livro mais tarde ou prefere uma detenção?

— Preciso ler agora — disse Toby.

— Podemos passar a agendar suas detenções. Arrumamos um calendário com fotos divertidas de filhotes e preenchemos as datas daqui até o fim do ano.

Toby não respondeu.

— Onde eu estava? — disse o sr. Hibma. — Eu estava para dizer que a coisa mais rebelde que um jovem pode fazer é sentar-se ao ar livre e ouvir os pássaros. Sentar-se dentro do prédio, em detenção, não chega nem perto.

Inesperadamente, o sr. Hibma saiu da sala. Ele fazia isso de vez em quando para agitar a turma, para forçá-los a lidar com a liberdade. Algumas vezes voltava trinta segundos depois; outras, ficava fora até o fim da aula.

Ele caminhou até o fim do corredor, até as janelas. Carvalhos. Pássaros-das-cem-línguas. Um morro, ou pelo menos o que passava por um morro na Flórida. O sr. Hibma observou o jardineiro por algum tempo, com inveja. O sujeito ficava sentado em um trator de cortar grama, imerso em pensamentos, olhando para o trecho ainda não cortado do gramado diminuir agradavelmente. Espalhava um pouco de adubo. Comia um sanduíche.

O sr. Hibma foi até a sala dos professores. Deu um gole no refrigerante de alguém. Para irritar a sra. Conner, usou o banheiro feminino. Urinou no assento e enterrou o vidro de sabonete líquido no fundo da lixeira. Olhou para o espelho e disse em voz alta:

— Tenho 29 anos. Sou professor do ensino fundamental. Moro no noroeste da Flórida. Herdei uma grana de um sujeito húngaro cujas compras eu carregava. Só tivemos uma ou duas conversas longas e algumas vezes eu levava o cachorro dele para passear. — O sr. Hibma pigarreou e olhou para si mesmo, decidido. — O senhor gastou um terço da sua herança com putas.

Saiu do banheiro. O tique-taque do relógio ecoava. Em três minutos o sinal soaria e a sala ficaria cheia de professores. Eles se gabariam da forma como lidavam com os alunos-problema, do que disseram a pais insistentes, das notas da turma. Eles se gabariam sobre os seus fins de semana, suas casas, esposas e o que quer que tivessem à mão para se gabarem.

Quando Toby chegou em casa, encontrou tio Neal revirando os potes e eletrodomésticos sobre o armário da cozinha. Ele se aproximou e perguntou qual era o problema.

— A droga do cortador de unhas desapareceu. Alguém o comeu ou roubou. — Tio Neal olhou para Toby de uma forma que sugeria uma boa dose de irritação. — E a porcaria do ketchup acabou. Você acabou com o que restava vidro.

Já fazia um bom tempo que Toby não sentia medo do tio. Aquele era um sujeito que nunca lhe deu um presente, nem mesmo no Natal, que costumava colocá-lo de castigo por falar palavras demais em um dia, que lhe estapeava a cabeça quando tinha um pesadelo e o acordava. Não demorou muito para que Toby reagisse com indiferença às agressões do tio e para que, pouco depois disso, o tio se cansasse de agredir Toby. Em algum momento tio Neal parou de beber e passou a fumar coisas. O sujeito era patético e Toby precisaria viver sob o seu teto até um futuro próximo. Ele descobrira que a melhor forma de manter o tio longe dos seus calcanhares era aparecer uma vez por dia e deixá-lo reclamar, mesmo que o repertório das reclamações se resumisse a cortadores de unhas e condimentos. Contanto que Toby desse as caras, tio Neal não o procurava.

Depois da detenção no dia seguinte, Toby foi até a quadra onde seria feita a seleção para os treinos de atletismo. Muitos alunos seguiam na mesma direção. Aquele era o tipo de coisa que os alunos faziam. Toby passou pelo estacionamento dos professores, pelas latas de lixo, então contornou os trailers. Lá estava Shelby Register, sentada em um banco no parquinho, lendo um jornal. No passado, a Citrus Middle havia sido uma escola primária, então tinha um parquinho infantil e bebedouros tão baixos que era preciso quase ajoelhar para beber água.

Toby fez uma pausa para observar Shelby. Ela não era tão transparente quanto as outras meninas. Meio que a odiava porque tudo era fácil demais para ela, mas de certa forma a via como uma aliada. Ela trazia uma tristeza dentro de si e a guardava para si mesma. Escondia e acreditava nela. Shelby era como Toby — simpática com as pessoas com quem acreditava que devia ser simpática, sem ser solícita. Era bonita sem ser parecida com as outras garotas bonitas. Não tinha vergonha de ser inteligente.

Uma criança ruiva estava no balanço, projetando os pés para frente e para trás. Toby passou por Shelby, que, a princípio, não o notou. Ele não sabia ao certo por que estava parando, não sabia ao certo o que queria que acontecesse. Shelby usava um short bege em lugar da velha calça cargueiro. Suas pernas eram de um branco ofuscante. Mechas de cabelo cobriam suas orelhas. Shelby acreditava que era melhor do que todo mundo, e talvez estivesse certa. Mas não era melhor do que Toby; o jogo dele era outro.

Ela abaixou o jornal.

— Pode sentar, se quiser.

O rosto de Toby estava contra o sol. O céu estava imóvel, vazio, a não ser por uma nuvem estática parecida com um rochedo. Toby deu um passo na direção do banco e se sentou.

— Vão acabar com as moedas de um centavo. — Shelby dobrou o jornal e o colocou sob a perna.

— Como? — perguntou Toby.

— Apenas as de 1 centavo, por enquanto.

— Então nada mais daquelas bandejas: deixe 1 centavo, pegue 1 centavo.

— Vão virar peça de museu.

Toby resmungou e olhou para a menina no balanço.

— É a minha irmã — disse Shelby. — Moramos aqui perto. Quase dá para ver a nossa casa.

Toby olhou para Shelby, então voltou a olhar para a menina.

— Como foi a detenção?

— O de sempre — disse Toby. — Eu venci.

A menina balançava cada vez mais alto, as correntes agora ficavam paralelas ao chão. Isso não parecia deixar Shelby nervosa.

— Você gosta do canal Comedy Central? — perguntou ela.

— Não tenho TV a cabo.

— O seu tio é hippie?

— Como você sabe que eu moro com o meu tio?

— Todo mundo sabe.

Toby estreitou os olhos. O sol parecia estar apontado para ele.

— A renda dele varia muito.

— Outro dia um cara fez um esquete ótimo sobre Hot Pockets.

— Eu gosto de Hot Pockets — disse Toby.

Um casal de velhos em boa forma passou em mountain bikes. Eles acenaram para Toby e Shelby, que os observaram até que contornassem a mata.

— Como é o nome da sua irmã?

— Kaley.

Kaley segurava um relógio de brinquedo grande. Estava descalça.

— Você não vai se atrasar para a seleção? — perguntou Shelby.

— Vou entrar para a equipe. Ninguém quer treinar salto com vara, que nem ao menos deveria ser um esporte praticado no fundamental.

— Então por que é?

— O superintendente incluiu o salto com vara depois de se casar com uma finlandesa. — Toby não conseguia tirar os olhos de Kaley. Os cabelos da menina brilhavam como uma isca artificial.

— Ele fez isso por amor — disse Shelby. — Incluiu o salto com vara por amor.

A nuvem não se parecia mais com um rochedo. Agora estava mais para uma concha ou coisa parecida. Ela deslizou em frente ao sol e agora Toby conseguia enxergar. Não havia nada para ver, a não ser Shelby e a irmã, com seus pés imundos.

— Você recomendaria aquela ilha cheia de macacos? — perguntou Shelby. — Tenho que descobrir passeios para a minha família. O que resta dela.

— Que ilha cheia de macacos?

Shelby ergueu o queixo.

— Perto de Homossa Springs. Monkey Island?

— Não costumo fazer passeios.

— E nunca tinha ouvido falar nela?

— Até agora não.

— Bem, mas ela está lá. Fizeram um filme do Tarzan e deixaram os macacos.

Toby deu de ombros. Ele não dava a mínima para filmes ou macacos. Observou Shelby se ajeitar no banco, então empurrar o jornal mais para trás.

— Se algum dia você quiser me beijar — disse ela —, não que eu queira agora ou nada assim, está tudo bem.

Toby sentiu uma onda de pânico percorrer seu corpo. Ele tentou assentir.

— Eu não estava *dizendo* para você me beijar. Na verdade, não faça isso. Seria estranho demais agora. Disse isso como uma referência para o futuro, e só. Para que você saiba.

Toby se levantou e buscou o equilíbrio.

— Referência para o futuro — disse ele, então tropeçou ao voltar para a calçada.

Toby chegou a tempo para os 45 minutos finais da seleção. Era o primeiro dia, então não haveria competições. Ele se juntou à multidão que corria na pista de atletismo. Fez flexões. Bebeu água. Continuava a ver a irmã de Shelby balançar com facilidade em direção às nuvens, perder embalo e voltar zunindo sobre a terra, seus pés e cabelos. Toby via a si mesmo correndo como se estivesse assistindo de cima, de um sonolento balão de ar quente. Viu as garotas grandes que praticavam arremesso de peso e disco. Elas vestiam short e camiseta e carregavam garrafas de um litro e meio de água em cada mão. Tinham troncos volumosos e pernas finas. Toby viu Vince distribuindo chiclete. Viu o treinador Scolle, seus cabelos encaracolados, o apito, o sorriso, o olhar desagradável. O treinador Scolle sabia que o lugar de Toby não era naquele grupo. Toby sentiu as pernas queimarem. Algo havia acontecido. Ele tinha decidido algo. Olhou os pinheiros nus se agitando contra o céu a distância. Sentiu o chão frio e indiferente quando caiu para trás depois de terminar as voltas.

Naquela noite, Toby dispensou o jantar e foi até o *bunker*. Escutou a própria respiração e um zumbido que parecia vir do outro lado das paredes da construção, mas que também podia estar vindo da sua mente. Uma nesga de luz entrou por algum tempo, através de uma pequena abertura para ventilação, mas depois do pôr do sol Toby não conseguia enxergar nada. Ele tinha velas, mas não as acendeu. Então conseguiu ver os dormentes apoiados em cada um dos cantos para sustentar o teto, mas não as teias de aranha ou as raízes pálidas que pendiam inertes das paredes de terra. Não havia nada ali embaixo, a não ser o que ele levava. Toby pensou no olhar de alguns dos colegas quando o viram chegar à pista de atletismo. Pensou na fome que sentia, algo que podia ignorar até que sumisse. Pensou em Shelby Register e sua irmã caçula, e no pai delas, que provavelmente lhes acariciava a cabeça o tempo todo, as via dormir e dava 5 dólares sempre que recebia os boletins com boas notas.

Quando estava no *bunker*, Toby nunca sabia quanto tempo se passara. Ele ouvia vozes algumas vezes, nada que conseguisse entender. Ouvia choramingos. Ouvia estática. Era tudo sua imaginação. Eram necessárias horas no *bunker* para que ele limpasse toda a tagarelice da escola: professores conversando e alunos fofocando e ordens do professor de educação física e anúncios idiotas no sistema de som.

As costas estavam doloridas quando ele se levantou da cadeira de praia. O suor havia secado na camiseta. Ele queria saber quem mais havia descido àquele *bunker* e quem o havia construído. Toby estava *destinado* a encontrá-lo. Ele não era outro caso de falta de sorte. Não era outro inútil vadiando. Vinha agindo como um, até aquele momento, mas estava destinado a um mal maior e conseguia sentir esse destino ao alcance das mãos. Era mais terrível por dentro do que todos os delinquentes juvenis do país juntos.

O sr. Hibma transformou a apresentação das árvores genealógicas em uma atividade de três dias, o que proporcionou uma folga das aulas e dos jogos de trívia. Restavam poucos alunos para falar sobre as vidas prosaicas dos seus ancestrais recentes. O sr. Hibma estava sentado à sua mesa, olhando para as pastas com táticas de basquete. Precisaria renomear aquelas jogadas. Em vez de gritar nomes de universidades da Ivy League, a armadora do time dele gritaria nomes de drinques e assassinos famosos. O sr. Hibma encontrou um livro de regras em umas das pastas e uma lista de termos de basquete. *Dá e segue* ele conhecia. *Corta-luz*. Mas o que diabos era marcação por zona?

O sr. Hibma ergueu os olhos e chamou Shelby. Ela nunca era voluntária para nada, porque não queria ser puxa-saco, mas estava sempre preparada. A garota se levantou e falou sobre a família da mãe. Os bisavós eram donos de uma loja de bengalas na Bélgica. A filha deles, a avó de Shelby, fez uma viagem aos Estados Unidos, se apaixonou por um professor de história e nunca mais voltou para a Europa. Ela e o professor criaram alguns filhos adotivos antes de finalmente terem a mãe de Shelby. Uma das filhas adotivas ficou famosa no meio artístico, uma mulher chamada Janet Stubblefield, que abandonou o ensino médio para ser hippie. Tornou-se especialista na construção de móbiles com botas velhas e, contra vontade, desenvolveu uma moda. Pessoas de todas as partes passaram a fazer arte com sapatos, o que fez com que Janet caísse em ostracismo. Ela se mudou para o interior do Tennessee, tornou-se eremita e morreu na meia-idade. Disse a todos para ficarem longe, que era importante que morresse sozinha.

Shelby jogou uma folha de papel com anotações no lixo e se sentou, sob aplausos esparsos. Ela não fez menção à mãe. Escolheu o *lado* da mãe, mas encurtou a história. Um adolescente podia mesmo ficar perturbado por perder o pai ou a mãe, pensou o sr. Hibma. Aqueles garotos eram tristes ou loucos, e a maioria deles tinha motivos para isso.

O sr. Hibma leu o nome do próximo aluno, uma garota chamada Irene, que vestia um *twin-set* e usava maquiagem pesada. Ela se levantou, falou algumas coisas e voltou a se sentar. Toby era o próximo, o último aluno a se apresentar. Ele escolhera a família do pai, a quem devia o sobrenome: McNurse. Eles se mudaram da Irlanda para o Canadá na virada do século, uma família próspera que escolhera imigrar para o Canadá e não para os Estados Unidos porque era mais difícil entrar naquele país. A maior parte da família morreu na década de 1940, em um acidente. Uma avalanche.

O sr. Hibma tinha certeza de que Toby estava mentindo. O aluno o testava, via se conseguiria enrolá-lo com uma história falsa, mas também havia uma chance de que Toby não soubesse nada sobre a família do pai. Era possível que Toby nunca houvesse visto o sujeito. Ou talvez a história dele não fosse algo que alguém *quisesse* conhecer. Talvez inventar uma história fosse o mais sensato. Bem, o sr. Hibma daria nota A+ para Toby.

— O meu pai era um pesquisador de cobras que tinha um Cadillac enorme — disse Toby. — Ele conheceu a minha mãe quando atravessava o país. Só dormiu com ela porque havia prometido a si mesmo que dormiria com uma mulher em cada noite daquela viagem, e ela era a única que não era mal-falada em Farmington, Novo México.

Toby se sentou e o sr. Hibma o substitui na frente da sala. Ele disse aos alunos para formarem uma fila, então passou a distribuir pôsteres.

— Tenho *As sereias* — disse ele. *Fletch Vive*. Mas não para você, Thomas.

Thomas, um garoto com cabelo que formava um "V" na testa, cuja família plantava tomates orgânicos, olhou surpreso para o sr. Hibma.

— Havia páginas da internet impressas nas suas anotações. Eu vi os links nos cabeçalhos e nos rodapés. A sua nota é C. Os demais ficarão com A-. Toby, você tirou A+. A melhor apresentação do ano.

Sozinho na sala, o sr. Hibma voltou às pastas. Ele se perguntava se o dispensariam do cargo de técnico se o time tivesse desempenho ruim. Se tirariam o apito dele se incentivasse o jogo desleal. Se esperavam que abraçasse as garotas, se deveria fazer preleções no vestiário feminino. Esperava que as garotas fossem feias; isso facilitaria as coisas. Ele virou a última página da última pasta, que detalhava algo que a UNLV costumava chamar de defesa ameba, e então encontrou uma única folha dobrada dentro do bolso da pasta. O papel estava duro. As palavras HIENAS & TORRES

GÊMEAS estavam escritas em tinta vermelha e havia um plano de jogo que determinava que a craque do time adversário recebesse marcação tripla enquanto as duas defensoras restantes ficavam sob a cesta, uma de cada lado, para rebater os arremessos perdidos pelas outras jogadoras. Hienas e Torres Gêmeas requeria duas jogadoras enormes que não se importassem de ficar sob a cesta. O sr. Hibma se perguntou se o último treinador usara aquela estratégia. *Havia* duas garotas na escola que se encaixavam no papel, as garotas que haviam perdido o ano, que praticavam arremesso de peso e de disco. O sr. Hibma gostava da ideia de um plano de jogo. Ele não tinha certeza se já tivera um, para nada.

Toby escolheu sexta-feira. Ele não estava se acovardando ou questionando a si mesmo. Sexta-feira à noite era o momento certo e agora que ela chegara, Toby descobriu que estava pronto. Isso não o surpreendia. Na verdade, ele saiu do caminho de tio Neal cedo demais e precisou andar em círculos na mata. Colocou os mantimentos no chão, perto do leito de um córrego quase seco e passou a observar os girinos. Pegou um punhado de folhas mortas e as cheirou; não sabia por quê. As nuvens se acumulavam, hesitantes. Toby pegou algumas frutas silvestres de um arbusto e as comeu. Eram secas como areia.

Caminhou até os trilhos da ferrovia e avançou um dormente de cada vez. Aqueles trilhos iam para lugares que Toby jamais conheceria. Passavam por rebanhos de vacas magras e empoeiradas que deviam acreditar ser as últimas da espécie. Por aterros sanitários habitados por milhares de urubus. Os trilhos passavam por quilômetros e mais quilômetros de palmeiras serenas. Por condomínios cheios de casais jovens e felizes. Juntavam-se a outros trilhos, encontravam as sombras de fábricas abandonadas onde vira-latas os atravessavam de um lado para o outro. Os trilhos faziam um desvio quando se aproximavam da baía e da longa ponte de onde toda semana alguém se atirava na esperança de morrer com o impacto da água, de não ficar vivo tempo o bastante para precisar se preocupar com o afogamento. Os trilhos seguiam em frente para sempre, sob relâmpagos sombrios desacompanhados de trovões.

Quando começou a anoitecer, Toby se sentou em um bosque de ciprestes próximo da casa dos Register, com as formas escuras do prédio da escola a distância. Toby esperava que chovesse. Uma boa chuva apagaria as pegadas e encobriria os cheiros. Ensoparia a determinação dos perseguidores. Os sapatos que usava eram três números acima do seu — tênis cinza com fecho de velcro encontrados em qualquer loja. Ele vestira quatro pares de meias. Carregava uma grande mochila. Ele havia feito alguns buracos no tecido e levava um rolo de *silver tape* com dois cortes em uma das bordas. Tinha uma visão lateral da casa; podia ver a varanda, onde o pai, a irmã mais velha e a caçula se aconchegavam, e monitorar os quartos, que ficavam nos fundos. Ele sabia que precisava contar com a possibilidade não conseguir levar Kaley. Não poderia forçar. Não podia se esquecer de que a casa talvez tivesse um alarme ou sensores de movimento ou um cachorro.

Era a noite de jogos de tabuleiro da família Register. Uma adorável ceninha que poderia ter incluído Toby. Ele poderia estar sentado naquela quarta cadeira. Shelby o convidara. A garota o acompanhou quando seguiam para o almoço e segurou seu braço, disse que poderia aparecer, ficar algum tempo com a família dela e jogar um pouco, então o pai deixaria que assistissem à TV a cabo. "A TV a cabo", ela dissera, provocando-o, "será um novo mundo para você". Disse que poderiam passear, ficar um pouco sozinhos. Então jogou os cabelos para trás e saiu arrastando as botas, deixando Toby ali parado, esfregando o braço como uma criança faria depois de ser vacinada, como se as impressões digitais de Shelby nunca estivessem marcadas na sua pele macia, como se não tivesse a menor ideia de quem Shelby realmente era. Toby ficou com raiva, sentiu-se manipulado. Shelby nunca estivera tão segura de si. Fora direto até ele. Ninguém ia direto até Toby. Era absurdo o pensamento dele incluído naquele tipo de cena, brincando de jogos de tabuleiro e rindo, fazendo amizade com o pai de alguém. Ele fez a coisa certa ao dizer a Shelby que não poderia ir. Ele tinha a própria varanda. Os próprios planos. Não queria escutar a história da vida de ninguém ou receber conselhos. Era isso o que os pais faziam, até onde Toby sabia; eles contavam histórias e distribuíam conselhos.

Toby observou os Register distribuírem cartas sobre um tabuleiro enorme. O jogo exigia que fizessem desenhos, então começaram a jogar outro, com uma bolha de plástico onde agitavam os dados. O pai bebia um líquido amarelo e passava a mão atrás da cabeça o tempo todo, como um homem de negócios examinando lucros robustos. Shelby era o centro das atenções. Ela pegava uma caixa, organizava tudo, ensinava Kaley a jogar e a deixava ganhar, colocava tudo de volta na caixa, se levantava, puxava para cima da cintura as calças cargueiro e ia pegar outro jogo. Toby desejava que Shelby não houvesse se mudado para o condado. Estava com a boca seca demais para cuspir. Ele colocou refrigerante em uma garrafa térmica, mas a esqueceu na pia da cozinha. Toby podia ver tio Neal achando a garrafa, levando-a para a cadeira de balanço e bebendo dela por horas a fio. Sentir sede não era nada demais. Toby suportava a sede. Ele suportava os sons de pesadelo na mata à noite, suportou a aranha que caiu no seu pescoço e fez todo o seu corpo se arrepiar. Ele tirou os tênis e limpou a areia, então voltou a calçá-los, da forma mais confortável possível, e fechou as tiras de velcro. Colocou a mão dentro da mochila e tocou o rolo de fita.

O pai bocejou. Ele falou com Shelby, que levou Kaley para dentro da casa. Pouco depois, a luz do quarto mais próximo se iluminou. O pai, sentado na varanda, pegou o copo e bebeu o que restava do líquido amarelo. Talvez ele ficasse ali fora por algum tempo, com as filhas dormindo dentro de casa. Toby nem ao menos sabia se Shelby e Kaley dividiam um quarto. Os pulmões de Toby pareciam de vidro, embaçados. Ele flexionou os joelhos. Era chegada a hora. Toby sentiu-se estranho, da mesma forma como se sentira na pista de atletismo durante a escalação. Observava a si mesmo de cima.

A luz do quarto foi apagada e depois de algum tempo Shelby apareceu na varanda. Kaley estava lá dentro, naquele quarto escuro. Estava sozinha. Toby dobrou a mochila e a colocou sobre o braço. A coragem encolheu e voltou rugindo, encolheu e estava lá de novo. Ele não se sentia sozinho. Sentia-se encorajado por algo maior. Não era culpa de Kaley, não era culpa nem mesmo de Toby. Ele seria diferente agora; seria outro. Possuiria um segredo que o colocaria acima do tio, dos professores, do treinador Scolle, de todos os balconistas de lojas de conveniência e de todos os inúteis do condado de Citrus que acreditavam que derrubar caixas de correio e roubar cigarros os salvariam.

Toby recuou para a mata, rodeou a casa e seguiu até a cerca do quintal. Ele seria pego ou não seria. Ficou ereto ao caminhar, atento para os sensores de movimento. O carvão que queimava nas suas entranhas havia anos estava prestes a ser apagado. Ele passou por uma churrasqueira enferrujada que havia sido transformada em bebedouro para pássaros. Uma piscina plástica. Mas nada de luzes. Toby vestiu a máscara, que ficou perfeita. Fazia com que se sentisse hábil. Ele observou a porta correr pelos buracos para os olhos da máscara preta macia. Abriu-a centímetro a centímetro. Não seria preciso arrombar uma janela. Ele simplesmente entraria na casa. Colocou primeiro a cabeça para dentro — um cheiro suave, de aveia. Era a sala de jantar. Ele aspirou o cheiro de mato queimado. Conseguia escutar a voz de Shelby na varanda, mas não discernir o que ela dizia. Pareciam as vozes que ouvia no *bunker*. Conseguia escutar a voz de Shelby e de alguma forma sabia que o pai prestava atenção nela. A qualquer momento, um dos dois poderia se levantar para usar o banheiro, pegar algo para comer ou beber, ou um agasalho. Toby poderia ouvir o rangido dos pés de uma cadeira na varanda de madeira a qualquer momento. Ele ouviu o zumbido da geladeira no cômodo ao lado. Todas as coisas de Shelby estavam naquela casa, todas as suas calças cargueiro, todos os livros que leu. E a irmã. A irmã dela estava ali, os olhos fechados sob a franja ruiva.

Então tudo aconteceu rápido. Toby avançou pelo corredor em direção ao quarto de Kaley. Colou tiras de fita no antebraço. Se alguém entrasse da varanda agora, ele estaria encurralado. Ele abriu a porta e Kaley recuou para o lado sob os lençóis. A menina parecia saber o que estava acontecendo, que estava prestes a se transformar em parte de algo. Ela tentou buscar ar, mas demorou demais. Toby envolveu-lhe a cabeça com fita e colocou-a dentro da mochila, seus chutes foram abafados pelo colchão e o carpete. Ela era uma criança de verdade. Uma pessoa de carne e osso, seu terror puro e desajeitado.

Toby fechou a mochila, colocou a alça no ombro e a leveza o extasiou. Avançou decidido pelo corredor, então pela sala de jantar. Não ouvia nada além do fluxo do próprio sangue. O cheiro agradável havia sumido. Toby não se deu ao trabalho de fechar a porta de correr. Pátio. Quintal gramado. Mata. A brisa às suas costas, o chão aos seus pés, firme. Ele correu rápido, depois devagar, caminhou e então sentiu as raízes retorcidas sob os pés, para, por fim, a meio caminho até o *bunker*, descansar sob uma palmeira. Ele precisava abrir a mochila e atar os calcanhares de Kaley com fita, já que a menina estava chutando suas costas de forma ensandecida. A saliva espumava na boca. Os pés estavam encharcados de suor, por usar todas aquelas meias. Ele fizera tudo. Colocara uma cama de campanha, um cobertor, um travesseiro, um vasilhame com água, lanches, uma lanterna, algumas roupas e um balde com tampa no *bunker*, e agora sequestrara uma menina. Do momento em que viu Kaley no parquinho até agora havia sido uma longa tarde, e a noite finalmente caíra.

Toby caminhou exultante em direção à casa. Teria orgulho de si mesmo, ele sabia. Em breve. A missão estava cumprida. Estava cansado, mas era um cansaço agradável, como se uma vez na vida fosse capaz de dormir de verdade. Ele respirava fundo, sentindo os cheiros de todas as coisas escondidas na mata, tentando se preparar para voltar à vida normal e agir com naturalidade. Tudo o que conseguia pensar era em deitar na cama com o seu segredo. Tudo o que conseguia imaginar era no futuro muito próximo.

Quando Toby chegou em casa, tio Neal estava na varanda, sentado na cadeira de balanço. Ele bebericava o refrigerante da garrafa térmica de Toby, soltando piados de coruja. O cinzeiro no chão ao seu lado estava transbordando. Toby conseguia ouvir o rádio da polícia dentro de casa, a estação que o tio escutava à noite — os registros não abreviados, como chamava. Ele não conseguia distinguir as palavras. O tio dizia que saber onde os policiais estavam o ajudava a relaxar. Toby já escutara aquilo antes e era basicamente tedioso. Algumas multas por excesso de velocidade e uma ou outra festa que incomodava os vizinhos. Quando algo importante acontecia, os policiais usavam códigos e jargão, em vozes treinadas para soarem calmas. O mundo ainda não havia virado de cabeça para baixo. Soava como a tagarelice de sempre.

Toby instalou-se numa poltrona sem estofado.

Tio Neal girou a cabeça sem mover os ombros.

— Uuu — disse ele. — Uuu.

Os olhos de Toby gravitaram para o cinzeiro.

— Casca de banana seca — disse tio Neal, olhando para dentro da garrafa térmica. — Tem alguma coisa nessa merda. Você botou alguma coisa no refrigerante?

— Como o quê? — disse Toby.

— Alguma coisa para a memória.

— Para a memória?

— Você não está me envenenando, está?

Toby não respondeu.

Tio Neal tirou algo do nariz.

— Um amigo me apresentou à casca de banana seca quando eu tinha sua idade. Eu estava na turma dos superdotados. A professora era uma gata.

Toby não conseguia imaginar tio Neal com uma idade diferente, como adolescente ou velho. Não conseguia imaginar ninguém com uma idade diferente da que tinha. Toby estava destinado a ser um aluno do nono ano, praticamente um órfão. Kaley estava destinada a ser sequestrada, a ser escondida em um *bunker*. Todos que via diariamente estavam destinados ao condado de Citrus, fadados a realizar qualquer que fosse o ato inútil no qual estivessem envolvidos.

— Tinha uns irmãos gêmeos na minha turma. Eles ensinam na universidade agora. — Tio Neal ergueu a garrafa térmica e fez uma pausa. — E uma chinesa feia, ela hoje escreve para um jornal em Boston. Um cara, Rob, que queria ser cientista de foguetes; ele trabalha na NASA.

— Posso beber um pouco?

Tio Neal estendeu a garrafa térmica para Toby, que bebeu até a garganta arder.

— E o que *você* queria fazer?

— Não lembro mais.

Toby bebeu mais alguns goles de refrigerante. Aquilo o estava deixando com mais sede. Estava feliz por ter feito o que *deveria* fazer. Ele preencheu aquele *bunker*. Não era como tio Neal.

— Eles me expulsaram da turma — disse tio Neal. — Fui pego por escrever bilhetes suicidas falsos.

Toby ainda conseguia desempenhar a sua parte do diálogo com o tio. Ele era a mesma pessoa, apenas tinha um grande segredo que lhe daria força. Ainda conseguia fazer tudo o que precisava.

— Os bilhetes eram supostamente de outros alunos? — perguntou ele. — Colegas de quem não gostava?

— Eu inventava a pessoa e deixava o bilhete em um ponto de ônibus ou em um motel.

— Como assim? Por que bilhetes suicidas?

Tio Neal olhou de soslaio para Toby.

— E você acha que eu sei? Você acha que esse é o tipo de coisa que se faz por algum motivo lógico?

— Bem, e como você foi pego?

— Não contei a ninguém. O policial da escola me descobriu. Acho que eles fazem isso de vez em quando; resolvem um caso.

Amanhã, Toby sabia, todos os policiais do condado estariam à procura de Kaley, em busca do sequestrador da menina, e isso não o preocupava muito àquela hora. Para ele, os policiais não pareciam fazer parte daquilo. Eles eram desconhecidos. O que Toby fizera não era da conta deles. O que soaria no rádio poderia muito bem ser transmitido para a lua.

Toby ouviu um trovão e então gotas de chuva no telhado.

Ele olhou para o tio, cujos ombros estavam inertes. Estava caído para um lado. Depois de um minuto, Toby chamou o nome do tio e não obteve resposta.

Na manhã seguinte, Toby caminhou até a divisa do condado, a uma livraria enorme onde podia assistir ao noticiário longe do tio Neal. Os tapinhas gentis do inverno haviam chegado e os vergões estavam sumindo. Agora voltaria a ser verão. Em pouco tempo, seria preciso instalar um ar-condicionado no *bunker*. Ele teria de arrumar um ar-condicionado portátil e um gerador pequeno, então arrastar o gerador até em casa e esgueirar-se com o aparelho até o quarto para carregá-lo a cada o quê, dois dias? Provavelmente não tinha guardado dinheiro o bastante. A mente de Toby o estava traindo. Ele planejou o sequestro, ansiou por ele e o executou, e agora não se sentia convencido de que tivesse acontecido de fato. A ficha não havia caído, só isso. O que sentia era que, se descesse até o *bunker* agora, não encontraria nada além da cadeira de praia. Havia peso nas juntas de Toby quando ele colocava um pé em frente ao outro. Precisava cerrar os dentes e atravessar as dúvidas como se fossem uma nuvem de fumaça de escapamento.

Toby se manteve à esquerda da Rota 19, seguindo para o norte em meio a lojas de piscinas de fibra de vidro e pneus usados. Uma casa noturna falida. Toby não fazia ideia de como o condado de Citrus conseguia se manter. As estradas estavam rachando e os pinheiros, desabando em cima das construções. Toby esperava que quando os manatis finalmente morressem ou quando um furacão por fim atingisse o condado, caminhões cheios de gente chegassem de Tallahasse, que eles dinamitassem o lugar e o afundassem no golfo do México.

A livraria era cavernosa e tinha poucos clientes. Já passava do horário do almoço, a hora da preguiça. Toby passou pelos caixas e uma garota com idade para estar na universidade, com o dente da frente escuro, sorriu afetadamente para ele. O televisor, que ficava próximo da seção de revistas e jornais, estava sintonizado em um telejornal de Tampa. Toby puxou um banco. Ele esperou pacientemente pelo fim de uma reportagem idiota sobre as melhores empresas para se trabalhar no país, depois outra, sobre a coleta ilegal de orquídeas raras. O âncora ficou sério e disse as palavras "condado de Citrus". Falou o nome de Kaley. Fotos da menina apareceram ao lado da sua cabeça. Aqueles olhos, os mesmos que Toby vira quando a agarrou, redondos como pires. O âncora falou sobre as operações de busca, que acabavam de ter início e eram lideradas pelo pai da menina, um agente de controle de endemias. No início, quando descobriram que a menina tinha desaparecido, havia esperanças de que ela tivesse saído de casa sozinha e caminhado mata adentro, como se fosse sonâmbula ou coisa parecida, ou que se tratasse de uma brincadeira, mas com o fim da noite essa esperança se foi. Agora as igrejas, além de times juvenis de beisebol e policiais de folga de condados vizinhos, ofereciam ajuda. Os cães farejadores do FBI estavam a caminho, mas as matas estavam repletas de marcas de pneus de quadriciclos, pertences de sem-teto, fezes de vira-latas, eletrodomésticos abandonados, restos de fogueiras, garrafas de cerveja e de destilados. Fotografias de Kaley foram pregadas em todos os postes num raio de quilômetros. Falava-se em bloqueios nas estradas. Toby não sabia se a reação ao que fizera havia sido tão ágil porque aquele tipo de coisa nunca acontecia ou era muito frequente. O sequestrador, de acordo com as autoridades, era provavelmente um homem branco com idade entre 30 e 55 anos.

Toby estava parado em um ponto enquanto o mundo se fechava à sua volta. Ele se sentia poderoso. Fora a causa de uma comoção no condado, oferecera a todos algo importante para fazer. Dera um golpe na maravilhosa Shelby Register, a única pessoa digna de ser ferida ali. Talvez seu gesto a transformaria numa nova garota. Não seria mais tão segura de si. Passaria a se sentir perdida, como todo mundo. Estavam procurando pela pessoa errada. Buscavam um pedófilo velho, quando deveriam estar procurando um adolescente cuja motivação nunca imaginariam.

A livraria cheirava a poeira, não a livros. Estantes e mais estantes de revistas olhavam para o nada. O âncora do noticiário fez uma pausa para retomar o tom de solenidade. Ele informou aos espectadores que o pai de Kaley daria uma entrevista em poucos minutos. Toby imaginou a infinidade de equipes de reportagem que deveria estar cercando a casa dos Register, espionando, assim como ele fizera. Era capaz de ver os repórteres ajeitando o cabelo em espelhos retrovisores, as mulheres tropeçando nos saltos altos e os homens botando e tirando o paletó. Seriam os jornalistas, e não os policiais, que encontrariam as pegadas de Toby, os tênis grandes demais. Saberiam onde Toby havia se agachado. Achariam que se tratava de um velho pervertido, que já estaria no Alabama àquelas alturas. Ainda assim, Toby precisava se preocupar com a possibilidade de alguém topar com o *bunker*. Havia muitos acasos no mundo, apesar de nenhum jamais ter iluminado a vida dele.

O pai de Shelby avançou para a câmera, as mãos apertadas à sua frente. Apresentou-se como Ben Register. Parecia estar bem. Era um homem à frente de um projeto no qual acreditava fortemente. Disse que sabia que Kaley ainda estava viva. Sugeriu ao sequestrador que deixasse sua filha em um shopping ou restaurante e fosse embora, libertasse a menina. Ela era um problema fácil de se livrar. Ele falou também que, naquele momento, o sequestrador ainda conseguiria escapar impune, mas que, quanto mais tempo ficasse com a menina, maiores seriam as chances de ser pego. O pai de Kaley não culpava o sequestrador por qualquer que fosse o mal que o dominava. Ele fez uma pausa e olhou para diversas câmeras. "Todas as coisas erradas que você fez podem ficar para trás. Agora você tem a chance de fazer o que é certo."

Foi estranho para Toby saber que aquele homem falava com *ele*. O homem não sabia, mas tudo que dizia para as câmeras e os gravadores era direcionado a Toby, e apenas a ele. As palavras de Ben Register flutuariam ao vento e acabariam em algum lugar no golfo. Não significavam nada. Todas as coisas erradas que Toby fez *estavam* no passado. Ele finalmente fizera algo que estava destinado a fazer.

Apenas dois dias depois, os jornalistas já exibiam os efeitos de passar as noites no Best Western, jantar no restaurante chinês, beber litros de café ordinário. Pela janela, Shelby viu os câmeras jogando cartas. Eles eram como atores pagos para encenar o papel de câmeras. Nada que Shelby viu parecia verdadeiro. As cores pareciam estar vivas demais, o ar mudara. O céu estava em desordem. Não havia sol, como se o sol fosse uma bomba e tivesse explodido e atirado fragmentos de nuvens para todos os cantos do mundo.

Shelby não queria alimentar falsas esperanças. Não queria ficar em estado de choque ou negar os fatos. Não queria esperar até que seu coração ficasse cansado demais para ter esperanças. Shelby queria abrir a porta da frente e gritar para todas aquelas pessoas na rua, em frente à sua casa. Queria dizer a elas para pegarem a decência, a preocupação, o interesse e fossem para a droga das suas casas. Queria que os câmeras esgotados fossem filmar outra coisa. Queria dizer aos policiais que insistiam em vir à sua casa para ver como ela estava e beber água que não eram bem-vindos. Queria dizer às equipes de busca que a família dela não era do tipo que se assusta e fica acordada a noite toda. Eles eram do tipo que recebe a pancada no meio da testa. Queria dizer aos jornalistas que não havia mais nada a relatar, que seu pai não daria uma entrevista, que ela não daria uma entrevista e que a sua irmã não seria encontrada. O peito de Shelby ficou apertado a princípio. Ela não queria estar ali. Queria estar no meio do deserto, ou numa tundra vasta em algum lugar.

Apesar de já conseguir entender o que aquilo significava para ela e o pai, não conseguia compreender que a irmã havia desaparecido. Sabia que pelo resto da vida seria forçada a imaginar como Kaley seria com essa idade, essa idade, essa idade, mas não seria capaz de afastar o pensamento de que a irmã estava escondida em algum lugar na casa, que abriria um armário na cozinha para pegar o detergente e encontraria Kaley ali agachada, sorrindo. Shelby não aceitava que aquilo estava acontecendo com sua família, uma família que, se houvesse justiça, deveria estar imune a mais tragédias. Jamais aceitaria isso.

Quando saiu para a varanda para dar alguns biscoitos ao pai, Shelby foi até a cozinha, abriu a geladeira e soube que algo estava errado. Antes mesmo de ir até a sala e ver a porta de correr aberta, notou que o cheiro da casa estava estranho.

Faltavam alguns cheiros e havia odores novos. Ela pensou nos mosquitos que deviam estar entrando. Voltou para a sala e levou a mão até a maçaneta, mas não fechou a porta. Estendeu o braço para o ar da noite, que estava úmido, mas tinha exatamente a mesma temperatura da casa. Do lado de dentro, a casa era uma imensidão. Paredes, teto e fundações não significavam nada. Encerravam uma vastidão.

Shelby passara por aquilo em Indiana. Ela sabia que acabaria voltando para a escola e que quando o fizesse todos seriam cautelosos à sua volta, os professores, os treinadores e os alunos. Todos temeriam dizer a coisa errada. Shelby seria como um valentão no corredor; todos se afastariam quando ela se aproximasse. As pessoas esperariam que ela voltasse à rotina, mas a rotina dela não teria a menor chance de parecer comum. E haveria o tempo *entre* agora e então. Havia o hoje. Shelby queria encontrar a irmã escondida no cesto de roupa suja, mas Kaley não estava no cesto de roupa suja. Queria ser poupada daquilo. Queria que todos se afastassem da sua casa e que o mundo fosse diferente do que era.


A chuva cessara mas o sol ainda não havia voltado. Gotas caíam de forma tediosa dos galhos das árvores, e as teias de aranha pareciam cordões de cristais opacos. Todos estavam reunidos na orla da mata. Havia dois cães desajeitados; não animais treinados, nem de longe, apenas vira-latas preguiçosos que só conseguiam farejar o próprio rabo. Toby se juntou a um dos times de beisebol, um time juvenil ou coisa parecida, em uma busca. Ele queria ver aquilo em primeira mão, ver quem trabalhava contra ele. Era o que todos estavam fazendo; as pessoas comuns, os inocentes. Todos estavam ajudando nas buscas.

Os outros garotos eram mais ou menos da idade de Toby. O homem que parecia ser o treinador, um sujeito com costeletas compridas que usava um moletom com os dizeres NOVA ZELÂNDIA, estava separado da multidão, conversando com uma mulher que usava sapatos elegantes. A mulher transferia o peso do corpo de uma perna para a outra com cuidado, os saltos arrastando no chão de cascalho. Ninguém prestava atenção em Toby. Ele viu quando o time se separou em dois grupos de modo harmonioso, mas não exatamente intencional. Toby não sabia se eram os titulares se separando dos reservas, os arremessadores dos outros jogadores ou o que quer que fosse. Assim como na escola, os times de beisebol tinham suas panelinhas. Ele estava surpreso com o quanto aquilo era desorganizado. Também ficou surpreso ao ver que os garotos vestiam roupas comuns. Ele imaginara os times de beisebol se embrenhando na mata de uniformes e chuteiras. Pensara nos escoteiros, que estavam fazendo as buscas em outra parte do condado, avançando com aquelas roupas cáqui humilhantes e lenços vermelhos.

Um dos grupos se moveu de repente e Toby se apressou para acompanhá-lo. O grupo não era liderado por um adulto. Os garotos entraram na mata sem fazer alarde, simplesmente deixando para trás o resto das pessoas e os cães. Ninguém pareceu ficar surpreso com a presença de Toby na retaguarda, ninguém disse nada ou o olhou de forma estranha. Não haviam planejado o caminho que seguiriam, não havia líder, discussões. Eles se embrenhavam pelo trecho menos difícil da mata. Aquela era apenas outra tarefa, como a igreja ou a escola, algo que se esperava deles e sobre o qual não se queixariam. Toby reconheceu alguns dos garotos. Haviam estudado na mesma escola primária. Ele conseguia se lembrar de quando era mais ou menos como todo mundo. Parecia fazer muito tempo. Isso foi antes de todo garoto que Toby conhecia ter se transformado em puxa-saco ou encrenqueiro. Essas eram as opções. Ou estudavam e, comiam ervilhas, ou vandalizavam, roubavam coisas nas lojas e davam trabalho aos seguranças.

Toby conhecia aquela parte da mata, mas os garotos provavelmente não. Eles estavam andando em círculos, não muito amplos. Naquele ritmo, estariam de volta à estrada em vinte minutos. Toby se perguntara o que faria se estivesse numa equipe de busca que começasse a se aproximar do *bunker*, mas sabia que não precisaria se preocupar com aquilo agora, pelo menos não com aquele grupo. De modo geral, as buscas pareciam estar seguindo a direção errada, para o interior e ao norte. Toby ficou desapontado. Ele queria que as buscas fossem organizadas, sistemáticas. Queria que aqueles jovens jogadores de beisebol estivessem determinados a encontrar Kaley. Eles não levavam fotos da menina, nem ao menos mencionavam o nome dela. De todos os grupos de busca, aquele era o que estava mais próximo de Kaley, mas não havia convicção nem dedicação no que os meninos faziam.

O grupo ficou ainda mais perto do *bunker* depois que os garotos fizeram uma curva na trilha.

— Onde vocês acham que a menina está? — perguntou Toby.

O grupo não parou de caminhar.

— Existem muitas possibilidades, mas acho que o mais provável é que ela esteja morta — disse o garoto mais baixo.

— Por que você diz isso? — perguntou Toby.

— Ela pode estar num navio a caminho da Tailândia ou no porão de algum matuto, mas eu duvido muito. Esse tipo de coisa só acontece nos filmes.

— Não existem porões na Flórida, seu imbecil — falou um garoto, que tinha os cabelos encaracolados. — Mas estou com você. Ela está tão morta quanto a música disco.

— Onde você ouviu isso? Tão morta quanto a música disco?

— Não tenho certeza. Eu nem sempre me lembro de onde ouvi as coisas.

— Eu acho que ela está viva — interrompeu Toby. — E aposto que não está muito longe.

— Ela está morta, mas *pode* estar por perto — disse um terceiro garoto. Este usava óculos de aviador. — Não é tão fácil sumir com um corpo.

— Claro que é — disse o baixinho.

— Quem a encontrar será um herói — disse Toby.

— É — disse o garoto com os óculos de aviador. — Como você se livra de um corpo?

— Leve-o 15 quilômetros mar adentro e jogue-o na água. Você pode queimá-lo. Dar aos animais. Porcos, por exemplo. Assisti a um filme onde davam cadáveres aos porcos.

— Aposto que já assistiu a muitos filmes — disse Toby. — Aposto que a maior parte das coisas que você sabe vem dos filmes.

Os garotos finalmente olharam para Toby, mas continuaram caminhando.

— Se vocês acham que ela está morta — disse ele —, não deveriam estar aqui.

— Mas precisamos — disse o garoto com os cabelos encaracolados. — O nosso treinador conta as buscas como se fossem treinos. Quem falta aos treinos não joga naquela semana.

— O nosso treinador é um idiota — disse o garoto dos óculos escuros. — Ele sempre dá em cima da minha mãe. Se não parar com isso, é bom ele ficar esperto.

— Não culpo o cara — disse o baixinho. — A sua mãe é uma gata.

O garoto dos óculos escuros agitou um galho, encharcando o baixinho, que se empertigou e balançou a cabeça, com água escorrendo pelo queixo.

Toby sentiu vontade de gritar, de dizer àqueles garotos que deixassem de conversa fiada porque Kaley estava viva e precisava deles. Sentiu-se insultado. Aqueles garotos não sabiam quem ele era e o tratavam como um velho caipira que queria participar de uma equipe de busca.

Ficou ainda mais irritado consigo mesmo. Ele sentia que, se ninguém soubesse o que ele havia feito, não teria acontecido de fato. Toby se permitia importar-se com o que as pessoas sabiam e não sabiam. Sentia que podia cair no sono na sala num dia e, quando acordasse no fim da aula, nada daquilo seria verdade.

A equipe do canal Action 7 insistia em deixar quentinhas do restaurante Cracker Barrel na varanda. A geladeira dos Register tinha pilhas de quentinhas. Almôndegas de frango, *grits*, batatas com molho de queijo. Shelby não comia nada, a não ser a calda de maçã, que tirava da embalagem com o dedo.

Os grupos da igreja haviam deixado de acender velas na calçada. Tantas velas deviam custar caro, além de ser difícil mantê-las acesas com o vento. Quatro dias depois, já haviam desistido de encontrar Kaley, mesmo que não tivessem consciência disso, e agora simplesmente faziam o que se esperava de bons cristãos, se perguntando por quanto tempo a fé resistiria a uma situação como aquela, por quanto tempo a fé seria capaz de sustentar a determinação de caminhar mata adentro, com insetos comendo todos vivos. A qualquer momento diriam que Kaley virara um anjo e voltariam para casa para planejar as viagens a alguma estação de esqui. As beatas também tinham desistido de Shelby. No dia anterior, mandaram até a casa da família uma garota da idade dela, uma pobre coitada que piscava o tempo todo, com milhões de grampos de cabelo e uma sacola carregada de discos de música cristã. Shelby a reconheceu da escola. Olhou para a garota pela janela e ela retribuiu o olhar. Shelby abriu uma fresta na porta.

— Está aqui para rezar?

— Se você quiser — disse a garota.

— Por que não me entrega a sacola?

A garota ensaiou um sorriso, mexendo em um grampo.

— Eu disse para me entregar.

— São coisas para fazermos juntas.

— Vou fazê-las sozinha primeiro — disse Shelby. — E depois será a sua vez. Veremos de qual de nós as coisas gostam mais.

A garota fez menção de dizer alguma coisa, mas Shelby agarrou a sacola.

— Também tenho uma coisa para você — disse ela. — Espere um pouco.

Shelby foi até a geladeira e pegou uma quentinha com *grits* e uma colher. Quando voltou à porta da frente, a garota não havia se movido. Os lábios dela estavam fechados sobre o aparelho. Os braços pendiam ao lado do corpo, com as mãos enterradas nos bolsos. Shelby escancarou a porta. Ela pegou uma colherada de *grits* e a atirou na garota, que estava nervosa demais para se esquivar. A papa atingiu-a na testa. Shelby nunca fizera nada tão cruel. Ela pegou outra colherada e a garota soltou um grito estridente, recuando.

— Cuidado com o degrau. — Shelby atirou outra colherada. A papa gelada atingiu o peito da menina e escorreu para dentro da blusa.

Por fim a garota parou de recuar, tornando-se subitamente confiante. Ela fechou os olhos e ergueu o queixo, como que desafiando Shelby.

— Entendi — disse ela. — Você está sendo perseguida. Suportará os testes que for preciso suportar.

Shelby brandiu a colher e a enterrou na quentinha. Sentiu-se pequena e infantil, mas era assim que teria de se sentir. Precisava que não tivessem pena dela. Ela atirou mais *papa* no rosto da garota e bateu a porta. Shelby acreditava que tinha o direito de agir como quisesse. A cada hora possuía uma alma diferente, e deixaria de resistir a isso.

Toby não sabia por quanto tempo tio Neal ficaria fora. Ele vasculhou cada cômodo da casa, pegando lenços de papel, ataduras, hidratante labial. Fizera diversas viagens até o *bunker* antes de pegar a menina, mas não tinha pensado em muita coisa. Havia sido apressado, entendia agora, mas a sua mente voltaria a entrar nos eixos. Se conseguisse continuar a jantar, acordar pela manhã e sair de casa, a sua mente voltaria a entrar nos eixos.

Ele procurou outra bebida que não fosse água para dar a Kaley; algo com sabor, mas não queria dar refrigerante à menina e deixá-la ainda mais incontrolável. Via aquele rosto largo e corado e o queixo coberto de catarro sempre que fechava os olhos. Havia decidido nunca falar com a menina, não dizer uma palavra sequer no *bunker*. Ela se acalmaria. Entenderia que Toby era uma pedra e se acalmaria.

Toby precisava roubar os suprimentos da casa do tio aos poucos. Primeiro pegou um pedaço de melancia, então pratos descartáveis, cuja embalagem era estampada com o desenho de pessoas num piquenique. Precisava de mais baldes, mas não achou nenhum. Devia haver alguns no barracão, mas a porta estava trancada e ele não tinha permissão para entrar.

O FBI mandou duas agentes. Elas chegaram quase uma semana depois do desaparecimento de Kaley. Estavam trabalhando em outro caso, explicaram. O departamento havia sofrido muitos cortes. Elas não ficariam à frente do caso; estavam ali apenas para ajudar, conduzir algumas entrevistas, oferecer à polícia os recursos que fossem necessários.

As agentes haviam conversado com o pai de Shelby aquela manhã, na mata, e agora haviam encurralado Shelby em casa. Uma das agentes era jovem. Usava joias brilhantes e cabelos à altura dos ombros. A outra estava na casa dos 40 e tinha cabelos curtos. Entrevistaram Shelby na sala. A mais jovem encontrou o controle remoto e tirou o som da TV. Shelby tentava não olhar para a tela. Passava um programa de culinária que acompanhava a produção dos ingredientes na fazenda e o seu transporte até os supermercados, para, por fim, chegar até o preparo dos pratos.

— Tem café? — perguntou a agente de cabelos curtos.

— Não — respondeu Shelby. — Temos cerveja ou água.

— Todo mundo chama essa região de a *verdadeira* Flórida — disse a agente jovem. — Eu não entendo essa expressão. Parte do estado é imaginária?

— Não sei dizer — respondeu Shelby.

— E eles chamam a si mesmo de *crackers*. De onde eu venho, é assim que os negros chamam os brancos quando eles estão irritados.

Na TV, um senhor falava sobre queijos. Por algum motivo, ele jogou um pacote de bolachas de água e sal no chão e o esmagou com o mocassim.

— Queremos fazer apenas uma ou duas perguntas. — A agente de cabelos curtos se abaixou e amarrou a bota, sem deixar de olhar para Shelby. Ela desempenhava a parte dela da rotina. — O seu pai tem amigos que visitam vocês? Amigos da família? Amigos do bar?

— Não aqui na Flórida.

— Nenhum amigo?

— Nenhum que nos visite.

— Kaley tem uma babá?

— Você está olhando para ela.

— Passaram algum trote para vocês?

Shelby fez que não. Os trotes pareciam fazer parte de um passado distante, como os descascadores de algodão.

— Alguma coisa de Kaley desapareceu?

— Não.

— Como você pode ter certeza?

— Eu conheço tudo o que ela tem e não está faltando nada.

— Você sabe exatamente quantas camisetas e pares de meia ela tem?

Shelby refletiu se aquelas eram as mesmas perguntas que haviam feito ao seu pai.

— As pilhas nas gavetas parecem iguais, e eu sei disso porque as abro toda manhã quando visto a minha irmã. Quando a vestia.

Depois do desaparecimento de Kaley, Shelby fez um inventário no quarto, colocando tudo no devido lugar. Os policiais ficaram incomodados, temendo que ela tivesse mexido na cena do crime, mas ela sabia que não encontrariam nada. Eles eram uns idiotas. Assim como essas agentes do FBI. Faziam as mesmas perguntas. Todos esperavam por um milagre.

— Você não deveria estar fazendo anotações? — perguntou Shelby.

A agente de cabelos curtos piscou um olho.

— Prefiro anotar tudo na minha mente do que numa agenda. Posso perder a agenda.

— Você nunca perdeu a cabeça? — perguntou a agente jovem.

— Por que a porta de correr estava destrancada? — perguntou a agente de cabelos curtos.

— Acho que estávamos despreocupados — disse ela. — Isso é uma resposta? Fomos até o quintal mais cedo, colocar água no bebedouro dos pássaros. Esqueci de trancar a porta. O meu pai disse para não me esquecer de trancá-la, e eu esqueci.

— Despreocupada? Um sentimento e tanto — disse a agente jovem.

Shelby queria dizer algo mordaz para as agentes.

— Por que essas mulheres insistem em ter todos esses filhos? — perguntou a agente de cabelos curtos, para ninguém em especial. — Isso não traz nada de bom. Elas simplesmente os colocam no mundo, um atrás do outro.

A agente jovem arqueou as sobrancelhas, uma expressão que significava que era apenas uma mensageira.

— Ora, porque é isso que todo mundo faz.

Shelby entrou na mata que dava para os fundos da casa. Toby teria aula de educação física e ela sabia para onde o garoto ia durante as aulas de educação física, para a central de ar-condicionado atrás da sala de música. E lá estava ele. Toby era confiável. Estava onde deveria estar. Shelby saiu da mata e se aproximou da cerca. Ele estava sentado com as pernas esticadas, a um grito de distância. Shelby não queria fazer barulho. Ela acenou algumas vezes e Toby a viu. Ele apenas olhou a princípio, como se ela fosse um cervo que se afastou da floresta, mas então a reconheceu e caminhou até a cerca. O ar estava parado. À medida que Toby se aproximava, Shelby ouvia a grama cedendo sob seus tênis. Lá estava ele. Nada acontecera. Ele ainda era Toby.

Ela olhou para aqueles olhos impassíveis e eles pareciam saber tudo. Nenhum dos dois abriu a boca. O rosto do garoto estava cortado pelas sombras retangulares da cerca. Por um momento, Shelby se esqueceu de pensar em si mesma; no pai, na irmã, no fato de ter deixado a porta destrancada, em como decepcionara a mãe, em como precisaria voltar para a escola e em como tudo aquilo parecia absurdo agora. A ideia de ser avaliada era ridícula. Os professores. Os clubes. Os próprios prédios, encolhiam e sumiam.

O professor de educação física soprou o apito. A sexta aula do dia estava chegando ao fim. Shelby e Toby sabiam que precisavam falar. Teriam de encerrar o momento.

— Eu não desisti de você — disse ela. — Vou retomar de onde parei.

— Estarei nos lugares onde normalmente estou — disse Toby.

O pai de Shelby estava sentado à mesa da cozinha com uma expressão vazia no rosto, apertando um garfo. Ele queria café, mas Shelby se recusou a servi-lo. Queria que ele dormisse.

— Os escoteiros são os melhores — disse o pai de Shelby. — Quando um escoteiro procura uma coisa, se envolve com ela.

— Isso parece ser verdade — disse Shelby. Os comentários do pai haviam adquirido um tom filosófico.

Shelby estava de costas para o pai. Ela tirava pedaços de frango de uma quentinha do Cracker Barrel e os colocava em uma tigela. Encheria o estômago do pai e daria a ele uma dose de uísque.

— Esse senhor da igreja não confessional... — ele fez uma pausa. Shelby se virou e o viu piscar. Estava com um cisco no olho, tentando tirá-lo com o dedo mínimo.

— Que senhor? — perguntou Shelby.

— Ele tem um aparelho para pegar cobras. Ele as captura com as próprias mãos, bota dentro de um saco e leva para casa. Depois queima.

— Você dormiu 11 horas em seis dias.

— Não estou cansado.

Shelby abriu a geladeira e afastou algumas caixas para dar espaço à quentinha. Sentiu uma dor difusa na barriga. Desde o desaparecimento da irmã, toda dor física era difusa. Colocou a tigela com pedaços de frango em frente ao pai. Ele comeu três garfadas, então tossiu e soltou o garfo. Shelby foi até a sala e colocou uma música tranquila. Fechou as cortinas. Quando voltou para a cozinha, o pai não tinha tocado na tigela. Ainda havia um naco no garfo, que pingava molho, sujando a mesa.

— A minha irmã vai arranjar 50 mil — disse ele. — Uma recompensa para informações que levem a Kaley.

— A ideia foi dela?

— Ela ligou ontem. Está na Escócia.

Shelby ergueu a mão do pai na direção da boca e ele comeu o naco de frango que tinha no garfo.

A tia de Shelby, a irmã do pai, morava na Islândia. Ela tinha um site, popular em certos círculos, no qual escrevia resenhas sobre livros, restaurantes, música e cidades do ponto de vista de um extraterrestre. O nome do site era *oqueelesachariam*. Tia Dale. Ela estava com o mesmo cara havia 15 anos, mas eles nunca se casaram. Havia um retrato dela no corredor que dava para o quarto de Shelby. Tia Dale tinha muitas sardas e usava tranças apertadas rentes à cabeça. Ela sempre foi simpática quando conversaram ao telefone, mas Shelby não a via havia alguns anos. Shelby já acessara o site, o que a fez sentir solitária. As andanças de outras pessoas em outros continentes eram excitantes.

Depois da morte da mãe, Shelby acalentou o desejo secreto de que tia Dale fizesse algum esforço para se aproximar dela e de Kaley, mas isso não aconteceu. A tia era perdoada por não fazer muitas coisas que se esperava que a maioria das pessoas fizesse. Ela era uma artista, supunha a menina. Shelby não fazia ideia se também era uma artista, se algum dia seria poupada de certas coisas por outro motivo que não a desgraça.

O pai parecia desnorteado enquanto se mantinha curvado sobre a mesa.

— Já está bom. — Shelby tirou a tigela da mesa e a jogou no lixo. Ela serviu uma dose generosa de uísque e esfregou os ombros do pai. Ele bebeu em goles pequenos, como se fosse chá quente, então empurrou o copo para o meio da mesa. Shelby queria cantar uma canção de ninar para o pai. Queria fazer um som reconfortante. Esfregou os ombros dele com mais delicadeza, percebeu que murmurava uma melodia. *Era* um belo som. E estava funcionando; o pai estava relaxando.

Shelby foi até o quarto dela e tirou o colchão da cama. Ela não queria ter de acordar o pai e levá-lo até a cama. Se ele desse passos demais, sairia porta afora. Shelby virou o colchão de lado, passou pela porta e empurrou-o pelo corredor, mas ficou preso na esquina para a sala. Quando enfim chegou à cozinha, inclinou-se em frente à porta e viu que o pai não estava na cadeira. Foi até o banheiro, a área de serviço. Disparou até as janelas da frente e abriu as cortinas. O pai estava na calçada. Alguns jornalistas perguntavam e ele respondia. Quando ele começava a se afastar, uma jornalista usando uma echarpe de cores vivas, Sandra Denton, saiu de trás de uma van e entrou no caminho dele. O ângulo no qual sua cabeça estava inclinada sugeria algum assunto pessoal. Sandra Denton mexeu nos brincos. Tocou a manga da camisa do pai de Shelby. Ele seguiu em frente, na direção da mata, e a mulher o observou se afastar.

Shelby largou a cortina e percorreu a casa em busca de algo para quebrar. Desmoronaria se não liberasse sua raiva; aquelas eram suas únicas escolhas. Pisou no colchão largado no chão da sala e parou em frente à TV. O choque do aparelho contra a parede faria um impacto suficientemente ruidoso, mas ela se arrependeria depois. Era bom ter a TV à noite. Ela passou pelos quartos; nada grande ou delicado o bastante; nada que implorasse para ser destruído. Ela sentiu um impulso de revirar o quarto de Kaley, atirar os brinquedos da irmã pelos ares, arrancar as roupas das gavetas e virar a pequena cama. Mas não podia fazer aquilo.

Shelby correu de volta para a janela, tirou uma mecha de cabelo dos olhos e saiu de casa. Ninguém a notou até que estivesse na rua, então, em uma fração de segundo, todos a observavam. A sensação era a de estar em um palco, rodeada por uma plateia ávida. Ela se aproximou da câmera da equipe de Sandra Denton, que estava sobre um tripé, e a pegou. O equipamento era bem pesado. O tripé não caiu, ficou apoiado nas suas costas. Os rostos em volta se acenderam. Shelby flexionou os joelhos, empurrou a câmera para cima com toda força e a atirou para o lado. Houve um som de coisa se espatifando. A câmera, apesar de ainda estar inteira, tinha a lente destruída e emitia sons desconexos.

Quando Shelby voltou para casa, o telefone estava tocando. Ela ouviu os toques, a mensagem da secretária eletrônica e então a voz abatida da agente do FBI de cabelos curtos. A mulher disse a Shelby que queria pedir desculpas por não ter sido profissional quando a entrevistou. Que não costumava se comportar daquela forma. A parceira, talvez, mas ela não. Elas viam casos como o de Kaley o tempo todo e aquilo era um inferno para os nervos. A agente disse a Shelby que era uma servidora pública. Que tinha dias bons e ruins. Que aguentava firme, como todo mundo. Pelo barulho ao fundo, Shelby supôs que a agente estava em um restaurante. Ela parou de falar no exato momento em que a secretária eletrônica encerrou a ligação.

O sr. Hibma ficou na sala durante a detenção, folheando as pastas com táticas de basquete pela sexta ou sétima vez. Esse era o problema com a detenção: quando a infligia a um aluno, ele também era punido. O infrator não era Toby desta vez. Shelby, no segundo dia de volta às aulas, disse ao parceiro no jogo de trívia que ele era uma das pessoas mais inúteis do planeta, que o cérebro dele deveria ser doado para pesquisas. Havia dito isso, ao que parece, porque o garoto estava sendo cortês demais. Era bem provável que os pais tivesse instruído o garoto a ser supereducado com Shelby Register, mas esse acabou sendo um mau conselho. Apesar de o sr. Hibma concordar com a afirmação de que o cérebro do aluno não o ajudava grande coisa, e de o próprio não parecer ter ficado ofendido, o professor não podia permitir que Shelby chamasse alguém de burro na sala. E o sr. Hibma acreditou que ela queria ser tratada como uma pessoa comum, poderia querer que não pisassem em ovos com ela, então poderia gostar de ficar na detenção, como um aluno normal.

O sr. Hibma sabia que deveria falar com Shelby sobre a irmã. Era muito provável que fosse o professor por quem ela tinha mais consideração, um adulto que, se não respeitava, ao menos não desprezava. Ele sabia que era seu dever moral permitir que a garota desabafasse, oferecer-lhe o ombro para chorar, mas o sr. Hibma não conseguia fazer esse tipo de coisa. Ele era deficiente. Esse era um dos motivos pelos quais não era um professor de verdade. Via os outros agirem assim, colocando os alunos sob suas asas, estimulando os jovens a se abrirem. Alguns professores faziam isso pela teatralidade, outros porque se preocupavam, mas o importante era que faziam. O sr. Hibma achava inconveniente intrometer-se na vida de outra pessoa. Era para isso que serviam os orientadores e os analistas. Para ele, mesmo os poucos alunos com quem tinha algum tipo de afinidade eram colegas de trabalho. Shelby era uma das suas preferidas e, se não a ajudasse agora, nunca mais o faria. Ele podia sentir que não o faria. Isso ia de encontro à sua natureza.

Ele se voltou para o quadro-negro e passou a apagar as palavras do vocabulário. Para ganhar tempo, o sr. Hibma dava dez palavras novas por semana às turmas. Pedia que o maior puxa-saco da sala escrevesse palavras e definições no quadro enquanto os outros alunos as copiavam. Isso consumia 15 minutos das segundas-feiras. Às quartas, ele dedicava 15 minutos ao estudo. Nas sextas, 15 minutos para os jogos de trívia. Flagelo. Fenecido. Pilhagem.

Shelby riscou um círculo nas costas da mão e o preenchia à caneta.

— Você está acima desse tipo de coisa — disse o sr. Hibma.

Shelby parou de preencher o círculo, mas não olhou para ele.

— Tenho livros que você pode ler, de alguns bons escritores judeus. Bellow, talvez.

Shelby pareceu ficar intimidada com a ideia. Ela olhou, distraída, para uma reprodução de Dufy com cavalos em um hipódromo.

O sr. Hibma desejou beber algo forte. Se continuasse naquele emprego por muito tempo, se tornaria um daqueles professores que mantêm uma garrafa na última gaveta. Ele foi até a estante, pegou os romances de Bellow e os colocou sobre a carteira de Shelby.

— Nunca sabemos o que vai nos fazer entrar em parafuso — disse ele. — Acreditamos que devem ser grandes tragédias, mas nem sempre esse é o caso. — O sr. Hibma não tinha certeza de onde queria chegar. Ele estava, para sua própria surpresa, tentando ser profundo e generoso. — Algumas vezes, as tragédias acabam nos fortalecendo. Fazem com que nos tornemos mais nós mesmos; você sabe, fazem com que nos concentremos.

— Acho que estou bastante concentrada — disse Shelby.

— Sou como suco de laranja congelado.

— A maioria dos seus colegas vai passar pela vida sem viver algo de bom ou ruim de verdade. Verão alguns filmes engraçados, esperarão em filas, talvez tenham o telefone cortado ou desenvolvam diabetes.

Shelby assentiu. O sr. Hibma estava assustando-a.

— Frequentei uma das melhores escolas de ensino médio do país no primeiro ano. Essa foi a raiz da maioria dos meus problemas. Isso e receber uma herança.

— Uma escola só para alunos superdotados? — disse Shelby.

— Superdotados. — O sr. Hibma estremeceu. — Isso é para chimpanzés. Provavelmente a convidarão em breve, e espero que recuse. É uma marca de mediocridade, essa coisa de superdotados. Você terá problemas o bastante sem aqueles nerds.

— Por que só ficou nessa escola por um ano? — perguntou Shelby.

— O motivo de eu ter sido expulso não é a parte mais importante — disse o sr. Hibma. — Por sete meses, desfrutei de um ambiente de reflexão, cortesia, estímulo a qualquer capricho intelectual. Tínhamos lareiras nas áreas de leitura. Tocavam Handel nos intervalos entre as aulas.

Shelby pegou os romances de Bellow e leu as orelhas. O vento soprou algo contra a janela.

— Algumas vezes, coisas boas perturbam a cabeça de uma pessoa — disse o sr. Hibma. Ele perguntava a si mesmo se algo que lhe acontecera havia sido realmente *bom*. Ainda não havia decidido, depois de todos aqueles anos, o que pensava do fato de ter sido roubado quando bebê. Aquilo precisava significar alguma coisa. Havia moldado sua personalidade. — Não estou falando coisa com coisa — disse ele a Shelby. — Sou péssimo nisso.

— Não é — disse ela. — Não é o senhor. Eu não *quero* ser consolada. Não sou receptiva a sabedoria ou perspectivas.

— Mas eu deveria ser capaz de atravessar a sua muralha.

— Isso seria inútil — disse Shelby. — Se atravessar a minha muralha, não encontrará nada que queira encontrar.

O sr. Hibma ficou desconcertado. Ele queria que Shelby soubesse que era especial, que não podia se permitir perder-se no mundo porque o mundo precisava dela. Mas estava sem palavras. Dera a detenção a Shelby em parte para testar a si mesmo, para ver se conseguiria fazer com que a aluna se abrisse, e falhara. Falhara em tentar, na verdade. Ele ficou em frente ao quadro-negro, arrumando os apagadores em uma fila reta. Estava com raiva do mundo, por levar tanto sofrimento a pessoas dignas. Era difícil até mesmo olhar para a garota. Ele a dispensou com um gesto de cabeça, livrando a si mesmo daquela situação delicada.

Ele ficou sentado por algum tempo, tornando-se parte integrante do silêncio imperfeito do mundo, e então, quando conseguiu, passou a rabiscar uma folha com as normas da turma. Escreveu números de um a dez e ao lado de cada um anotou *consultar salas vizinhas*. Colou a folha na parede com fita adesiva.

Mais cedo naquele dia, pouco antes do sino de fim das aulas tocar, a sra. Conner o confrontou no corredor e informou que era o seu dever, na condição de supervisora daquela ala, fazer cumprir as normas determinadas pelo departamento de artes liberais. Os professores eram obrigados a publicar as normas da sala.

— Mas elas são as mesmas para todos os professores — dissera o sr. Hibma. — E essas normas são idênticas às normas da escola.

— Exatamente — disse a sra. Conner. — Uma frente unificada.

— Odeio frentes unificadas.

O sr. Hibma nunca estivera na casa da sra. Conner, mas era capaz de imaginá-la. Via uma varanda cercada de janelas de vidro sobre um piso de madeira. Via um barracão, cercas vivas bem cuidadas. Sabia agora que não mataria o marido. Descobriria a rotina do casal e visitaria a sra. Conner quando o marido estivesse fora jogando golfe, matando bichos na floresta ou fazendo qualquer que fosse a atividade que usasse como desculpa para ficar longe da esposa. O sr. Hibma já descartara facas ou armas de fogo e, depois de alguma consideração, também desistira de venenos. Os envenenadores sempre são pegos. O sr. Hibma assistia à televisão. Sempre que alguém comprava veneno, a compra era filmada, o recibo caía no piso do carro ou outro cliente se lembrava da cara do sujeito. Então a polícia apreendia o seu computador ou consultava os registros da biblioteca e concluía que você havia pesquisado algum tópico vagamente relacionado a venenos. As pessoas diziam que deveriam ter desconfiado, já que você sempre foi um pouco estranho, apesar de aparentar ser inofensivo. Por mais cuidadosa que a pessoa seja, sempre acontece alguma coisa quando se usa veneno. Não, o sr. Hibma se via fazendo outra coisa. Ele deixaria o carro no estacionamento do shopping mais próximo, entraria no quintal da casa dos Conner no meio da noite e se esconderia atrás do barracão ou sob o tablado de madeira, esperando que o marido saísse de manhã, então bateria na porta da frente e, ante a confusão da sra. Conner, invadiria a casa e a sufocaria, com o peso do corpo, usando uma das almofadas do sofá da sala. Não haveria sangue, barulho e ele não precisaria comprar nada. E, acima de tudo, a sra. Conner não teria direito às suas últimas palavras.

— Não estou *pedindo* — disse a sra. Conner, passando a mão nos cabelos cor de ferrugem. — E eu já sei sobre as atividades de vocabulário. Não tente legitimar as suas aulas apropriando-se do currículo de inglês.

— Qual dos puxa-sacos está espionando para a senhora?

— Como?

— Deixe-me dizer uma coisa — disse o sr. Hibma. — Os seus sapatos são pequenos demais. Os seus dedos se esparramam pelo chão. A senhora não sente?

A sra. Conner empinou o nariz e olhou para o sr. Hibma, usando a parte inferior das lentes bifocais, mantendo a compostura.

A seleção. Vinte e uma garotas. O sr. Hibma começou pelo alongamento, orientando as alunas a fazerem um círculo e pedindo que cada uma escolhesse uma parte do corpo. Ele se afastou e observou-as, inseguras, rolarem o pescoço, curvarem os quadris, fazerem polichinelos. Ele era ainda mais impostor no ginásio do que na sala de aula. Nem ao menos sabia onde ficavam os vestiários ou a sala dos treinadores. Nunca, pelo que se lembrava, soprou um apito. Nunca gritou com ninguém pelo bem dessa pessoa.

O sr. Hibma fechou os olhos e controlou a respiração. Ele conseguiria levar a farsa adiante. Se tinha talento para alguma coisa, era para levar as coisas adiante por meio de fingimento. Aquele era o *seu* ginásio. Ele era um componente natural do ambiente. Tinha energia para dar e vender. As semanas passariam; elas não tinham escolha a não ser passarem. Os jogos iriam e viriam e ninguém perceberia que o sr. Hibma não era um treinador de verdade. No que dizia respeito às garotas que se alongavam, ele era o sultão supremo do basquete. O destino esportivo delas estava em suas mãos. O sr. Hibma se aproximou e encarou as garotas, que pararam de rir e cochichar. Elas olharam umas para as outras.

O sr. Hibma passou a falar sobre o controle do espaço no garrafão. Organizou um exercício no qual fazia arremessos e as garotas precisavam se posicionar para disputar o rebote. Soprou o apito e imediatamente gostou daquilo. O sr. Hibma já poderia ter escolhido o time. Era evidente quais garotas tinham medo da bola e quais não tinham. Ele selecionaria 15 alunas; podia ficar com as três bonitinhas e nunca usá-las em um jogo de verdade. Elas seriam as reservas das reservas, proporcionariam motivação, algo para os torcedores admirarem.

Ocorreu ao sr. Hibma pedir que as garotas se sentassem para falar sobre a importância da aparência pessoal. Na escola, ele as lembrou, as garotas feias eram intimidadas pelas bonitas. Que diabo, acontecia a mesma coisa com as mulheres adultas. Um time poderia conquistar vantagem se as jogadoras fossem bronzeadas e cuidassem das unhas.

— Vocês já ouviram falar em comprimento ativo das unhas? — perguntou ele. — Invistam a mesada em um bom corte de cabelo. Vão até um salão e aprendam um pouco sobre maquiagem.

Por fim, o sr. Hibma precisou organizar uma partida. As gêmeas baixinhas e dentuças eram boas nos arremessos de três pontos. Uma garota com pernas musculosas e sem sobrancelhas conseguia cercar as adversárias na defesa, mas era nervosa demais para conseguir completar uma jogada. Uma garota muito magra com o cabelo cortado em forma de cuia tinha bom domínio de bola. Ela driblava passando a bola sob as pernas e por trás das costas e fazia bons lançamentos. As conversões foram muito poucas, mas a partida *se parecia* com um jogo de basquete.

Depois, as garotas voltaram a se reunir. As gêmeas se entreolharam.

— Treinador? — disse uma delas.

— Não me chame de treinador. Sr. Hibma.

— Sr. Himba?

— Não é Him-ba. É *Hib*ma.

— Precisamos mesmo cortar os cabelos e fazer as unhas?

— Se quiserem jogar.

Seguiram-se alguns murmúrios, que logo cessaram.

— Agora — disse o sr. Hibma. — Vamos ao que interessa.

Ele explicou que era responsabilidade de todas fazer com que as duas garotas altas que praticavam arremesso de peso e de disco entrassem para o time. Rosa, a mexicana, e Sherrie, a outra, precisavam participar da seleção. Isso era vital.

— Fiquem amigas delas — ordenou o sr. Hibma. — Pressionem. Subornem. Mas consigam convencê-las a aparecer por aqui.

A caminho da escola pela rua principal, próximo à placa que dizia CITRUS MIDDLE SCHOOL em letras de concreto, Toby foi chamado por duas mulheres em um carro azul reluzente. Eram agentes do FBI. O carro parecia ter sido lavado há não mais do que cinco minutos. O capô estava ofuscante sob o sol da manhã. As mulheres não se deram ao trabalho de descer. A que falou com Toby estava ao volante. Ela tinha cabelos muito curtos.

— Não se preocupe, garotão, não vai demorar. Você não vai se atrasar — disse ela.

Toby sentiu calor. Não sabia se o motivo eram as agentes ou o sol, que havia encontrado. De modo geral, Toby não estava preocupado, com os policiais ou com aquelas agentes, mas talvez apenas dissesse isso a si mesmo. Ele ficou parado e respirou silenciosamente enquanto a mulher fazia perguntas, principalmente sobre Shelby. Toby as respondeu com sinceridade. Contou que Shelby o havia procurado duas vezes durante as aulas de educação física antes de voltar oficialmente à escola. Disse que eram colegas de turma na aula de geografia. A outra agente, que estava sentada no banco do passageiro, nem ao menos olhava para ele. A mulher mirava a rua pela janela com os olhos semicerrados.

— Quer um *bagel*? — a agente que estava ao volante perguntou. — Ao que parece, a minha parceira perdeu o apetite.

Toby fez que não. Ele não estava nervoso. A agente do FBI tinha um olhar acusatório. Mas ela não tentava fazer com que ficasse nervoso, apenas o subestimava, como todo mundo. Interrogava-o simplesmente porque não tinha boas pistas, porque ele era amigo de Shelby e era preciso explorar todas as possibilidades.

Ela ajustou o retrovisor e passou hidratante nos lábios.

— É correto dizer que você conhece todos os encrenqueiros do pedaço?

— Não — disse Toby.

— Vocês não andam juntos?

— Eu não ando com ninguém.

— Um lobo solitário, hein? — falou a agente. — Vou dizer uma coisa. Muitos casos são resolvidos porque as pessoas são incapazes de guardar segredos. Alguns segredos ficam pesados a ponto de as pessoas não conseguirem suportá-los e acabarem contando para outra pessoa. Então *essa* pessoa conta a alguém.

A agente ficou em silêncio. Ela só voltou a falar quando Toby assentiu.

— Quero que você seja os meus ouvidos. Se algum dos seus amigos falar alguma coisa que possa me interessar, quero que me conte.

Toby concordou e a mulher sorriu de modo afetado.

— Como vocês se divertem por aqui? — perguntou ela.

— Como nos divertimos?

— Já ouviu falar em diversão, certo?

Toby olhou para o estacionamento, para os alunos que desciam dos carros dos pais, as mochilas sendo retiradas dos porta-malas.

— Não sei o que *eles* fazem — disse Toby. — Eu ando por aí. Exploro a região.

Os olhos de Toby se ajustaram ao brilho da lataria do carro. Olhou para o banco de trás. Não havia armas ou equipamentos ultramodernos, apenas uma caixa de garrafas de água mineral.

— Ela é sua namorada? — a agente se inclinou sobre a janela. Agora havia algo em seus olhos. — Shelby é sua namorada?

— Não — disse Toby.

— Vou colocar de outra forma. Você é o namorado dela? Toby recuou um passo.

— Já entendi, a história da garota certinha com o bad boy. É uma tradição bem antiga — disse a agente.

— Shelby não é certinha — disse Toby.

— Não há problema algum em ser certinha. Eu sou certinha e está tudo bem comigo. — A agente sorriu como se houvesse dito algo engraçado, mas ninguém riu. Muito menos a parceira. Ela entregou um cartão para Toby.

— Está bem, garotão — disse ela. — Vou fechar o vidro agora.

As horas da tarde eram as mais maçantes. Era como o próprio condado de Citrus, estranhas. Shelby queria subir ou descer. Não havia porão ou segundo andar. A casa dela não tinha sótão. Shelby não queria continuar a caminhar no mesmo nível. Ela estava em uma porcaria de terra plana de onde nada rolaria. Tudo ficava exatamente onde estava e apodrecia. Shelby estava reduzida a fantasias tolas: visões dela e do pai se mudando e trabalhando a terra numa fazenda em algum lugar, visões dela indo morar com tia Dale na Islândia e a tia a ensinando a ser uma mulher dura, insensível. Shelby queria algo mais dramático, mais honesto. Queria um oceano bravio ao invés das águas calmas do golfo. Queria um clima capaz de matar. Queria o respeito de alguém que soubesse de verdade como julgar.

Shelby saiu de casa e não encontrou uma forma de subir no telhado. Acabou no quintal, perdida. Ela virou a piscina plástica e entrou debaixo. Os sons no ar, os ruídos acidentais do mundo, eram diferentes dentro daquela concha de plástico. Pareciam vir de muito longe, das profundezas de algum mar azul. Shelby se sentiu um animal. Detectou em si uma força, uma fúria, um elemento perigoso que a ajudaria a moldar os dias de sua vida. Ela queria determinar a si mesma. Queria abrir à força o caminho para um destino incerto.

A caminho da pista de atletismo, Toby topou com Shelby no parque infantil. Ela tinha um jornal nas mãos, como na primeira vez que conversaram ali, quando Kaley estava no balanço. Segurava o jornal com os braços esticados, como se o papel cheirasse mal. Toby não sabia o que ela fazia no parquinho. Ela deveria evitar aquele lugar. Toby de certa forma sentia falta da antiga Shelby, da Shelby de sempre. Era estranho estar perto de uma pessoa mais lúgubre do que ele. E Toby temia ligeiramente que Shelby detectasse a culpa que ele sentia com algum tipo de sexto sentido. Algumas vezes suspeitava de que ela conseguisse lê-lo como se fosse um livro, que olharia nos seus olhos e veria Kaley sentada na cama de campanha, encostada na parede do *bunker*, os pés sujos da menina manchando os lençóis, suas orelhas vermelhas, os dentes travados. Mas Shelby não estava procurando pistas. Ela nunca participou das buscas, apenas tentava entender o que significava o desaparecimento da irmã.

Toby se sentou no outro extremo do banco. Shelby usava uma camiseta fina que revelava as formas macias dos seios, que se moviam sempre que ela agitava os braços para virar uma página.

— Estão abrindo um bar de jazz em Crystal River — disse ela. Nenhuma expressão no seu rosto. — Você já ouviu algo mais patético? — Ela dobrou o jornal, acompanhando sem pressa as dobras originais, então o atirou sob o banco. — Dizem que a música abranda a alma.

— Não escuto muita música. — Toby se deu conta de que queria dizer algo que a fizesse se sentir bem. Que queria ver alguma esperança em Shelby.

— Por que você ainda não pediu o número do meu telefone? — perguntou ela.

— Porque eu não tenho telefone.

— Vocês não têm telefone em casa?

— Nunca tivemos.

— É o seu tio, não é?

Toby deu de ombros. O balanço estava solitário. Toby desejou que destruíssem aquilo, que dessem um fim naquele parquinho velho e fora de contexto.

— Posso perguntar uma coisa para *você*? — perguntou ele. — É verdade que você atirou comida do Cracker Barrel numa garota?

Shelby contraiu os lábios.

— A geladeira está cheia daquela porcaria. O meu pai não joga tudo fora porque significaria admitir quanto tempo já se passou. — Ela lançou um olhar inexpressivo para Toby. — Não sei mais o que comemos. Não sei mesmo.

Toby tentou evitar que seus olhos gravitassem para os seios de Shelby. Ele se sentiu enjoado. Achou que podia vomitar, e nunca gostou disso. Shelby estendeu o braço para o outro extremo do banco e tocou a orelha de Toby.

— O que diabos é isso que você está usando? — perguntou ela.

Toby vestia um short surrado e uma camiseta em que se lia GRÉCIA.

— Você é fútil — disse ele. — Ridicularizar as roupas dos outros é fútil.

— Você nunca viajou para a Grécia, certo?

— Nunca fui nem mesmo a um restaurante grego.

Shelby levou os braços ao peito e estremeceu, surpresa por estar com frio.

— Eu sei que tudo vai ficar bem — disse Toby. — Nós vamos ficar bem.

— Você não precisa tentar ser o bom moço — suspirou Shelby. Ouviam-se trovões a distância. — Não vamos ficar bem e você sabe disso.

— Não. Eu não sei de nada.

Os trovões eram constantes e pouco ameaçadores. Se levassem algum perigo, seria a outras pessoas. Do nada, Toby sentiu a coragem tomando-o. O estômago não estava mais embrulhado. O foco intenso dentro dele não era o mal, mas a sua própria coragem, pura e simples. Shelby o considerava a única coisa boa na Flórida, e Toby sabia disso. Ele deslizou no banco para perto da garota e escutou o jornal amassar sob seus pés. Sentiu o cheiro dos cabelos de Shelby. A pele dela estava arrepiada, mas Toby viu que ela estava morna. Shelby levantou-se de forma brusca e inesperada, assustando Toby, suas botas soltando um chiado. Caminhou em direção ao balanço, deixando pegadas sujas de lama na areia. Ao passar, puxou um dos balanços e o soltou, e a cadeirinha ainda se agitava quando a menina desapareceu em uma esquina. Era a cadeirinha onde Kaley estivera sentada naquele dia. Toby não conseguiu se levantar e ficou observando o balanço. Observou até que ficasse imóvel, até que os mais leves movimentos fossem provocados pela brisa.

Quando Toby chegou à pista de atletismo, o treinador Scolle orientava todos a formarem um círculo. Dizia aos alunos que eles precisariam se apressar já que, caso caísse uma única gota de chuva a pista seria imediatamente esvaziada; ninguém seria atingido por um raio sob seus cuidados. O treinador perguntou a cada aluno quais eram suas metas para a temporada. Vince, o garoto que tentava comprar amigos com chiclete e que treinaria salto em altura, queria dar um salto de 1,80 metro. Rosa e Sherrie, as garotas enormes, queriam derrotar a Pasco High, uma escola frequentada basicamente por negros que, à exceção do voleibol feminino, dominava todas as modalidades esportivas da região. Quando chegou a vez de Toby, o treinador Scolle não gostou da ideia. Ele se queixou de ter alguém praticando salto com vara na equipe, pois teria que carregar o equipamento todos os dias e sacrificar um tempo valioso de colchão dos praticantes de salto em altura. E ainda disse que temia que Toby quebrasse o pescoço, então não gastaria energia instruindo-o.

— O melhor que você faz é consultar aquele livro e aprender por tentativa e erro.

— Ainda estou com ele — disse Toby. — Estou no capítulo dois, "Condicionamento".

— Pode ser um capítulo longo para você.

Toby deu de ombros. Muitas pessoas da equipe estavam mais fora de forma, alguns até mesmo acima do peso. O treinador perguntou qual era a meta de Toby. Uma vez que o salto com vara era praticado no ensino fundamental apenas no condado de Citrus, Toby não podia esperar conquistar um título estadual, talvez nem mesmo um regional.

— Aprender a saltar — respondeu ele.

O treinador Scolle bufou de raiva.

— Só acredito vendo.

Aquele era o ponto em que, normalmente, Toby teria sido atrevido. Ele teria perguntado ao treinador se o verdadeiro motivo de ele estar com medo da chuva era estragar a permanente dos cabelos. Se o verdadeiro motivo era o fato de uma das janelas do seu Firebird estar quebrada e coberta com uma sacola plástica. Mas Toby não disse nada. Ser visto como encrenqueiro apenas dificultaria a sua vida dali em diante. Ele não desejava esse tipo de atenção. Apesar de ainda não ter se dado conta disso quando participou da seleção, ele agora compreendia que praticava um esporte para parecer comum. Enfrentar o treinador e scr expulso da equipe apenas sabotaria esse propósito.

A caminho do trailer de *tacos*, Toby fez outra visita à livraria. Deixou a mochila na frente da loja e foi direito para onde ficava a TV. O noticiário nacional já havia abandonado Kaley, e Toby constatou que o mesmo deveria ter acontecido no jornal regional. Ele descobriu como mudar o canal e assistiu aos noticiários por uma hora. O clima em St. Petersburg. Esportes em Tampa. Enchente em Lutz. Alguém havia derrubado a parede de uma floricultura com uma El Camino. Uma universitária havia chantageado o professor de poesia. Um cemitério estava sendo processado. Aquelas pessoas não davam a mínima para o condado de Citrus. Elas não davam a mínima para Kaley. Mas dariam, se soubesse que estava viva e quem estava com ela. Ah, se dariam. Toby ficou ali, sentado em frente a uma estante de revistas — motocicletas, alimentos saudáveis. Todos aqueles interesses. Todo mundo tinha aqueles interesses.

A loja que vendia ferramentas e eletrodomésticos usados ficava próxima ao restaurante chinês, a cerca de 1,5 quilômetro da casa de tio Neal — o que era uma distância e tanto com Toby empurrando um carrinho de mão. E ele ainda precisaria empurrar o carrinho de volta, desta vez carregado, pelo acostamento, beirando o mato.

A maior parte do estoque da loja ficava na frente, espalhado em um pátio, mas Toby precisava de um ar-condicionado portátil e do gerador mais leve que conseguisse encontrar. Esse tipo de coisa ficava no interior da loja. A velha que era dona do lugar cumprimentou-o com a cabeça, ao que Toby retribuiu. Ele foi até as estantes dos fundos e encontrou os itens que procurava nas prateleiras à sua frente. Ficou aliviado. Estavam um ao lado do outro, como um conjunto. Parecia ser uma confirmação, encontrar exatamente o que queria tão rápido.

Toby carregou os itens um de cada vez até o caixa e esperou ser atendido pela velha. Só então viu que ela estava acompanhada de uma menina, que ficara escondida atrás do balcão, à altura dos joelhos da mulher. A menina colocava as mãos nos bolsos e as tirava lentamente, repetidas vezes.

— Prefiro não arriscar — disse a velha. — Minha neta fica aqui comigo. Quando a mãe vai para o trabalho, deixa ela aqui, e não na creche aos cuidados de uma maconheira qualquer.

Toby tirou o dinheiro do bolso e passou a desamassar e arrumar as notas. Os olhos da velha estavam nele. Ela tinha cabelos desgrenhados, mas os olhos eram vivos e a postura, ereta.

— O que você acha deste? — perguntou ela à menina, apontando o polegar para Toby.

A menina deu de ombros.

— Eu também não sei — disse a velha.

Toby levou as coisas para casa, guardou-as, mas deu meia-volta e pegou novamente a estrada de terra. Ele se esquecera de ir à farmácia. Precisava caminhar de volta até a Rota 19. Tinha que comprar uma tesoura. Os cabelos de Kaley estavam cheios de nós, e Toby não podia nem pensar em começar a desembaraçá-los.

No dia seguinte, Toby encontrou um bilhete na cômoda: *Encontre comigo no barracão*. Toby nunca entrara no barracão do tio Neal, mas já tinha olhado pela janela e visto que havia um forno e diversos vasos com plantas, que deviam ser algum tipo de alucinógeno da roça. Tio Neal mantinha o lugar trancado com cadeado. Ia até lá todos os domingos, mesmo no auge do verão, e ficava ocupado cortando e cozinhando coisas.

Toby empurrou a porta e encontrou o tio em frente a uma confusão de talos arroxeados, mexendo um caldeirão fumegante. Ele usava luvas de borracha e segurava um alicate. Havia um saco de batatas cortadas em palitos sobre a mesa, além de uma garrafa de um litro e meio de refrigerante com um longo canudo. E uma tigela com limões. Um saco de açúcar. Uma tábua de cortar.

Tio Neal pegou um punhado de talos e os soltou devagar dentro do caldeirão. Ele se abaixou e bebeu um pouco de refrigerante.

— Bote uma batata dessas na minha boca.

Toby levou a mão ao saco e deu uma batata ao tio.

— Você está ficando doidão? — perguntou ele.

— Isso não é droga, é cicuta.

Os talos liberavam um cheiro acre. Toby abriu a porta do barracão.

— Deixo um galão naquela geladeira por uma semana — disse tio Neal. — Então jogo fora e faço mais. É o segredo do meu sucesso. — Ele franziu a testa em aprovação.

Toby começou a tossir.

— A fumaça não faz mal — falou tio Neal. — Pode deixá-lo feliz. Costumava contar as horas para sentir esse cheiro, mas acho que desenvolvi tolerância. Desenvolvo tolerância à maioria das coisas que me deixam feliz.

Toby pigarreou e esfregou os olhos.

— Essa coisa não o mataria — disse tio Neal. — Se você bebesse o galão todo, poderia ficar apenas com alguma sequela. — Tio Neal bebeu mais refrigerante. — Corte esses limões em quatro.

Toby foi até a mesa e arrumou a tábua de cortar. Ele já estava começando a se acostumar com o fedor. Agora o reconhecia das roupas de tio Neal, aquelas que sempre usava para trabalhar aos domingos no barracão: a camisa azul desbotada e a calça jeans velha. Aquilo *estava* fazendo alguma coisa com Toby. Ele se sentia leve.

— A cicuta é potente quando jovem — explicou tio Neal. — Quando as plantas alcançam um pouco mais de 2 metros, eu corto. Algumas vezes, dão umas florezinhas brancas. — Tio Neal entregou a Toby uma colher de chá para que ele tirasse as sementes dos limões, então passou a explicar como aguava as plantas, tocando carinhosamente em algumas folhas.

— Não estão entendendo — disse Toby.

— Bem, isso é porque você é um pouco lento. — Tio Neal deu um sorriso forçado. — Mas vai entender um dia. Talvez em breve.

Toby esperou.

— Tenho um .38 em casa. Toda manhã, preciso decidir se o deixo guardado ou o levo para tomar um banho de sol.

— Então a cicuta é...

— A cicuta é para me lembrar da escolha que tenho, de continuar a viver ou desistir. Se escolher continuar, não posso culpar ninguém a não ser eu mesmo. Aconteça o que acontecer comigo, assinei embaixo. — Tio Neal colocou uma caneca em frente a Toby. — Ponha as sementes aqui. Vou plantá-las, caso decida continuar a viver.

— A arma não é capaz de lembrá-lo? Você sempre sabe onde ela está.

Tio Neal pareceu ter ficado decepcionado.

— Quanto tempo é preciso para sacar uma arma?

— Não muito — disse Toby.

— E como é o cheiro dela?

— Como é o cheiro de uma arma?

— É.

— Diferente desse.

— Isso mesmo — disse tio Neal. — Nada cheira como isso. — Ele esfregou uma folha com as pontas dos dedos e cheirou. Não importa o que eu esteja fazendo aqui. Posso estar jogando paciência. O importante é pensar em viver ou morrer. Se você não se forçar a pensar nisso, não vai pensar. Não faz parte da natureza humana dar um passo atrás e avaliar escolhas importantes.

Toby continuou a cortar os limões, se perguntando se tio Neal tinha mesmo uma arma, o que aconteceria com ele se o tio se matasse, onde acabaria. Toby avaliava as coisas. Ele avaliava as coisas o tempo todo.

— Que corte de cabelo é esse? — perguntou tio Neal. — Você vai se alistar?

— É para o salto com vara — respondeu Toby.

— Ainda está fazendo isso?

— É claro.

— Existe um corte de cabelo pra isso?

— Existe um corte de cabelo para tudo.

Tio Neal ajudou Toby a espremer os últimos quartos de limão, então puxou um cesto de lixo e empurrou as cascas para dentro dele com o antebraço.

— Posso ter uma chave do barracão? — perguntou Toby.

— Por que não? — disse tio Neal. — Vou providenciar uma.

Toby se virou para sair, mas o tio o chamou.

— Mais uma coisa. Vou passar a dar uma mesada a você. Trinta e cinco dólares por semana. Para o caso de você querer começar a... sei lá, gastar dinheiro. Não posso levá-lo comigo.

Toby nunca pensara em receber uma mesada. Ele sempre conseguia se virar com o dinheiro do almoço, mas agora, com Kaley, ele tinha despesas. A sensação foi parecida com a que teve ao encontrar o *bunker*, ao sentir a chuva que caiu na noite em que sequestrou a garota, ao comprar o ar-condicionado e o gerador. Algo estava do lado dele.

— Vamos fechar em 50 — disse Toby, brincando.

— Feito.

— Assim, sem mais nem menos?

— Nunca negociei nada na vida — disse tio Neal. — E não vou começar com um merdinha como você.

Os religiosos, os escoteiros, os times de beisebol, todos acabaram desistindo. O pai de Shelby estava perdendo peso e parecendo uma versão de si mesmo de 15 anos antes, uma versão que Shelby viu apenas em fotografias. Ele era um boxeador outra vez, golpeando e golpeando, porque era isso o que sabia fazer. Estava deixando a barba crescer. Os cabelos eram lisos e finos, mas a barba era vigorosa, agressiva no seu domínio sobre o rosto. Ele continuava colocando folhetos nas mesmas caixas de correio. Fixava cartazes informando sobre a recompensa de 50 mil dólares de tia Dale sempre que podia. Juntou-se a uma organização que arrecadava dinheiro para divulgar vítimas de sequestros e a outra que arrecadava dinheiro para contratar caçadores de recompensas.

A polícia havia rastreado um sujeito até o Alabama, que, apesar de não ter nada a ver com o desaparecimento de Kaley, foi preso por crueldade animal. Investigaram uma pequena transportadora baseada na outra costa da Flórida. O último tipo de ajuda que a polícia ofereceu foi um psicólogo, um negro do Novo México. Em vez de cartões de visita, ele carregava caixas de fósforos com o nome impresso: Cochran Wells.

— Quanto tempo essa consulta vai durar? — perguntou Shelby. — Existe um tempo específico?

Cochran inclinou a cabeça. Ele se parecia com um cachorro altivo, enorme. Tinha tranças afro curtas e usava um terno claro.

— Não muito — disse ele.

O pai de Shelby parecia estar quase cochilando. A filha tocou-lhe no ombro e ele bocejou.

— Estou fazendo aulas de mergulho — disse o pai de Shelby. — A polícia não tem orçamento para mergulhadores, então eu mesmo vou procurar em todos os córregos. Isso é o tipo de coisa que eu deveria dizer?

— Você disse algo... — Cochran precisou se afastar da mesa para cruzar as pernas. — Você disse procurar em *todos* os córregos. Isso quer dizer que não espera encontrar nada.

— E não espero — respondeu ele.

Shelby mal dormiu na noite anterior. Ela ficou acordada assistindo aos programas de comédia. Um humorista a fazia rir e, quando menos esperava, ela estava com o rosto molhado de lágrimas. Na noite anterior havia sido um sujeito com voz nasalada que fez piadas com o estado do Texas. Shelby sentiu-se leve e animada por um momento e então passou a abafar os soluços para não acordar o pai. *Essa* era a sua terapia, ela acreditava, e não em nada que Cochran Wells dissesse. O sujeito falava algo sobre perseverança emocional ao pai de Shelby. Ela o interrompeu.

— Tenho uma pergunta. Qual a diferença entre terapia e psicoterapia?

— Psicoterapia é a palavra judaica para terapia. — Cochran se permitiu uma risada.

— Você tem algo contra os judeus? — perguntou Shelby.

— Não tenho nada contra ou a favor de ninguém. Aplico a minha empatia em um caso de cada vez. — Cochran fez uma pausa. — Avalio as circunstâncias, não os indivíduos.

— Que sorte a nossa — disse Shelby. — Temos muitas circunstâncias.

— Eu finalmente sonhei — interrompeu o pai de Shelby.

Cochran se aproximou da mesa e destampou a caneta.

O sonho dele desenrolou-se na floresta, à noite. Ele não conseguia enxergar nada, mas sentia cheiro de mato, de casca de árvore e ar parado. Estava perdido. Algumas vezes, sentia cheiro de fumaça de escapamento e churrasco. Estava quase amanhecendo. Subitamente, todos os odores sumiram e uma luz artificial forte iluminou tudo. Ele vagueou até um armazém em boas condições. O lugar estava cheio de meias molhadas. Eram meias de Kaley, penduradas para secar em um varal.

O pai de Shelby voltou à sede da agência de controle de endemias na segunda-feira. Shelby preparou o almoço dele e o levou até a porta, então voltou e assistiu a um documentário sobre pilotos de caça. O narrador era inglês e dava destaque para pilotos ingleses. Shelby estava satisfeita por saber que o pai não entraria em casa a qualquer momento, com carrapichos grudados nas barras das calças. A casa era apenas dela.

O sol estava alto e se insinuava pelas frestas das cortinas. A primeira aula começaria em sete minutos. Shelby bebeu um pouco de suco de laranja e pegou a mochila. Sentou-se no sofá. Imaginou o pai no trabalho, fazendo coisas rotineiras com as mãos, dirigindo pelas estradas de sempre, preenchendo papelada. Seria bom para ele. As pessoas pisariam em ovos com ele por algumas semanas, assim como ainda faziam com ela na escola, mas com o tempo o trabalho voltaria a ser monótono e desgastante, os padrões de sono voltariam ao normal, a melancolia profunda cederia como uma febre, se tornaria uma tristeza razoável. Era isso que acontecia. Com o tempo, a melancolia dá ouvidos à razão.

O próximo programa falava sobre a história da Copa do Mundo. Apareceram imagens granuladas de Pelé, com replays sucessivos de uma de suas jogadas. A primeira aula já ia começar. Shelby deixou a mochila escorrer para o chão e se deitou no sofá. Ela não estava preparada para olhar para quadros-negros e telas de projeção, para correr para não se atrasar. E, principalmente, não estava preparada para explicar a professores com olhares sérios por que não participaria dos seus clubes de primavera. Ela estivera inclinada a se juntar ao Interact, para pintar casas de gente pobre. Estivera propensa a participar e provavelmente seria a capitã do grupo de debate. A professora que supervisionava a turma de francês fizera propostas insinuantes. Essas eram provavelmente as três coisas que Shelby sentia menos vontade de fazer no mundo: pintar, debater e pronunciar.

Shelby assistiu aos jogadores de futebol. Eles tinham cortes de cabelo incríveis. Ela tirou o som da TV nos comerciais e conseguiu escutar os gritos distantes da turma que fazia educação física na primeira aula. Era um som encantador, esmagador. O gol de Deus de Maradona. Shelby sabia que não iria para a escola. Faltaria, e amanhã nenhum dos professores diria nada a respeito.

Ela foi até a despensa e não encontrou nada; granola, atum. Sabia que não queria comer nada da geladeira, mas não conseguiu evitar abri-la. Voltou a pensar no pai. Ela não podia continuar com aquele capricho e deixar a comida do Cracker Barrel na geladeira até estragar. Puxou o cesto de lixo e jogou nela as embalagens de alumínio. Amarrou o saco, colocou outro e continuou sentindo os cheiros pungentes que se desprendiam das embalagens cada vez que pegava uma. Apanhou o desinfetante e esfregou as prateleiras da geladeira. E viu, esquecida no chão da área de serviço, a sacola com a parafernália religiosa adolescente trazida por aquela garota, que também foi para o lixo. Ela levou os sacos para fora e acendeu uma vela na cozinha.

Shelby foi até o quarto da irmã, tirou um livro para colorir da prateleira, sentou e passou a folheá-lo. Ela imaginou Kaley na mesa da cozinha. Kaley nunca prestava atenção ao texto. Algumas vezes coloria apenas um objeto, um chapéu ou coisa parecida, e dava a página por encerrada. Um livro para colorir durava meses; Kaley voltava a certas imagens o tempo todo e fazia mudanças. Ela havia mesmo desaparecido. A ausência da irmã de Shelby era uma lei física do universo. Shelby arrancou as páginas do livro que tinha nas mãos, formando uma pilha de folhas ao seu lado, então jogou a capa vazia na lixeira de Manny, o Manati, de

Kaley. Ela pegou as folhas, uma de cada vez, e as rasgou em pedaços pequenos e uniformes. Depois de alguns minutos, a lixeira estava cheia de confetes.

Shelby saiu do quarto de Kaley, desceu o corredor e parou em frente à porta de correr. Ela encostou a testa no vidro, cansada de sentir medo, e ouviu os sons do quintal. Ela tentou sentir-se altiva. Era hora de dar um fim na piscina de plástico. Aquilo era algo que podia fazer. Nenhuma das memórias de Kaley brincando nela significava nada, e era hora de a piscina ir. Tudo no que Shelby conseguia pensar era em ter se aninhado sob a piscina naquele dia. Ela esperaria o dia do caminhão do lixo, depois que o pai saísse para o trabalho, e a arrastaria para a rua.

Uma cobra preta fina estava no pátio, parada, com metade do corpo sob o sol. Shelby queria ver o bicho se mover, ver como se arrastava. Pressionou a testa contra o vidro com mais força e observou. Fechou os olhos, esperando que quando voltasse a abri-los a cobra estivesse se arrastando. Shelby não queria trapacear, não queria abrir a porta de vidro e cutucar o bicho com um graveto. Ouvia o tique-taque deferente de um relógio no outro cômodo. Shelby observou a cobra. A sombra que a cobria recuou lentamente até que o animal estivesse completamente sob o sol.

O telefone tocou. Shelby foi até a cozinha e tirou o fone da parede. Era a agente do FBI, a de cabelos curtos.

— Por que você não está na escola? — perguntou a mulher.

— Eu venho até casa para almoçar.

Shelby foi até a sala e se sentou. Estava no mesmo lugar que estivera quando as agentes a interrogaram.

— A sua investigação chegou a um beco sem saída? — perguntou Shelby.

— Falei com o seu pai. Interrogamos todos os criminosos sexuais da região.

— Quantos são?

— Os criminosos sexuais? Cerca de 80, no condado de Citrus.

Shelby não sabia se o número soava grande ou pequeno.

— A direção nos separou — disse a agente. — Eu e minha parceira.

— Por quê? — perguntou Shelby.

— Disseram que foi por nosso baixo desempenho, o que era difícil de questionar. Mas, na verdade, foi porque estávamos envolvidas.

— Vocês eram namoradas?

— Pode-se dizer que sim.

— Então agora você tem um parceiro?

— Isso faria sentido.

— Por que você está me contando isso? — perguntou Shelby.

— Ah, querida. Muita gente vai dizer muita coisa a você. Você é como eu. Entende todos, mas ninguém a entende.

Shelby olhou para o telefone por um instante.

— Houve boatos de que deixaríamos o FBI — disse a agente. — Que abríramos uma loja em algum lugar.

Shelby se levantou e voltou à porta de correr de vidro. A cobra havia sumido. Ela cobriu o bocal e disse "merda".

— Telefonei para dar a você a última palavra — disse a agente. — Sou adulta e reconheço que você tem direito à última palavra.

Shelby ficou em silêncio.

— Quero que diga o que pensa de mim e depois desligue. Quero que você seja honesta.

Shelby estava completamente imóvel.

— Shelby? Eu sei que você está aí. Pense um minuto e então diga o que quiser. Preciso de um pouco de verdade. Eu sei que há coisas que você quer me dizer.

Shelby fechou os olhos.

— Por favor, Shelby. Não brinque comigo. Não seja assim. Shelby? Eu estou sendo adulta.

A caminho da sala do sr. Hibma, Shelby sussurrou para Toby que ia até a velha quadra de tênis depois da aula e que estaria esperando por ele. Então assim que soou o sinal, Toby seguiu pelo descampado atrás da arquibancada do campo de futebol americano. A quadra de tênis não podia ficar a muito mais de 1 quilômetro de distância, mas não havia trilha. Era preciso caminhar pelo descampado e passar por um pântano. Então lá estava ela, perto de um bosque de pinheiros raquíticos. Uma quadra de tênis no meio do nada. Quando Toby chegou, a quadra estava vazia. Ele caminhou até a cerca. Crescia mato nas rachaduras do piso. A rede estava caída. Havia um banco de alumínio onde cresciam musgos ou coisa do tipo. Toby se assustou quando uma bola voou sobre a cerca e quicou em um canto. Ele se virou e viu Shelby saindo do mato alto.

— Reconheço você pela sua forma de andar — disse Shelby. — Mesmo com os cabelos curtos, sabia que era você.

Shelby estava de óculos escuros, o que fazia com que parecesse estar de ressaca.

— Como eu ando? — perguntou Toby.

— Você coxeia. Em cada passo, deixa espaço para mudar de direção, para mudar de ideia.

— Eu quase nunca mudo de ideia.

O sol se abatia sobre Shelby. Os braços e as pernas dela eram ossudos. Parecia estranho que ela pudesse andar por aí e atirar coisas, magra daquele jeito. Toby sentiu que traía a si mesmo por estar em campo aberto naquela quadra de tênis. Que traía até mesmo Kaley. A coragem que sentira naquele dia, no parquinho, havia sumido. Shelby parecia perigosa, mas não porque poderia descobrir a verdade sobre Toby. Por algum motivo, ela parecia uma armadilha.

— Me ajude — disse ela.

Ela voltou para o mato alto e Toby a seguiu. Eles arrastaram os pés e sacudiam as moitas. Sempre que achava uma bola, Toby a entregava para Shelby, que a atirava sobre a cerca. Ela parecia estar perplexa que as pessoas usassem aquela quadra. Alguém arrastara raquetes e dúzias de bolas por meia hora na vastidão da Flórida para jogar em uma quadra dilapidada com uma rede podre.

— As pessoa ficam entediadas — disse Toby.

Os dois percorreram o mato e contornaram as raízes aéreas de alguns ciprestes. Encontraram oito ou nove bolas, todas novas, com coloração viva e cheiro de borracha. Pareciam ser fluorescentes contra a quadra desbotada. Toby perguntou a Shelby como ela conhecia aquele lugar ao que ela respondeu ter escutado a conversa de uma equipe de busca.

— Algum tempo atrás, um milionário morava no condado de Citrus — disse Shelby. — A amante dele adorava jogar tênis, então ele mandou fazer essa quadra no meio do nada para que jogassem sem ser vistos.

— Uau — disse Toby. Ele sabia que a história era inventada. Aquela quadra, além de um campo de golfe inacabado, eram remanescentes de um condomínio falido. Nada romântico. E ele não diria a Shelby, mas as misteriosas bolas de tênis novas provavelmente eram obra de adolescentes bêbados. A maioria dos mistérios do condado de Citrus reduzia-se a adolescentes bêbados.

Eles contornaram a quadra e seguiram até o bosque de pinheiros. Toby não sabia por que fazia aquilo. Encontraram mais algumas bolas e, quando parecia não haver mais nenhuma, Toby viu algo sob um amontoado de arbustos, em uma pequena ravina que deve ter sido formada por um sumidouro.

Toby escorou-se em uma moita e desceu até a ravina. Ele tateou um arbusto com o pé e pegou uma bola. Tirou a terra e um ou dois insetos da superfície felpuda, colocou-a no bolso e subiu até o terreno plano.

Ele entregou a esfera desbotada e murcha para Shelby, que não a atirou sobre a cerca. Ela segurou a bola com uma das mãos e com a outra puxou Toby pelo cotovelo. Ela o beijou. A boca dela era úmida e confiante, e Toby podia sentir a vastidão do mundo. Ele sabia que havia oceanos que faziam o golfo parecer uma poça. Que havia lugares cobertos de neve, onde as pessoas jantavam cobras e acreditavam que tudo o que acontecia nas suas vidas era determinado por espíritos malignos. Shelby não tinha gosto de nada. Ela tinha cheiro de sardas e emitia sons, mas não tinha gosto de nada. Toby não sabia se estava com os olhos abertos ou fechados. Os pés estavam plantados no chão e ele manteve o equilíbrio quando Shelby se inclinou sobre seu corpo.

Quando pensou nas próprias mãos, Toby começou a entrar em pânico. Haviam chegado a um ponto em que ele deveria fazer mais, algo com as mãos. Os dedos de Shelby subiam pelas costas dele, por baixo da camiseta. Ele sentia o roçar da bola de tênis velha na pele. Toby recuou um passo e Shelby quase caiu. Ele disse que precisava ir. Shelby o olhou como se ele fosse uma criança tola. Toby tinha mesmo algo a fazer. Não era mentira. Ele sempre tinha algo para fazer.

A lanterna estava quebrada. Talvez Kaley a tivesse quebrado de propósito. Era difícil dizer. Toby não queria que ela ficasse ali embaixo na escuridão absoluta, então precisava voltar à loja de ferramentas. Kaley não se aproximava de Toby, mas parecia considerar a ideia de que a figura mascarada que cuidava dela fosse tão vítima quanto ela própria. Era inegável que Toby era seu servo. Quando dava banho na menina, os olhos dele a evitavam, ficava claro que os dela tinham a superioridade.

Toby entrou na loja e pegou a primeira lanterna que viu numa gôndola. Horas depois a boca dele ainda estava entorpecida pelo beijo de Shelby. O gosto de nada da boca dela estava na de Toby. Ele estava sem apetite.

Quando chegou ao balcão, lá estava a velha.

— Você está quase se tornando um cliente especial. Mas se quiser se tornar um cliente especial e ter tratamento especial, preciso saber seu nome.

A neta permanecia na loja, de pé atrás do balcão. Uma câmera descartável pendia do pescoço dela. Seus olhos estavam fechados.

A velha estendeu um cesto com balas para Toby, mas ele declinou a oferta.

— Inteligente da sua parte — disse ela. — Nada de aceitar balas de estranhos. Você ainda não é um cliente especial. Ainda somos estranhos.

— Não gosto muito de bala — disse Toby. — Não sou do tipo que gosta de bala.

— Ouviu? — Ela falava com a neta agora, que abriu os olhos com relutância. — Você podia aprender alguma coisa. Ele é esperto o bastante para recusar balas de estranhos e esperto o bastante para dar uma desculpa educada quando faz isso.

Mais tarde naquela semana, Shelby matou aula outra vez. Ela não queria ir para a escola e não queria ficar em casa. Então chamou um táxi e esperou sentada nos degraus da porta, olhando para uma árvore com tronco grosso de cuja copa caíam brotos brancos que flutuavam até o chão. Outro flutuou, e mais outro, até que um corvo grande pousou no quintal e Shelby viu o táxi empoeirado estacionar em frente à casa. O motorista havia dado a volta e o carro estava voltando para a avenida principal. O táxi tinha uns 30 metros de comprimento e não possuía calotas.

Shelby sentou no banco de trás e disse ao motorista que queria ir ao *outlet* de Crystal River. O carro não tinha taxímetro. Havia uma folha plastificada repleta de pontos de partida e destinos. A corrida custaria 23 dólares.

— Acredito que vai precisar que eu espere enquanto estiver lá — disse o motorista. — Você vai precisar de um carro para voltar para casa.

Shelby assentiu para o retrovisor.

Ela ia ao shopping, havia decidido, procurar um presente para Toby. Tinha economizado 300 dólares dos presentes de aniversário e de Natal e estava cansada de guardá-los. Queria comprar algo que custasse por volta de 200. Isso, mais o táxi e o almoço na praça de alimentação, praticamente a livraria do dinheiro.

Shelby olhou pela janela, para as lagoas, os urubus presunçosos.

— Olhe aquelas criaturas patéticas — disse o motorista.

— Os urubus?

— As vacas, se quiser chamá-las de vacas. Já esteve na Irlanda? As vacas são como elefantes.

Shelby assentiu, ciente de que o motorista não podia vê-la.

— É um mundo completamente diferente por lá. O mato verde vai até o oceano. Os fazendeiros usam suéteres. As mulheres sorriem e conversam com você.

Shelby acompanhou a costura do banco com o dedo.

— Neste país, se você abre a porta para uma mulher, ela simplesmente entra. Lá, elas olham você nos olhos e dizem "obrigada". Tocam você no braço.

Eles passaram por uma loja com um pátio enorme que vendia capotas para caminhonetes e então havia apenas mato nas laterais da estrada. Shelby queria que o motorista ficasse calado, mas o homem continuou a falar sobre a Irlanda até o longo carro parar no estacionamento do shopping. Ele se enterrou no banco e sintonizou o rádio em um programa de entrevistas onde todos riam de forma irônica.

Shelby seguiu por um caminho ladrilhado que atravessava a JC Penney e entrou no shopping. Do sistema de som saía uma música de órgão, alegre. Um quiosque que vendia calendários. Shelby parou. Não havia atendente. A maioria dos calendários parecia ser boa para comprar como uma brincadeira: lutadores profissionais, astros de televisão. A empresa que fazia esses produtos dependia de pessoas que estivessem dispostas a comprá-los de brincadeira. Havia filhotes e vinícolas e um com cenas de cidades estrangeiras, com portas coloridas, bicicletas e fontes. Não havia fotografias da Islândia. Era por isso que tia Dale morava lá. Não era um país cujas fotografias iam parar em calendários idiotas em um shopping de quinta categoria no condado de Citrus. Não havia idiotice na Islândia.

Shelby caminhou até sentir um aroma vigoroso, venerável. O cheiro era ao mesmo tempo convidativo e nauseante. Deu alguns passos loja adentro e se viu em meio a um labirinto de balcões de vidro. Havia cigarros de muitos países, cachimbos, cinzeiros talhados em mármore. Toby não fumava, até onde ela sabia. Mas talvez devesse fumar. Ela poderia encorajá-lo a começar. Podia mostrar a ele que não precisava ser cauteloso ao lado dela. Shelby queria o Toby que conheceu, o Toby inquietante. Não o via mais. Se conseguisse ter o verdadeiro Toby, ele teria a verdadeira Shelby. E por que não conseguiria? Por que não podiam abaixar a guarda e simplesmente *estar* um com o outro? Shelby poderia acompanhar Toby em suas caminhadas intermináveis. Ele poderia levar um cachimbo e ela levaria fósforos e os dois poderiam encontrar um lugar para ambos nas tardes da Flórida. Shelby se aproximou do caixa e o vendedor enfiou a cabeça pela fresta entre duas paredes de mostruários.

— Esqueça.

Era um homem pequeno que usava roupas folgadas.

— Nem se incomode em me apresentar uma identidade falsa — acrescentou ele. — Já vi todas.

— Eu não fumo — disse Shelby.

O vendedor tirou a cabeça e desapareceu atrás dos balcões de vidro.

— Eu costumava fingir que não sabia que as identidades eram falsas, mas a lei mudou. Precisei assistir a um seminário.

Shelby olhou para seu reflexo em um dos balcões.

— Eu não tenho uma identidade falsa. Não tenho nem ao menos uma identidade verdadeira.

O vendedor torceu o nariz.

— Quanto custa esse umidor? — perguntou Shelby.

— Esse com a moldura verde? Duzentos e vinte.

— Sério? — disse Shelby.

— Se estiver com o cartão de crédito dos seus pais, não posso aceitá-lo. Você pode ter roubado. O crédito não será autorizado.

Shelby não acreditava que o vendedor estivesse fazendo nada que o obrigasse a ficar escondido na sua fortaleza de balcões. Ele estava ali futucando o próprio suéter.

— Tenho dinheiro — disse Shelby. — Duas notas de 100 e outros 100 em notas menores. Estão num rolo no meu bolso.

— Não posso vender isso para você. Ele vem com charutos simples; precisam ser vendidos juntos, exigência do fabricante.

— Essa não é uma loja onde é fácil comprar.

— Não é uma loja fácil de se ter.

Shelby saiu. Ela caminhou pelo restante do shopping, com a determinação derretendo como geada na Flórida. Era uma ideia tola, ela pensou, que se pudesse transmitir algo importante com um presente comprado num shopping de pontas de estoque. Havia pet shops e lojas que vendiam ternos e lojas cheias de pianos, e Shelby não queria pisar em nenhuma delas. Ela foi até a praça de alimentação, onde comeu um frozen yogurt, escutando os elogios que um vendedor de sapatos fazia a uma manicure. Shelby não queria ficar nem mais um minuto naquele lugar. O shopping não podia ajudá-la. A mãe e a irmã dela não estavam mais ali, o pai estava desnorteado e o garoto de quem gostava tinha medo dela. Compras não eram a solução.

Shelby voltou pela JC Penney e saiu para o estacionamento. O táxi ainda estava lá, com o motorista enterrado no assento. Instalou-se no banco de trás, sentindo o contato morno do forro de vinil com as pernas, o motorista se ajeitou no banco da frente e eles seguiram pela Rota 19, com o vento entrando pela janela. Shelby voltou o rosto para o ar fresco e fechou os olhos, mas logo o motorista recomeçou a cantilena: carneiro assado, cerveja de qualidade. E, novamente, as mulheres.

— Pode me deixar aqui — disse Shelby.

O motorista estreitou os olhos no espelho.

— Sinto muito se estou incomodando, princesa.

— Sente coisa nenhuma. Se sentisse teria parado.

— É mesmo?

— Aqui está bom — disse Shelby. — Ao lado desse terreno baldio.

O motorista tirou o pé do acelerador.

— Quanto eu te devo? — perguntou Shelby.

— Não aceitaria dinheiro de uma princesinha como você. Soube que era arrogante no instante em que entrou no meu táxi.

— Não vai me cobrar nada?

O motorista não respondeu. Ele apenas olhava para frente. O carro foi para o acostamento e parou. Shelby desceu, bateu a porta e passou ao lado do táxi a caminho de casa sob o sol forte, mas não incômodo. O táxi continuou parado. Shelby não olhou para trás e o som do motor logo estava distante demais para distinguir.

Outra lanterna quebrou. Ela estava fazendo de propósito e essa seria uma batalha que Toby a deixaria vencer. Ele não a deixaria no escuro. Não a deixaria acreditar que o seu comportamento tinha qualquer efeito sobre ele. Ela estava ferindo os cotovelos e os joelhos, que sangravam e tinham cascas de ferida. Derramou toda a água no chão, e Toby roubou toalhas em casa para secá-la. Ele agia como se fosse um jogo, como se não se incomodasse. Para ele, não era nada além de trabalho, e Toby não tinha nada contra trabalho. Não era de esperar que fosse fácil ou simples. Ele fez o fácil e o simples a vida toda.

A neta da velha não estava na loja. Estava com a mãe, Toby soube. Sem a criança, a velha era apática. Estava fazendo um caça-palavras sobre cidades do México.

Toby entregou a lanterna que escolheu, grande e emborrachada desta vez.

— A outra não funcionou? — perguntou a velha.

— Sim, mas parou de funcionar logo.

A velha ficou séria.

— Bem, não vou cobrar por essa. O dono diz que sem a devolução do produto, não há devolução do dinheiro, mas há o certo e o errado.

— Eu agradeço — disse Toby.

— Não me entenda mal — disse ela. — Isso não quer dizer que você seja um cliente especial.

Tio Neal arrumou um trabalho em Largo. Por vários dias, Toby sobreviveu à base de *corn dogs*, sanduíches de mel e um saco de castanhas de caju. Preparou algumas jarras de ponche, sem conseguir acertar a quantidade certa de açúcar. Passou o tempo na cadeira de balaço do tio, esperando que o ar da noite perdesse o calor. Foi para o treino, onde o treinador Scolle, de má vontade com Toby por não ter reagido às provocações, o deixava fazer o que bem entendesse. Os gafanhotos bebês apareceram, milhões deles, pretos com listras brilhantes nas costas. Estariam por todo lado por algumas semanas e depois sumiriam, para voltar apenas quando estivessem marrons e espinhosos. A lava-louças quebrou e Toby descobriu que gostava de lavar pratos. Ele ficava no barracão do tio Neal apenas pela curtição, porque podia, respirando os vapores de cicuta.

Uma noite, Toby pegou algumas latas de cerveja na dispensa e serviu num copo com gelo. Ele foi até os fundos da casa e subiu no telhado. Esfregou as telhas, tirou os sapatos, as meias e a camiseta. Deleitou-se sob o luar, bebendo a cerveja velha e aguada, então desceu abruptamente do telhado, foi até o quarto, pegou o espelho da mãe e o apertou contra o peito. O espelho era a única coisa que restara dela. Ele o encontrou no fundo da caixa com as roupas de frio, anos depois da morte da mãe. Apertou o espelho até achar que iria quebrá-lo. Até agora, raptar Kaley não salvara Toby de nada. Ele realizou algo grande, mas onde estavam as grandes consequências? Tudo estava igual. O que quer que estivesse errado parecia mais errado agora. Para ele *e* para Shelby. Por que acreditou que seria uma boa ideia feri-la? Ela poderia ter sido algo bom em sua vida. Por isso sentia tanto medo. Talvez Toby ainda pudesse dar um jeito em tudo aquilo. No dia anterior, Shelby caminhou com ele até a pista de atletismo. Ela o arrastou para um canto, enfiou as mãos sob a camiseta dele, tateou-lhe as costelas e subiu com elas, quentes, pelo seu peito. Ela deixou as mãos ali até que ele não tivesse outra coisa a escolha a não ser beijá-la outra vez. Eles se beijavam sempre que Shelby sentia vontade. Toby supunha que esse era o acordo. Desta vez, notou que os lábios dela não pareciam nem um pouco finos. Ele a empurrou e Shelby o empurrou de volta, contra uma parede. Um dos corredores passou por eles, depois um saltador de obstáculos, e Toby ficou aliviado. Shelby tirou as mãos de cima dele e recuou. O treinador Scolle estava se aproximando. Shelby passou a mão no cabelo cortado a máquina de Toby e sumiu nas sombras atrás do ginásio.

Toby apertou o espelho da mãe contra o peito e então o colocou de volta no armário. Ele não queria começar aquilo com o espelho. Precisar do objeto significava que estava em apuros, e talvez não estivesse.

Com o passar da semana, Toby recorreu ao dever de casa para distrair a mente. Ele tinha diversos exercícios de matemática para fazer, um capítulo de biologia para ler. Precisava fazer uma apresentação sobre a África do Sul na aula do sr. Hibma, então consultou o volume "A" de uma enciclopédia na biblioteca da escola e o levou para casa.

Para sua decepção, o texto não trazia nada além de fatos diretos: agricultura, população, área. O sr. Hibma não estava interessado nessas coisas. Ele queria saber com que país a África do Sul tinha rivalidade, por qual atividade ilegal o país era conhecido, quem havia sido assassinado por lá. Toby precisava incorporar alimentos à apresentação. Precisava encontrar uma boa música sul-africana. Tinha que tirar uma boa nota, pelo menos um B. Não pretendia perder a matéria e ficar de recuperação no verão. Falsificar a assinatura do tio nos bilhetes de detenção; olhar para a parede, ser *punido* com detenção, essas coisas não faziam mais parte do programa. Ele queria não apenas continuar a ser subestimado, mas também começar a ser ignorado. Queria cumprir suas obrigações na escola, com Kaley no *bunker* e com os treinos de atletismo, e talvez, se fizesse tudo isso, conseguiria saber como agir com Shelby. Ele apenas precisava cumprir suas obrigações. Kaley ficaria bem. Ela poderia estar em outro lugar ou no *bunker*. Toby via a situação desta forma: nem sempre podemos escolher onde estamos. Ele, sem dúvida, não podia.

# PARTE DOIS

O sr. Hibma assistiu ao giro de notícias de 30 minutos do canal Headline News três vezes, surpreso com uma reportagem sobre seguradoras e furacões recentes, tomando uma xícara de chocolate quente. Leu dois capítulos de *O sol é para todos*. Bocejava, mas não conseguia dormir. Glen Staulb havia morrido. Glen Staulb era um dramaturgo da Nova Inglaterra por quem o sr. Hibma era fascinado no ensino médio. Cada uma das suas peças havia sido escrita de acordo com certas restrições: nenhum dos personagens podia falar ou as falas precisavam ser tiradas de outras peças. Na época, o sr. Hibma considerava Staulb o ápice da genialidade, e apesar de já ter deixado para trás os artifícios daquelas peças, ainda valorizava o entusiasmo que o fizeram sentir, valorizava o tempo que passou sozinho com aquelas páginas sentindo-se superior ao resto do mundo porque ele estava cheio de pessoas indiferentes a Glen Staulb, que nunca haviam ouvido falar dele e não davam a mínima. O sr. Hibma sentia falta da adolescência de modo geral, ele se deu conta, quando a constatação de que era diferente das outras pessoas o enchia de orgulho, não de medo. Tinha quase 30 anos. A mente dele estava ficando velha, o corpo, rígido, mas o que mais o cansava era a ideia de permanecer na sua vida por outros 50 anos, outros cinco. Ele desejava que a vida fosse uma novela concisa. Desejava saber quanto tempo estava destinado a viver. Desejava saber se seria assassinado ou morto por uma cobra venenosa ou se simplesmente definharia de velhice.

Ele desligou a TV, colocou o prato do jantar na pia, jogou fora um tabloide que comprara aquela tarde e sentou ao computador. Acessou a internet e ficou navegando ao acaso. A internet era um prazer que provocava nele um sentimento de culpa. Não perdia a oportunidade de criticar abertamente os computadores, proibia as turmas de fazerem pesquisas na internet, se recusava, independentemente dos comentários incisivos dos colegas, a manter notas, registros de frequência e planos de aula no computador, se vangloriava da camada de poeira que cobria o teclado do Gateway que tinha na sala.

Sr. Hibma entrou no site de uma marca de bronzeador, depois em outro de apostas. Quando usava a internet para se masturbar, não se permitia acessar sites pornô, por achar mais gratificante procurar fotografias com sensualidade incidental. Não queria mulheres em poses obviamente pensadas para fazer os homens se masturbarem. O sr. Hibma achou um site de viagens que tinha a imagem de uma mãe na praia com os filhos. Um site de tênis feminino. Ele abriu a braguilha e se acomodou na cadeira, esperando por uma ereção. Ali estava algo interessante, uma companhia aérea francesa: comissárias de bordo.

O sr. Hibma saltou da cadeira, ainda ofegando. Era o cachorro do vizinho, com seu latido irritante. Era como um velho tossindo seco no seu ouvido. O coração do sr. Hibma estava acelerado, o seu pênis tão flácido quanto possível, a mão lambuzada de lubrificante. Desligou o computador e ficou sentado em silêncio por um minuto até que o cachorro voltou a latir. Era um mestiço de collie cujos donos haviam se mudado havia cerca de dois meses para uma chácara a duas casas da do sr. Hibma. Ele havia se queixado com os donos, uma casal de quarentões que usava chinelos e tinha os cabelos pintados de loiro. Eles não fariam nada a respeito. Então, o cão era algo que precisaria suportar. Como todo o resto.

Antes do início de cada temporada, era comum que os times de basquete do ensino médio e do fundamental se enfrentassem. A ideia era que as jogadoras mais velhas do médio tivessem a confiança reforçada ao arrasar o time das novinhas, enquanto o time do fundamental, depois de derrotado pelas mais velhas, acharia mais fácil enfrentar depois jogadoras da mesma idade. Pouco sabia o treinador do time do ensino médio, entretanto, que a defesa do sr. Hibma pesava quase 200 quilos e que a dupla parecia ainda maior quando tirava os agasalhos e vestia as camisetas. O sr. Hibma observou a expressão do outro treinador quando as garotas entraram na quadra para o aquecimento. O treinador do ensino médio era um sujeito mais velho com sotaque de Long Island que usava aqueles shorts folgados de tecido sintético tão apreciados pelos professores de educação física. Quando viu Rosa e Sherrie, tudo o que pôde fazer foi ficar ali parado, apertando o apito entre os dentes.

Houve duas tentativas frustradas de subornar Rosa e Sherrie para que entrassem no time. Uma das garotas bonitas que ficava no banco ofereceu à dupla lugares no grêmio da escola, sem sucesso, e a ala reserva ofereceu empregos de 10 dólares a hora na loja de esquadrias de alumínio do pai, que também foram recusados. Depois disso, as titulares lançaram mão de uma estratégia mais sutil, passaram a sentar com Rosa e Sherrie durante o almoço e a fazer perguntas sobre o passado da dupla. Fizeram isso por uma semana, sem tocar no assunto basquete e, apesar de a dupla gigantesca ser reticente quanto às suas histórias pessoais, uma coisa ficou clara: as duas eram profundamente racistas. A essa altura, a armadora, como toda boa armadora, teve uma ideia. Ela seduziu Rosa e Sherrie com a fantasia de derrotar a Pasco High no basquete, de superar a escola negra em um esporte negro. As Lady Spiders não derrotavam o time da Pasco havia 19 anos. O que isso teve a ver com a concordância das garotas em se juntarem ao time, o sr. Hibma não sabia, mas lá estavam elas — duas peças estáticas.

Enquanto o time treinava bandejas, o sr. Hibma viu Toby e Shelby nas arquibancadas, os únicos espectadores. Estavam sentados um ao lado do outro, lendo. O livro de Shelby parecia ser um dos romances de Bellow, o de Toby, o manual de salto com vara. O garoto não estava lendo de verdade. Ele tinha expressão preocupada e olhava de soslaio para Shelby o tempo todo. Parecia estar cansado. Era surpreendente ver aqueles dois juntos, mas também parecia ser inevitável. O sr. Hibma sentiu uma pontada de inveja. Provavelmente porque Toby e Shelby estavam lendo e ele precisava treinar um time de basquete. Ou simplesmente porque os dois eram jovens e ainda capazes de vivenciar todos os sentimentos de que somos capazes na juventude.

A partida começou e as garotas do ensino médio rapidamente marcaram seis pontos. Elas encontraram uma forma de manter uma jogadora sem marcação antes da linha de 3 metros e marcar cestas de três pontos. O sr. Hibma pediu tempo e sugeriu à equipe que talvez não fosse tão ruim começar a jogar na defensiva. Disse às jogadoras que não deveriam sentir-se pressionadas, porque era *esperado* que perdessem, e quando voltaram para a quadra elas de fato passaram a cobrir melhor os espaços nas suas posições. Rosa e Sherrie pegavam todos os rebotes. No resto do primeiro tempo, o placar foi magro. As pivôs gêmeas do sr. Hibma erravam surpreendentemente os arremessos. A garota rápida sem sobrancelhas voltou a errar as bandejas, algo do que o sr. Hibma acreditava que estivesse curada. Os lances livres não chegavam nem mesmo a tocar o aro, os lançamentos eram bloqueados.

O sr. Hibma olhou para a arquibancada e não viu Toby e Shelby. Deviam ter ido para um lugar mais seguro, pensou. O sr. Hibma se perguntou o que Shelby e Toby pensariam a seu respeito. Provavelmente não sabiam o bastante da vida para sentir pena. Ou não se davam conta de que ele não era um professor, não como os outros. Ele era mais parecido com Shelby e Toby do que com a sra. Conner. Ele ficava feliz que nenhum dos dois fosse aluno da sra. Conner. Eles eram vulneráveis, e a sra. Conner perceberia isso e os arruinaria. Não importa o que um adolescente atravessasse, ele estaria sempre melhor sem a sra. Conner. Shelby e Toby precisavam sobreviver à adolescência sem recorrer à religião ou às metanfetaminas. Teriam de continuar a ser eles mesmos; isso, por algum motivo, era importante para o sr. Hibma. Soubessem disso ou não, pessoas como Shelby, Toby e o sr. Hibma eram aliadas no mundo, aliadas espirituais, e ele, apesar de tudo, se importava com o que ambos pensavam a seu respeito. Queria que ficassem arrasados, ao menos por um instante, quando mais tarde soubessem que velho professor havia morrido.

O sr. Hibma havia levado chá gelado e rodelas de limão para o intervalo. Ele esperou que as garotas se servissem e se sentassem, então apresentou o plano: Chapman. O time não usaria mais a estratégia ofensiva padrão, Wilkes-Booth. Eles reduziriam o ritmo. Não havia marcação de tempo para o arremesso no basquete juvenil, então se as garotas do ensino médio quisessem recuperar a bola, elas precisariam avançar a defesa. Quando fizessem isso, a armadora do sr. Hibma, a garota com o cabelo de cuia, seguraria a bola até achar uma companheira livre. O plano explorava a impaciência do adversário, que certamente não teria a disciplina para esperar que os 16 minutos do segundo tempo passassem.

Funcionou. As garotas do ensino médio ficaram confusas. A armadora do sr. Hibma aproveitou-se disso. As gêmeas acertaram algumas cestas de três pontos. A garota rápida encaixou algumas bandejas. Rosa e Sherrie jogaram duro, atirando no chão qualquer jogadora adversária que entrasse no garrafão. O treinador do ensino médio se queixou com o sr. Hibma por ele ter adotado a estratégia de matar tempo em um amistoso. "O meu time pegou na bola cinco vezes desde o intervalo", reclamou ele. O sr. Hibma, em tom baixo e educado, pediu ao sujeito que voltasse para o banco antes que ganhasse um olho roxo, e o treinador, com a aparência escandalizada de uma velha de romance vitoriano, se afastou. O sr. Hibma estava chocado consigo mesmo — não por dizer ao sujeito que desse o fora, mas por superá-lo como treinador. Ele fingia ser um treinador, mas seu fingimento era melhor do que o profissionalismo do sujeito.

Por fim, o time do sr. Hibma perdeu por quatro pontos. Ele reuniu as garotas.

— Ainda há uma coisa que me preocupa de verdade — disse ele. — Muito poucas de vocês fizeram esforços visíveis para melhorar a aparência.

As garotas olharam para o chão.

— Não quero ser obrigado deixar ninguém no banco por isso, então vou dizer o que vamos fazer. Vou nomear as três garotas bonitas, que têm algum conhecimento sobre cosméticos e higiene, como capitãs da beleza. Elas serão responsáveis por transformar vocês, e é melhor fazerem o que elas mandarem. Temos oito dias até o primeiro jogo, então vou pagar a loção de bronzeamento do meu bolso.

As titulares ficaram boquiabertas. As gêmeas olharam para as unhas e fecharam as mãos.

Shelby dava tapas nos mosquitos observando o pai, que olhava fixamente para a churrasqueira que chiava. Ele parecia estar petrificado. Quase combinava com ele, o papel de pai solteiro. Ele era um homem que gostava de desafios, que vivia em função deles. De certa forma, a ideia de ser um pai solteiro se encaixara bem. Ele podia administrar a casa da forma como quisesse. Estava satisfeito por saber que nunca mais voltaria a se casar, por saber que as filhas seriam a obra da sua vida. Fazia tudo: as compras, cozinhava, limpava, ajudava com os deveres, cuidava das contas, levava Shelby e a irmã ao médico e a festas de aniversário.

— Um novilho grande foi eletrocutado — disse o pai de Shelby, endireitando-se na cadeira. — Alguém deixou o portão de uma daquelas subestações aberto. O bicho estava pastando e pisou em um cabo. — Passou o antebraço no rosto. — Então vi alguns espetos à venda no supermercado em Weeki Wachee, naqueles balcões na frente da loja. E me pergunto se existe uma ligação.

Shelby observou os músculos trêmulos nas panturrilhas e nos braços do pai. Ele parecia ter suportado dez assaltos, estava com os olhos inchados, desligado.

— O que é isso que estamos escutando? — perguntou Shelby.

O pai de Shelby colocou a espátula sobre a mesa.

— Uma moça que trabalha no laboratório me deu. Ela gravou isso no computador.

A música era carregada de guitarras arrastadas, com letra ininteligível mas claramente nostálgica.

— Nunca quis que você fosse filha única — disse o pai de Shelby.

— Eu não sou filha única — respondeu ela.

— Os filhos únicos são carentes. — O pai de Shelby girou um botão da churrasqueira. — Todos os filhos únicos que eu conheço têm algum tipo de problema.

— Todo mundo acaba com algum tipo de problema.

— Eu nunca vejo a *minha* irmã, mas nos gostamos muito. Ela é o tipo de pessoa de quem os outros sentem inveja.

— Entrei em contato com ela. Estou preparando uma apresentação sobre a Islândia — disse Shelby. Ela encontrou um motivo para procurar a tia, um pretexto, e agora sentia vergonha por *precisar* de um pretexto, um ardil, um projeto escolar. Não fazia sentido para Shelby que ela ainda tivesse medo, que qualquer coisa pudesse deixá-la nervosa. O medo era uma emoção sem sentido. Era sua tia, afinal de contas. Ela ficaria feliz de ver que Shelby amadurecera; agora as duas poderiam se conhecer melhor.

O pai de Shelby colocou os espetos em uma travessa. Entrou em casa, pegou duas cervejas e entregou uma a Shelby. Ela tomou um gole, sabor era revigorante. O cheiro não era bom, mas o gosto parecia ser algo capaz de limpar por dentro. Era quase noite, quando o ar, enfim, fica completamente parado e não quer ser respirado.

Começou outra música. Rappers brancos. Eles reforçavam a última palavra de cada verso, a palavra que rimava. O som era entremeado por buzinas e apitos.

— Eles acabam de chamar o diabo de canalha trapaceiro? — perguntou Shelby.

O pai de Shelby deu de ombros.

Era música cristã. Shelby desligou o som e o pai não protestou. A moça do laboratório os enganara. Ela plantou suas crenças na casa deles: contrabando. Achava que sabia do que Shelby e o pai precisavam. Aquela casa era um lugar onde as pessoas plantavam coisas de forma furtiva e de onde as tiravam da mesma maneira. Tiravam irmãs caçulas e plantavam música. Talvez Shelby precisasse de um inimigo grande e óbvio. Um inimigo específico que nunca pudesse ser derrotado.

Shelby observou o pai colocar um pedaço de carne em um prato com a espátula e fatiá-lo. Ela bebeu mais um gole de cerveja.

— Vamos nos mudar outra vez? — perguntou ela.

— Você acha que devemos?

— Só quero saber.

— Para onde iríamos?

Shelby não fazia ideia. Ela não achava que importasse. Não importava para onde fossem, apenas de onde partiam.

— Não acho que tenha energia para isso — disse o pai de Shelby. — Vender a casa, encontrar um novo emprego, preparar a mudança. — Ele empurrou o prato para o lado e colocou a garrafa de cerveja à sua frente. — Somos amigos — disse ele. — Antes de fazermos qualquer coisa, discutiremos o assunto.

Shelby pressionou os pés descalços no piso de madeira da varanda. Ela não sabia se queria ser amiga do pai. Sabia que queria que ele se barbeasse. Nunca conseguia saber o que ele estava pensando, já que metade do rosto ficava coberta. Ela se perguntava se o pai algum dia sairia com uma mulher, se viajaria nas férias. Havia muitas coisas, além de se mudar, das quais ele não parecia capaz.

— Quase deixei a sua mãe — disse ele. — E você.

Ele empurrou a garrafa de cerveja para um ponto mais distante do que o prato. Shelby conseguia ver as palavras saindo da barba dele, mas não as entendia de imediato.

— Eu não a amava — disse ele.

Shelby ficou imóvel. Seus olhos ficaram imóveis, seus órgãos também.

— Eu não queria abandonar a vida de lutador — disse o pai. — Sua mãe não me privou de uma grande carreira ou coisa parecida. Eu não era *tão* bom. Ela me privou da vida.

— Então eu fui um acidente? — disse Shelby.

— Não, você não foi um acidente. Falamos sobre nos casarmos e quando a sua mãe ficou grávida, ficamos muito felizes. Alguns meses depois, antes do casamento...

O pai de Shelby pegou a garrafa de cerveja e bebeu o que restava. Shelby tocou a dela; estava morna. As coisas que o pai dizia zuniam à sua volta.

— Na noite antes do casamento, entrei no carro e dirigi para o sul. Tinha colocado algumas roupas numa mala. E uma espátula também, eu me lembro. Não sabia para onde estava indo. Dirigi metade da noite, então fiz a volta e voltei. Nunca me esqueci daquele retorno. Muitos anos depois, quando eu, você e sua irmã passamos por ele no carro, a caminho daqui, e me lembrei de tudo. Aquele retorno que me trouxe de volta.

Shelby não estava com raiva. Se aquilo era ser amiga, ela não gostava, mas não estava com raiva.

— Fico feliz que tenha feito isso — disse ela ao pai. — Que tenha voltado.

— *Você* fica feliz? — Ele soltou uma risada. — Eu achei que estivesse fazendo aquilo porque era um homem decente, como se estivesse fazendo um sacrifício, a coisa certa. Fiquei muito impressionado comigo mesmo. Salvei a minha vida ao voltar. Salvei a minha própria vida. O que quer que isso queira dizer.

Shelby ofereceu sua cerveja ao pai. Ele não se importaria de que estivesse quente.

— Quer dizer muito para mim.


Toby acompanhou Shelby até a biblioteca pública. Sabia que Shelby tinha algo que ele precisava, que o fortaleceria, mas não sabia se isso era algo que ela pudesse oferecer e que ele pudesse aceitar. Ele não sabia como extrair algo bom de outra pessoa. Para Toby, Shelby era o oposto do *bunker*; ela era um tipo bom de preocupação. No *bunker*, Toby precisava confiar no mal dentro de si para guiá-lo, mas com Shelby precisava confiar no seu eu de todos os dias. Quando pensava nela, sentia que podia se fortalecer e seguir em frente, deixar o *bunker* de fora da sua vida.

A biblioteca ficava aberta até as nove da noite nas quartas-feiras, e Shelby queria enviar um e-mail para a tia. Ainda não anoitecera. A mata estava opressiva. Shelby caminhava ao lado de Toby, segurando de leve seu cotovelo.

— O meu pai costumava ser otimista. — Shelby parou. — E *eu* costumava ser realista.

Eles chegaram a uma bifurcação na trilha. Toby fez um sinal para seguirem à esquerda. Shelby suava, a pele estava lustrosa.

— Acho que sou pessimista agora — disse ela. — Meu pai diz que odeia os pessimistas.

— Você pode se classificar como quiser — disse Toby. — As mesmas coisas vão acontecer com você.

— As coisas ruins, pelo menos.

— Principalmente as coisas ruins.

— O que aconteceu com sua mãe? — perguntou Shelby. Toby sentiu como era macia a areia sob seus passos. Naquela parte da mata era como areia de praia. Ele não olhou para Shelby.

— Você era novo quando ela morreu, certo?

— Eu não a conheci, e muito menos meu tio.

— Por que não?

— Eu era muito pequeno. Morávamos longe daqui.

— Onde?

— Em outra parte do estado.

Shelby ainda segurava o cotovelo de Toby.

— O seu tio é irmão do seu pai? — perguntou ela.

— Não falo sobre esses lances — Toby disse. — Quem é irmão de quem não faz a menor diferença.

— Bem, e como era sua mãe?

— Não tenho fotografias dela. Acho que ela tinha cabelos compridos.

— Você não consegue vê-la na sua mente?

— E importa como ela era?

— Acho que importa — disse Shelby.

— Acho que não tem a menor importância — disse Toby, severo. Ele desvencilhou o cotovelo da mão de Shelby.

Ela entendeu. Não fez mais perguntas. A trilha ficou mais estreita e então, perto de subestação que zumbia, abriu para dar espaço a uma estrada de chão. A biblioteca estava visível ao longe, o estacionamento cheio de velhos e alunos do ensino médio que ainda não podiam dirigir.

Dentro do prédio, um grupo de senhoras fazia perguntas sobre os formulários de recolhimento de impostos. A bibliotecária olhava para as mulheres e pacientemente repetia que não era contadora. Shelby foi até os computadores e Toby dirigiu-se à seção dos periódicos. Vasculhou a parede cheia de revistas e escolheu uma sobre psicologia animal. Encontrou uma poltrona confortável. Ainda estava incomodado com as perguntas de Shelby sobre sua família. Quando menos esperasse, ela se convidaria para jantar em sua casa ou coisa parecida. A família de Toby dizia respeito apenas a ele. Ele esfregou os olhos. A capa da revista tinha o desenho de um tubarão relaxando em um píer com um rádio ligado ao lado, segurando um copo com a nadadeira. Toby folheou a revista até encontrar o sumário e não conseguiu entender nada; era apenas um monte de palavras. Havia tantas revistas e nenhuma havia sido feita para ele. Toby não pertencia ao lugar onde estava. Não pertencia à biblioteca ou ao condado de Citrus. Não pertencia àquela poltrona macia, institucional. Não estava certo de que fosse um ser humano no planeta Terra. Um erro havia sido cometido.

Toby sentiu a mão de alguém no seu ombro e se assustou. Shelby já havia terminado.

— Isso foi rápido — disse Toby.

— E-mail. Esse é meio que o objetivo do e-mail. Ser rápido.

Shelby puxou Toby da poltrona e eles passaram em meio aos idosos e então por um grupo de skatistas apáticos. Seguiram pela rua paralela à principal em vez de voltar pela mata.

— Preciso dizer uma coisa — disse Toby. — Você nunca poderá ir ao lugar onde eu moro. O meu tio não suporta visitas. Pode ser ruim.

— Ele é louco? — perguntou Shelby.

— Algumas coisas o perturbam. Novas pessoas são uma má ideia.

— Você sabe onde eu moro e eu não sei onde você mora. Parece que isso dá uma vantagem a você.

— Acredite em mim, o meu tio não é uma vantagem.

— Ele tem emprego?

— Ele trabalha sozinho.

— Ele é perigoso?

— Basicamente para si mesmo — disse Toby. — Ninguém pode saber que ele não está bem. Podem interná-lo e me mandar para algum lugar.

Toby não negava que tio Neal fosse louco. Mas a tia de Shelby também parecia ser louca. O pai dela era louco, agora. O treinador Scolle era um idiota. O sr. Hibma, esquisito. No norte do condado havia igrejas cheias de religiosos que seguravam cobras com as mãos.

Toby e Shelby seguiram pela rua, desviando dos buracos. Insetos enormes voavam ao redor. Toby e Shelby passaram pelos fundos de um restaurante, onde um grupo de garçonetes que fumava sorriu para eles. Eles passaram por uma loja da Goodwill e chegaram ao estacionamento de um shopping. Todas as lojas estavam fechadas, menos uma, que vendia bandeiras. Um sino soou quando entraram. Um homem de botas e bandana saiu de um quarto nos fundos e disse que estava fazendo a contagem do estoque.

— Por favor, não roubem nada — disse ele. — Vocês parecem gente boa, então não vou conferir para ver se têm dinheiro. — Ele soltou um suspiro teatral e voltou para o quarto dos fundos.

— Aposto que isso funciona — disse Toby. — Implorar a todos os clientes que não roubem.

— O tiro pode sair pela culatra — disse Shelby. — Pode dar a ideia a alguém.

— Você vai roubar alguma coisa?

— Hoje não. Eu tenho dinheiro.

Toby já tinha notado que Shelby sempre tinha uma pequena quantia em dinheiro. Ela era uma garota previdente.

Tinha tudo de que precisava — o que não era muito —, dividido nos bolsos dos shorts. Toby a observou. A loja de bandeiras era iluminada por lâmpadas fracas e havia um ventilador grande em um canto, que agitava as mercadorias e fazia alguns fios do cabelo de Shelby dançarem. Ela mordeu o lábio inferior, abrindo caminho pelas bandeiras de muitos países, vinte variações da bandeira confederada. Países. Personagens de quadrinhos.

— Encontrei uma — disse ela ao sujeito nos fundos. Ela tirou a bandeira da prateleira, desdobrou-a em um balcão ao lado do caixa e deu um passo atrás. Era marrom e branca, com cerca de 1,80m x 1,20m. Na parte inferior do centro havia um selo com aparência oficial e nos cantos a impressão de uma mão e dedos. A maior parte da bandeira era ocupada por uma frase em letras góticas: ESTAÇÃO LICENCIADA DE ACEITAÇÃO DE PUNHETA. Aquilo deixou Toby nervoso. Ele se perguntava o que o sujeito pensaria.

— Você parece estar sem graça — disse Shelby. — Antes de nos conhecermos, nunca pensei que fosse um cara envergonhado.

— E não era antes de conhecer você — disse Toby.

— Tocarei em seu pênis dentro de algumas semanas, certo?

Toby não forçou um sorriso ou fingiu que não havia escutado. Ele ficou ali, parado.

O sujeito da bandana apareceu, com um rolo de fita adesiva na mão.

— O que foi? — perguntou ele.

Shelby fez uma pausa.

— Encontrei a mercadoria que quero comprar, foi isso.

O sujeito se aproximou. Quando viu que Shelby tinha uma bandeira aberta no balcão e dinheiro na mão, relaxou o aperto na fita adesiva e empertigou-se.

— Uau — disse ele. — Vocês dois não são vândalos. São um casal de jovens normais.

Shelby segurou a mão de Toby. O balconista registrou a venda sem parecer notar o que estava escrito na bandeira, então dobrou-a com destreza em um triângulo e embrulhou-a como se fosse um sanduíche.

— Receberemos novidades na semana que vem — disse ele. — Apareçam.

— Pode ter certeza — disse Shelby.

— Mais coisas com brincadeiras picantes.

Shelby entregou o dinheiro ao balconista e disse para ele ficar com o troco. Ela forçou a embalagem da bandeira para dentro de um dos bolsos da calça larga.

— Por favor, se cuidem — disse o balconista. — Vocês são os melhores jovens que já entraram nessa loja.

Toby seguiu para a porta, sem saber ao certo se puxava Shelby ou se era puxado por ela. Quando voltaram para a noite, o sino da porta soou. Eles voltaram para a rua paralela à principal, que não tinha qualquer iluminação. As estrelas já haviam saído, mas não cintilavam.

— Onde você vai colocar isso? — perguntou Toby.

— Vou prendê-la na porta da Igreja Batista de Citrus.

— Por quê?

— Um assunto musical — disse Shelby. — Plantaram música ofensiva na minha casa.

— Ofensiva?

— É difícil explicar.

Shelby estava se afastando e Toby apertou o passo.

— Você pode ficar com a bandeira. Podemos abri-la de vez em quando e olhar para ela.

Shelby parou. Estava escuro demais para discernir a expressão no seu rosto.

— Você não está entendendo — disse ela. — Estou envolvida em uma competição de zombarias que já acontece há mil anos, entre pessoas que vieram muito antes de mim, e se existe um Deus ele está olhando para tudo e rindo. Alguém roubou a minha irmã. Isso foi uma zombaria e tanto, você não acha? Muito maior do que pregar uma bandeira.

— Entendo — disse Toby. Ele não entendia. Não entendia o que a igreja e sua música tinham a ver com Kaley. Quase desejou poder dizer a Shelby onde estava a menina, para que ela soubesse de quem valia a pena ter medo, para que não desperdiçasse energia com o inimigo errado. A única coisa que se devia temer naquele condado era Toby, e ele não voltaria a magoar Shelby.

Toby colocou os dois em movimento outra vez.

— Martelo e pregos farão muito barulho — disse ele a Shelby. — Se vai fazer isso, precisa de uma pistola de grampos.

A sala escurecia e depois era inundada de luz de acordo com o movimento das nuvens frente ao sol. O sr. Hibma apontou para um puxa-saco e ordenou que fechasse as cortinas. Era o último dia das apresentações dos países estrangeiros. O sr. Hibma pediu um voluntário e lá veio Toby, com uma caixa de auxílios visuais debaixo do braço. Os olhos dele estavam inchados, vermelhos. Seu discurso enveredou com competência por uma série de fatos obscuros. Tocou uma música pop sul-africana. Distribuiu para a sala uma conserva de raízes com molho adocicado.

Depois foi a vez de Shelby. Nada de recursos, dessa vez. Islândia: puffins, aurora boreal, os Sugarcubes, monges irlandeses. Uma tia de Shelby morava lá. Ela tinha um site — que Shelby garantiu não ter acessado quando fazia as pesquisas para a apresentação —, chamado *oqueelesachariam*, no qual a tia escrevia resenhas. A tia Dale estava com o mesmo homem desde que Shelby nascera, mas se recusava a casar com ele. Ela não dava a mínima para os Estados Unidos e se recusava a colocar anúncios no site; em lugar disso recebia uma verba de patrocínio do governo da Islândia.

— Espere um pouco — disse o sr. Hibma. Ele conhecia o site; da tia de Shelby. Acessava-o de vez em quando e lia as resenhas sobre atores. Ele odiava atores.

— Então Stubblefield é sua tia — disse o sr. Hibma. — A mulher do Tennesse, a eremita. E a expatriada Dale também.

— Isso, mas Jane Stubblefield não era minha tia de verdade.

— E ambas são loucas, no bom sentido.

Shelby parecia cética.

— Ah, Dale é louca — disse o sr. Hibma. — Ela dedicou a vida a imaginar a impressão que os marcianos teriam dos costumes dos terráqueos.

— Anormal — admitiu Shelby.

— Você sabe quantas pessoas são anormais de uma forma que me agrada?

— No mundo?

— Façamos uma estimativa.

— Quatrocentas?

Aquele soava como um palpite perfeito.

— E duas delas são suas tias.

O sr. Hibma se perguntou se tia Dale já visitara o condado de Citrus. A região parecia perfeita para *oqueelesacha-riam*. Era inexpressiva de uma forma digna de atenção. O sr. Hibma conseguia ver tia Dale no saguão do Best Western, conversando com as sereias. Via tia Dale na praia Hudson: uma extensão de terra úmida com uma hamburgueria e música calipso. O sr. Hibma via a si mesmo servindo o jantar para tia Dale na sua casa. "O *drywall* é original", ele diria. Serviria calzones assados pelo povo de Long Island do final da rua.

O sr. Hibma dispensou a turma, instruindo cada aluno a pegar um pôster na saída, algo que agora faziam por obrigação. Ele agora estava numa fase de filmes de ação lançados direto para DVD: homens musculosos com aparência confusa e mulheres com decotes reluzentes.

Quando o último aluno se foi, o sr. Hibma fechou a porta. Ele olhou para uma reprodução de Bosch. Pássaros grotescos. Mulheres com chapéus. Demônios se escondendo em ovos enormes; ou estariam nascendo? Bosch capturara o horror com tanta habilidade que ele parecia ecoar. O sr.

Hibma sentiu que poderia encontrar a si mesmo na pintura, vagando perdido com giz nos bolsos.

Ele tinha muita inveja de tia Dale. Ele estava destinado a fazer poucas coisas, e das que Dale fazia, criticar era uma delas. Ela tomara decisões melhores do que as dele e acabou tendo uma vida melhor. Era aquilo o que o sr. Hibma deveria ter feito com a herança: criar o *oqueelesachariam*. Ele deveria ter *escolhido* a vida dela.

Ele se sentou à mesa e colocou uma folha de papel à frente, pegou um lápis e escreveu a seguinte carta:

D,

Eu planejo matar uma mulher de 50 e poucos anos no início de junho, uma professora de inglês, e gostaria de convidá-la para escrever uma resenha sobre o assassinato, avaliá-lo como uma obra de arte. Sufocarei essa mulher com uma almofada. Não contei isso a ninguém a não ser você.

Sr. H.

O sr. Hibma não se sentia no controle de si mesmo. Não sabia por que havia escrito aquela carta. Novamente se sentiu como o personagem de um romance. Mas não um personagem passivo; não no momento. A história dele ia para algum lugar.

O sr. Hibma não mencionaria o condado onde morava, certamente não mencionaria Shelby. Na verdade, dirigiria até o interior do estado, algum lugar próximo a Orlando ou coisa parecida, para que o carimbo do correio não o denunciasse. Voltaria para casa e descobriria o endereço do site *oqueeleschariam*. Pegaria um envelope, colocaria nele a carta, dirigia até Clermont, ou onde quer que fosse, e pagaria o que se paga para remeter uma carta para a Islândia. Primeiro, alugaria uma caixa postal em Clermont, então usaria esse endereço como o do remetente. E providenciaria que a correspondência enviada para essa caixa postal fosse enviada para a sua casa. Faria alguma coisa. Ele estava participando da própria vida.

Toby recebeu uma carta da biblioteca informando que a devolução do livro sobre salto com vara estava atrasada. A multa era de 25 centavos por dia. Não havia menção sobre a multa máxima que podia ser cobrada ou o valor estipulado pela biblioteca para o livro. Ele não sabia se poderia simplesmente pegar o livro outra vez ou se a biblioteca o colocaria de volta na prateleira, para o caso de outro aluno querer pegá-lo. Toby queria ficar com o livro até o fim da temporada. Então ficaria e pagaria a multa. Tinha uma mesada agora. Podia bancar a multa. Não que o livro estivesse ajudando grande coisa. Tudo que o Toby podia afirmar já ter dominado até o momento era o medo natural de ser lançado pelos ares. A técnica e a velocidade estavam por vir. A não ser pelo momento quando deveria ganhar altitude e se lançar para cima, ele podia dizer que se *parecia* com um saltador. Era um membro da equipe de atletismo. Estava no time. Aquilo era o que importava.

Chegou o momento da primeira competição. Toby seguiu de ônibus com os companheiros até um complexo esportivo vizinho à pedreira, próximo à Lecanto Middle School. Não havia plateia, nem ao menos pais. Toby bebeu um refrigerante e deu uma volta na pista. Havia apenas um saltador na equipe adversária, um oriental em boa forma que usava uma viseira. Numa atitude de bravura desportiva, foi até o garoto e o cumprimentou, e o garoto lhe desejou boa sorte na conquista de uma das duas vagas da equipe do condado. Havia seis saltadores no total, explicou o garoto. Ele era o dono de uma das vagas, a outra seria disputada. Explicou que um dos momentos mais importante da disputa do salto com vara, naquela temporada pelo menos, era o cara ou coroa. Era crucial nunca ser o primeiro, porque quem saltava primeiro não sabia que altura precisava superar. Os saltadores deveriam alternar os saltos, mas no ano anterior dois saltadores passaram a se estranhar quando se cruzavam e trocaram sopapos. Um deles perdeu um dente, o garoto oriental contou a Toby, então agora um saltador fazia três saltos e depois o outro fazia três saltos.

Toby não estava entendendo.

— O cara ou coroa? — disse ele.

— Dominei a técnica. — O garoto oriental deu uma piscadela. — Estou treinando há meses.

— É possível ser bom no cara ou coroa?

— O segredo é o mesmo de qualquer outra coisa: treino.

— Quando treina, você mesmo lança a moeda?

— Isso não me ajudaria em grande coisa.

Toby afastou-se para se alongar. O grupo dele estava definido como a equipe da casa, então seria ele quem escolheria o lado. Queria deixar as coisas claras e dizer que não havia treinado nem um pouco, que era apenas um sujeito de sorte. Toby bebeu água, ajustou a barra e saltou no colchão algumas vezes. Foi dada a largada da prova dos 400 metros rasos. Os corredores dispararam pela reta, então se amontoaram na curva. O treinador Scolle os acompanhou correndo por alguns metros, resmungando quando os alunos passaram por ele. Rosa e Sherrie estavam sentadas no centro do campo, uma de costas para a outra, comendo batatas fritas. As corredoras da prova de longa distância estavam sentadas nas caixas térmicas pintando as unhas. Quando a prova terminou, não houve comemoração. Os corredores se cumprimentaram com tapinhas nos braços e subiram para a arquibancada.

Lá veio o juiz da prova de salto com vara, com 1 dólar de prata na mão. Ele disse a Toby para escolher o lado, então lançou a moeda e deu um passo atrás. O dólar de prata parecia ser enorme. Ele girou sem pressa no ar.

— Coroa — disse Toby.

A moeda não quicou. Foi amparada pela grama, com a cara voltada para cima. Toby olhou para o garoto oriental, que não se deu o trabalho de sorrir.

— Você não fez nada — disse Toby, contrariado. — Fui eu quem escolheu o lado.

— Você escolheu por intuição, não foi?

— Jogue a moeda outra vez — Toby pediu ao juiz. — Apenas por curiosidade. Eu quero que *ele* escolha o lado.

— O que isso vai provar? — perguntou o garoto oriental.

— É um lançamento sem sentido.

— Faça de conta que tem sentido.

— Fazer de conta?

— Bem alto — disse Toby.

O juiz achava graça da situação.

— Coroa — disse o garoto oriental.

A moeda subiu e desceu.

— Coroa — disse o juiz. Ele pegou a moeda e se afastou.

Toby fez os três saltos sem conseguir superar a marca de 2,5m, enquanto o adversário comia serenamente fatias de melão que tirava de uma vasilha.

Toby voltou para a escola no ônibus e caminhou de volta para casa pela mata, passando perto da casa de Shelby. A noite em que sequestrou Kaley parecia distante, como um capítulo distante de sua história. O segredo e a intriga haviam estagnado. Toby já não sentia o coração acelerar quando via um velho com um daqueles tênis cinza com fecho de velcro. Pensar em Kaley quando estava na escola não o animava, não fazia com que se sentisse importante. Ele se perguntou o que um dia acreditou haver de especial na menina. Ela era inquieta e bagunceira e, mesmo sem apetite, conseguia acabar com a comida, deixando os recipientes abertos. Derramava metade da água que Toby levava. Começava a exalar um cheiro que Toby não conseguia tirar com água e sabão. Toby ainda não dissera uma palavra a ela. Se dissesse, seria com um grito.

Quando entrou em casa, Toby foi até o armário e pegou o espelho de mão da mãe. Ele não mentiu para Shelby quando disse que não tinha fotografias da mãe, mas tinha o espelho, e isso era tudo de que precisava. A moldura possuía padrões orientais desbotados. O peso do objeto sempre deixava Toby surpreso. Era gostoso de segurar. Ele apertou o cabo, esfriando a mão. Toby sentou-se na cama, mantendo a cabeça imóvel e girando o espelho de modo a examinar pelo reflexo os cantos do quarto. Ele se perguntava se a mãe um dia usou aquele espelho; se o segurava com uma das mãos e escovava os cabelos com a outra e ficava sentada, ereta, numa cadeira perto de uma janela; se deixava o espelho pendurado ao lado da porta e conferia como estava a maquiagem. Toby duvidava. Havia sido um presente, provavelmente de alguém não muito querido. A peça havia acumulado poeira com o passar dos anos e sido esfregada repetidamente. Era algo indesejado, mas bonito demais para jogar fora.

Toby se forçou a ficar de pé. Colocou o espelho de volta na prateleira e saiu, a caminho do pequeno posto de gasolina que vendia basicamente cigarros, cerveja, bilhetes de loteria e guloseimas. Era noite. Os uivos do vento nas copas dos pinheiros o irritavam.

No posto de gasolina, ele se abasteceu: tortas congeladas cheias de cremes e recheios, biscoitos, barras de chocolate. Kaley precisava comer *alguma coisa*. Ela não gostava de iscas de peixe, frango empanado ou maçãs. As bochechas dela não estavam mais cheias e dava para ver as costelas dela pela camiseta. Ele precisaria ceder e dar refrigerante para a menina. Ela não estava bebendo água.

Toby precisava continuar a carregar o gerador de um lado para o outro. Precisava continuar a lavar a roupa de cama e a esvaziar os baldes. A menina não tinha o menor medo dele. Ela conseguia dormir. Ficava com aquele olhar astuto, enxergando na escuridão como um gato. O *bunker* cheirava a Kaley e Kaley cheirava como o *bunker*. O *bunker* estava se transformando no lar dela, e Toby, num visitante.

Shelby usava luvas amarelas de borracha. Ela esfregava a banheira e tinha água sanitária, limpa-vidros e espumas novas em folha à mão. Parou para descansar, sentando no vaso. Já havia aspirado o carpete da casa toda, espanado mesas e armários. Ela não imaginava que já viviam naquela casa tempo o bastante para que o pó se acumulasse tanto. Shelby esticou-se para estalar a coluna, saboreando o ar com cheiro químico de limpeza.

Ela carregava um rádio portátil, sintonizado em uma estação AM na qual um homem muito velho contava histórias sobre o passado. Shelby sentia como se fosse a única pessoa escutando àquela estação, como se o velho falasse apenas com ela, mas supunha que era assim que todo mundo se sentia. O velho falava da criação dos primeiros parques nacionais, sobre como homens à procura de emprego saíram de todo o país para abrir trilhas, instalar placas e construir estações de guardas-florestais. Não havia comerciais. Quando o velho precisava urinar, os ouvintes tinham de esperá-lo voltar.

Shelby se perguntava se estava limpando Kaley do banheiro. Dera centenas de banhos na irmã ali. Estava esfregando os últimos sinais de Kaley. Deveria estar fazendo algo construtivo, como o dever de casa, o jantar ou talvez um exercício, mas essas coisas pareciam difíceis demais. Exigiam fé demais. Shelby sentia-se confortável sentada na tampa dura e plana do vaso. Desejava que o pai não voltasse para casa, que a noite não caísse. Ela podia ficar onde estava e pensar na irmã calma e honestamente; apenas pensar em *Kaley*, não se Kaley estava ou não com eles, se estava desaparecida para sempre. Kaley não era como as outras crianças. Isso era um fato. Ela não era como as outras pessoas. Kaley nunca se apegava a nada, tampouco a rancores ou promessas. Esse era um tipo de força que Shelby não tinha. Kaley era capaz de perdoar. Era capaz de perdoar o mundo e as pessoas mais próximas.

O velho no rádio pigarreou e disse aos ouvintes que era hora de tomar banho antes do jantar. Shelby ouviu o rangido da cadeira e então o farfalhar baixo do tecido das calças.

A varanda. Tio Neal tinha tirado o gerador da casa e o estava testando; era da mesma marca do de Toby, porém maior. Tio Neal havia examinado o telhado, ele disse a Toby, e estocado alimentos enlatados. A temporada de furacões estava a caminho outra vez.

— Talvez esse seja o ano — disse Toby.

— Esse lugar não é digno de um furacão. Estou fazendo essas coisas porque é o tipo de coisa que gosto de fazer.

— Se preparar? — perguntou Toby.

— Não, desperdiçar tempo. Eu gosto de desperdiçar tempo. — Tio Neal massageou o nariz e fungou, tentando expulsar algo. — Preparei uma lista de providências a tomar, assim posso desperdiçar o dia todo.

Um percevejo pousou no polegar de Toby e ele cuidadosamente afastou o inseto.

— Já faz algum tempo que quero perguntar se você está com uma solitária, porque nesse caso precisamos ir ao médico e nos livrarmos dela antes que eu fique sem lar.

Toby fez que não.

— Os lanches e as bebidas estão acabando cada vez mais rápido.

— Eu estou crescendo — disse Toby.

— E também conferi o estoque de papel higiênico; acho que essas coisas andam lado a lado.

— Talvez eu tenha — disse Toby. — Talvez eu tenha uma solitária.

— Acho que perdi a minha lista — disse tio Neal. — Vou me sentar na cadeira de balanço até ela aparecer. Se você entrar, traga um daqueles cravos para mim.

Toby entrou e engoliu alguns nuggets. Ele viu um maço de cigarros pretos e supôs que fossem os tais cravos. Pegou um e voltou para a varanda, sentou-se numa cadeira baixa, então passou o cravo para o tio, que tirou um fósforo de algum lugar e o riscou no piso da varanda.

— Você acha que eu *duro* até a temporada de furacões? — perguntou ele.

Toby olhava para frente, para nada.

— Eu diria que é uma questão de sorte. — Tio Neal segurava o cravo longe do rosto. — Você pegou a correspondência?

— Não.

— Estou esperando o boletim informativo do condado. Estão querendo montar um campo de minigolfe na Rota 50. Vou me pronunciar contra.

— Você se incomoda se eu fumar um desses?

— Eu não vou impedir.

Toby entrou e pegou o maço dos cravos. Quando voltou à varanda, tio Neal riscou outro fósforo e o estendeu para ele. A fumaça era azulada. Ela preencheu o crânio de Toby e ficou lá. Quando Toby acendeu seu cravo, tio Neal olhou para o que fumava, com uma expressão sombria no rosto.

— Pensando bem, vamos apagá-los — disse ele. — Não estamos no clima para fumar um desses. Os cravos são para quando se está cansado mas esperançoso.

Tio Neal soprou a maior parte da brasa do seu cravo, então o apagou pacientemente no nó do dedo. O nó de um dos dedos dele estava calejado.

— Acho que não estamos muito esperançosos — disse Toby.

— Eu diria que não.

Toby esfregou a ponta do seu cravo no chão. Ele colocou a guimba atrás da orelha. Não queria compartilhar um estado de espírito com tio Neal, mas parecia que compartilhava.

— O que se fuma no estado de espírito em que estamos? — perguntou Toby.

— Não sei — disse tio Neal. — Alguma coisa que não temos.

O corpo de uma menina foi encontrado em uma região de mato ralo próxima do Buccaneer Bay, um pequeno parque aquático localizado no condado vizinho, ao sul. A menina estava desaparecida havia anos. Havia sido enterrada em uma cova rasa e restava dela pouco mais do que ossos. Os pais agora moravam em Jacksonville e foram mandados de avião para identificar um chapéu e preencher a papelada. A menina foi enterrada com sapatos de salto alto calçados por alguém.

Tudo aconteceu em apenas um dia: o corpo foi encontrado no início da manhã por um senhor de idade que treinava os seus cães, os pais fizeram um comunicado à imprensa por volta das duas da tarde. Quando chegou da escola, Shelby não sabia nada a respeito. Encontrou o pai na cozinha, murmurando em frente à pia, curvado de uma forma que o fazia se parecer aleijado. Ele se recusava a sentar. Fez um resumo para Shelby, se esforçando para reproduzir as frases que ouvira no noticiário. Disse a Shelby que achava que a família da menina tinha sorte. Ele olhava para Shelby agora, com o antebraço apoiado na pia.

— Fique de pé — ordenou a menina.

Ele aquiesceu, meio que empurrando o corpo. Shelby viu um saco de lixo no chão, cheio de panfletos. Ela gesticulou com a cabeça para o saco e o pai disse que cometera um erro ao se juntar a todos aqueles clubes. Eles não podiam ajudá-lo. Eram grupos de apoio, apenas isso.

— E isso é assim tão ruim? — perguntou Shelby. Ela não sabia o que fazer a respeito da outra menina, o que dizer ou pensar. Aquilo não tinha nada a ver com ela e o pai. Mas não era verdade. Era um insulto. Shelby se sentiu desrespeitada.

— Acho que é ruim — disse o pai de Shelby. — Acho que estar em todos aqueles grupos ajudará a evitar que eu... — Ele não terminou.

— Talvez você esteja certo — disse Shelby.

— Você não recebe correspondência sobre isso, recebe?

— Você está se encostando de novo — falou Shelby.

— Por que nos trouxe para cá?

A resposta simples era que um emprego o aguardava. Ele conhecia um sujeito da agência de controle de endemias dos tempos de boxeador. Mas Shelby entendia o que o pai queria dizer. Em qualquer outro lugar, nada daquilo teria acontecido. Kaley ainda estaria com eles.

Shelby se curvou para conseguir olhar o pai nos olhos e ele ficou de pé. Fez algo com a mandíbula e soltou um suspiro profundo e entrecortado.

— Você vai a algum lugar? — perguntou ele. — Você scmprc vai a algum lugar.

— Vou, não vou?

— Toby? É com ele que vai se encontrar?

— Hoje não. Ele sempre está ocupado.

— Qual é a dele?

— O que você quer dizer?

— Acho que não sei ao certo — disse o pai de Shelby. — Não sei mais que perguntas fazer.

— Não acho que Toby saiba. Não acho que ele queira saber.

— Mas ele é legal? É uma boa companhia para você?

— Não tenho certeza — disse Shelby. — Acho que é isso que estou tentando descobrir.

— E vai — disse o pai de Shelby. — Você vai descobrir.

Shelby estendeu os braços, mas não se aproximou do pai. Ela o afastou da pia, inclinou-o para o abraço, ajudou-o a ficar firme. A vida dela e do pai eram uma série de feridas e insultos a essas feridas. Shelby queria ver os ossos daquela menina. Queria saber tudo que aconteceu com ela.

— O que você estava dizendo era algum tipo de oração? — perguntou ela. Os braços do pai a apertavam, pressionando suas costelas. — Aquilo que estava murmurando quando entrei. Era uma oração?

O pai a apertou com mais força, quase a deixando sem ar.

Shelby despejou o conteúdo da mochila da escola e o substituiu pela bandeira, um pacote de bolinhos e uma pistola de grampos que encontrou na sala do zelador. Desde o desaparecimento da irmã, ninguém (com exceção do sr. Hibma, de quem recebeu algumas detenções) ousou discipliná-la. Ela recebera passe livre para faltar à escola. Foi pega roubando um biscoito no refeitório e nada aconteceu. Jogou o apito do professor de educação física na privada.

Ela refez o caminho que fizera com Toby até a biblioteca, então entrou numa trilha à direita e seguiu em meio a um corredor de mirtilos espaçados. Aproximou-se da Igreja Batista de Citrus e esperou um pouco na beira da mata. Uma equipe de pintura carregava o equipamento em uma van, três sujeitos vestindo bermudas jeans. Shelby observou quando colocaram uma escada em um suporte no teto do carro, tiraram garrafas de isotônico de uma caixa térmica e depois saíram lentamente do estacionamento.

Shelby avançou até os degraus em frente à porta da igreja, que estavam isolados com uma fita. Os pintores haviam retocado a escada, a cobertura da porta, as venezianas. Ela passou por baixo da fita e subiu as escadas até a porta, com das botas grudando a cada passo que dava na madeira recém-pintada, deixando impressões das solas. Shelby sentia que estava tomando partido. Que não estava ficando em cima do muro. Estava fazendo algo que Toby admiraria, independentemente da forma como reagiu quando ela contou seu plano. Shelby estava fazendo algo que tia Dale aprovaria. Acreditava estar fazendo algo de que *ela própria* se orgulharia.

Ela fixou a bandeira, três grampos em cima e três embaixo, então tirou uma caneta permanente de um dos bolsos. Em um espaço em branco da bandeira, escreveu:

Eu, Shelby Register, fixei esta bandeira no início da noite de 4 de abril. As marcas na tinta foram deixadas pelas minhas botas. Comprei esta bandeira na loja do Sunray Shopping Plaza. Não tenho recibo, mas o dono gosta de mim e se lembrará de que estive lá.


A primeira partida da temporada foi moleza. Depois do apito final, o outro treinador se aproximou do sr. Hibma, afável. O homem estava entusiasmado com a qualidade do time do sr. Hibma e acreditava que ele pudesse superar seu rival, o treinador da Springstead Middle.

— Que diabo — disse o sr. Hibma. — Vamos dar uma surra em Pasco.

— Nunca conseguimos vencê-los — disse o outro treinador. — Este é o meu último ano. Vou montar uma empresa de manutenção de jardins.

— O que é preciso para se montar uma empresa de manutenção de jardins?

— Você precisa de uma caminhonete grande e um reboque aberto. Cortadores de grama e tal. E de dois caras para trabalhar debaixo do sol.

— E isso vai permitir que deixe de lecionar?

— Essa é a ideia. Ontem peguei o adesivo para colar na porta da caminhonete: Alvorada Manutenção de Jardins.

O sr. Hibma foi até a caixa térmica da sua equipe e serviu dois copos de chá gelado. Entregou um ao outro treinador. O sr. Hibma sabia que havia alternativas à carreira de professor, mas nunca perseguira nenhuma delas. Ele precisava admitir aquilo a si mesmo, ele não era o tipo de pessoa que monta o próprio negócio ou frequenta cursos noturnos. Ele não tinha ambição.

— Deixe-me perguntar uma coisa — disse o sr. Hibma.

— Você não me parece muito interessado em basquete feminino juvenil a ponto de ter um rival.

O sujeito bochechou um pouco do chá.

— Não tem nada a ver com basquete — disse ele. — O treinador da Springstead é um velho amigo da minha esposa e disse a ela que eu e alguns colegas fomos a um bar de striptease no dia do planejamento de aulas.

— Que idiota — disse o sr. Hibma.

O sujeito assentiu, então bebeu o resto do chá, com expressão contrariada.

— Foi ele que me convidou. Entendeu? *Ele* me convidou.

— Vamos acabar com eles — garantiu o sr. Hibma. — Não deixaremos que marquem um ponto sequer.

Ele ergueu o copo, apesar de vazio, e o outro treinador repetiu o gesto.

O sr. Hibma foi até o vestiário para falar com o time. Não havia muito a ser dito. Ele pediu às garotas para não arrumarem uma tendinite dando tapinhas nas costas umas das outras, já que o condicionamento delas ainda deixava a desejar. Explicou — porque precisava dizer algo a respeito do descumprimento de Rosa e Sherrie das normas de aparência — que estava instituindo um duplo padrão: as duas meninas podiam ter a aparência que quisessem. A vida era cheia de dois pesos e duas medidas, ele disse às garotas. Elas deveriam se acostumar com isso.

A caminho de casa, o sr. Hibma parou em uma videolocadora. Ele queria um filme pornô. Não conseguia se masturbar recentemente e decidira deixar a sutileza de lado. Olharia para corpos bonitos se mexendo rapidamente, escutaria mulheres com maquiagem pesada gemendo alto. Aumentaria o volume da TV até que os gemidos abafassem os latidos de qualquer cachorro.

O sr. Hibma foi até os fundos da locadora. Passou por uma porta de saloon e entrou na sala de filmes adultos. Nunca entrara ali antes. Não havia mais ninguém na sala, então o sr. Hibma não teve pressa, lendo as sinopses uma a uma. A porta de saloon não era alta, então as pessoas que passavam em frente conseguiam vê-lo. Ele não acreditava que devesse sentir vergonha, não acreditava que ninguém tivesse o direito de julgá-lo, mas, ainda assim, era um professor. Ele estava em um shopping que tinha lojas de brinquedos e de artesanato. Fazia quase quarenta graus na sala de filmes pornô. Apesar de chiar alto, o ventilador fixado na parede não servia para nada. O sr. Hibma sentia o sangue nas faces. Um senhor entrou, assobiando, sem dar a menor atenção ao sr. Hibma Simplesmente foi até o filme que queria, tirou-o da prateleira e saiu. Uma mulher rodeada por crianças barulhentas passou e olhou com severidade para o sr. Hibma. Ele precisava sair dali. Escolheu um filme sobre uma liga de futebol americano feminino. Tomou coragem e entrou no salão principal, respirando o ar fresco, caminhando com o filme pressionado contra a perna. Quando passou por um dos corredores, estancou. Uma garota da sua turma do primeiro horário, Karen, estava atendendo o caixa. Ela tinha o quê, 14 anos? Talvez os pais fossem os donos do lugar. O sr. Hibma se refugiou na seção de guerra e esperou um minuto, se perguntando se deveria aguardar que Karen fosse ao banheiro ou fizesse um intervalo, mas sabia que não poderia levar o filme pornô. Ele o colocou em uma prateleira, atrás de um documentário sobre o Vietnã, e saiu de fininho.

Dirigiu por 3 quilômetros rua acima, até um restaurante cujo bar geralmente estava vazio. Salvaria a noite. Beberia uma série de gins, comeria algo frito e então cairia na cama. Na manhã seguinte, se ainda desejasse um filme pornô, dirigiria até outra cidade. Aquele bar servia drinques fortes. Tinha uma *jukebox* cheia de músicas esquecidas. Cheirava a fumaça, mas nunca havia ninguém fumando ali.

Quando entrou no estacionamento, o sr. Hibma viu diversos carros com adesivos de estacionamento da Citrus Middle School. Escondeu-se atrás de um arbusto e olhou pela janela. Bibliotecárias. Elas haviam juntado algumas mesas. Assistentes. Até mesmo as voluntárias. Umas nove ao todo, bebericando taças de vinho rosé. O sr. Hibma sabia quando era derrotado. Ele encostou-se ao carro, olhou para o céu, instigando o cérebro a descobrir algo para fazer, alguma outra forma de salvar a noite.

Ele precisava mudar. O mundo não mudaria para se adequar a ele. Tentou ver a si mesmo depois de assassinar a sra. Conner, mas tudo o que viu foram estrelas débeis e dispersas. Conseguia ver o ato, o sufocamento, os braços e pernas da sra. Conner se debatendo, mas não conseguia ter certeza do que isso significaria para ele. Ele não *queria* matar ninguém. Não queria que as coisas chegassem àquele ponto. Ninguém queria isso. Dale não responderia a sua carta. Ninguém ajudaria o sr. Hibma. Ele voava por céus desconhecidos.

Shelby pegou o talão de cheques do pai, selos e uma pilha de contas e envelopes. Contas de energia elétrica, água, coleta de lixo, TV a cabo, telefone. A metade estava atrasada. Shelby as folheou e colou selos em todos os envelopes. Não era preciso mais lamber os selos. Ela lembrou que sempre queria lamber os selos para os pais quando pequena. Agora eram autoadesivos. Ela pegou a caneta para datar um dos cheques e nada. Apenas um arranhão na superfície do papel. Shelby pegou a caneta e lambeu a ponta e, ainda assim, nada. Não havia outra caneta à mão. Levantar para procurar outra caneta parecia um esforço colossal. Ela correu os dedos pelo tampo finamente granulado da mesa.

Shelby imaginou caminhar no verão e ver o vapor da sua respiração, os outdoors em uma língua inimaginável, as refeições baseadas em peixe fresco, os armários cheios de vodka. O sol se pondo às onze da noite. Shelby se imaginou viajando de avião, agindo como se fizesse isso o tempo todo. Ela apontaria para cardápios. Teria a melhor guia. Ficaria na melhor parte da cidade, em um apartamento com varanda que desse vista para o agito dos lojistas pela manhã.

Tia Dale finalmente havia respondido o e-mail de Shelby, em um tom sincero, nada formal. Shelby e a tia já tinham uma ligação, a afinidade possível em um computador. Não eram parentes distantes, eram Shelby e tia Dale. Shelby não escreveria abertamente o que queria, mas isso ficaria óbvio. Ela queria ser convidada para uma visita. Queria passar o verão na Islândia, ou uma semana, um fim de semana prolongado; uma chance para estar distante das sombras da sua vida real. Respirar o ar estrangeiro por uma hora que fosse a ajudaria. Ela daria várias indiretas, até convencer a tia. Tia Dale sabia o que fazia no mundo e compartilharia isso com Shelby. Shelby voltaria da viagem fortalecida e equilibrada. Ela já havia trocado e-mails; quatro ou cinco e-mails com a tia. Agora não demorava mais de um dia para receber a resposta. Tia Dale já não perguntava a Shelby como ela estava, já dispensara essas formalidades. E quanto a Shelby, ela fazia pergunta após pergunta sobre a Islândia, as pessoas, os programas de TV e o governo. Não demoraria para que Shelby os visse com os próprios olhos.

Toby caminhou até o Wal-Mart e foi até a seção Casa e Jardim. Passou por mangueiras e pilhas de fertilizantes, encontrou a prateleira de inseticidas, o formicida. Toda vez que ia ao *bunker*, Kaley estava com mais marcas de mordidas. Ela não se dava ao trabalho de usar a lixeira ou deixá-la tampada. Fazia o que queria e murmurava melodias na cara de Toby e emagrecia. E desde que aquela garota havia sido encontrada perto do parque Buccaneer Bay, Toby acreditava que não havia chance de ser pego. A polícia e o

FBI supunham que se tratava do mesmo criminoso. Ele não conseguia vislumbrar um fim para aquilo. As autoridades não fizeram nada além de suposições erradas desde o começo e só estavam se distanciando mais.

Toby conseguiu chamar a atenção de um funcionário, um rapaz que usava um monte de coisas nos antebraços: munhequeiras de couro com tachas, um relógio, uma chave pendurada em uma mola de borracha que fazia as vezes de pulseira, outras pulseiras.

— Qual é o veneno para formiga mais forte? — perguntou Toby.

— Temos produtos diferentes para situações diferentes.

— O que você tem para, digamos, uma cabana na floresta?

— Uma cabana?

— Bem, um celeiro.

— Um celeiro com o que dentro? — O cabelo do rapaz estava todo penteado para um lado só. De uma orelha à outra.

— Você tem algum que não seja perigoso para as pessoas?

— Todos são seguros para se ter em casa. Mas não podem ser ingeridos.

— Qual você recomenda? Não posso voltar aqui.

O sujeito passou a mão nos cabelos, de uma orelha à outra.

— Todos são de boa qualidade. Se não gostar de alguma coisa que comprar aqui, sempre pode devolver. No balcão de atendimento ao cliente. Essa é a nossa política.

— Não quero devolvê-lo no balcão de atendimento ao cliente — disse Toby. — Quero matar formigas.

Outra apresentação. O tema de Toby era salto com vara. Shelby o observava enquanto ele distribuía testeiras e gaguejava em uma breve aula de física que encontrou naquele livro da biblioteca. Ele encerrou com o resumo da biografia do homem considerado o maior saltador de todos os tempos, um homem que abandonou o esporte aos 24 anos para se tornar escultor. Por motivos políticos, não participou das Olimpíadas. No seu velório, oito mulheres, todas afirmando ser o amor da vida dele, apareceram abaladas e chorosas.

— *Apenas* as oito mulheres? — perguntou o sr. Hibma.

— Não tenho certeza.

— Melhor que tenham sido apenas as oito mulheres e mais ninguém. As mulheres e o padre, e então descobrimos que o padre também estava apaixonado pelo sujeito.

Toby deu de ombros. O seu envolvimento com a história do grande saltador estava encerrado.

O sr. Hibma o dispensou. As duas apresentações seguintes consumiram a maior parte da aula — uma sobre iguanas, outra sobre sopragem de vidro. O sr. Hibma esticou o pescoço e decidiu que havia tempo para mais uma. Shelby ergueu a mão. Ela foi até o fundo da sala e tirou uma pilha de mapas do assento de um banco, então arrastou o banco até a frente da sala. Tirou uma garrafa pequena de *ginger ale* de um bolso e de outro um copo alto, onde serviu um pouco de refrigerante. Ela avançou pela parte informal da apresentação, com um resumo dos diversos estilos e esquetes. Nomeou os grandes comediantes, mencionou as casas noturnas santificadas. Queria garantir que teria tempo para uma demonstração, durante a qual se concentraria em um único gênero: a comédia de insulto.

— O comediante se adianta e escolhe pessoas ao acaso, de quem passa a fazer graça — disse ela. — O medo de ser escolhido é o que dá emoção a esse tipo de espetáculo.

Shelby bebeu um gole de *ginger ale*. Olhou de relance para o sr. Hibma, que olhava para o chão, com a mente em outro lugar. Ela gesticulou para um garoto alto chamado Luke. Por um momento, ao que parecia, ele acreditou que havia ganhado alguma coisa.

— Olha isso! — disse Shelby. — Um caubói.

O vestuário de Luke consistia em botas, calças jeans, camiseta de show de música country e um boné esgarçado com a estampa de um anzol. Ele mascava fumo nos intervalos entre as aulas.

— Amigo, o mais próximo que você já chegou de um novilho foi no dia de hambúrguer do refeitório.

Uma risada ou duas.

— Você pode ser um peão do asfalto, mas está longe de ser um caubói.

Shelby estava conquistando a sala. Ela agiu rápido, esperando conseguir disparar outros dois tiros antes que o sr. Hibma interviesse. Talvez ele esperasse o sino detê-la.

— Grady, amigão. — Shelby saltou do banco. — Usar cabresto para uma menina da sétima série. Quem diria, hein?

Shelby sentiu a mão do sr. Hibma no seu ombro. Não exatamente firme, mas com certeza fria.

— Já temos uma ideia — disse ele.

Shelby bebeu o último gole do refrigerante e sentou-se no banco. Luke sorria constrangido, aliviado por Shelby ter sido contida, com o rosto incandescente. Ela não se sentia trêmula, e sim forte.

— Fique depois da aula, por favor — disse o sr. Hibma.

O sino soou e os alunos formaram uma procissão ruidosa. Toby deu um sorriso de canto de boca para Shelby ao sair, com um olhar que ela não conseguiu interpretar. Quando ficou sozinho na sala com Shelby, sr. Hibma sentou-se em uma carteira ao seu lado.

— Acho que você disse algumas coisas que precisavam ser ditas.

—- Vou receber outra detenção?

O sr. Hibma se ajeitou na carteira pequena, procurando espaço para endireitar as pernas.

— Não, mas eu precisava manter as aparências. Se alguém perguntar, eu fiquei muito irritado.

— Devo pedir desculpas aos dois?

— Eu não pediria.

Shelby assentiu.

— Você não escolheu os alvos fáceis. Não escolheu os puxa-sacos, o garoto gordo ou Vince.

— Fazer piadas é difícil.

Um carro com o som alto passou do outro lado da janela. As batidas ficaram mais distantes, mas não sumiram completamente.

— Que tipo de desenho é esse? — O sr. Hibma acompanhava um desenho no tampo da carteira com a ponta do dedo. — A rebeldia é uma arte perdida.

Shelby sentiu-se cercada. Ela se levantou e foi até a janela.

— Eu não quero aqueles livros de Bellow — disse ela. — Não consigo lê-los neste momento. — Ela gesticulou com a cabeça para os livros espalhados de forma desordenada sob o tampo da sua mesa.

— Deixe-os aí quando for embora. Se você tentou, tentou.

— Não tentei de verdade.

— Você os carregou por algumas semanas, e eles são bem pesados.

Shelby, mais uma vez, não estava encrencada de verdade. Talvez o sr. Hibma tivesse algo em mente. Talvez a disciplina não fosse adequada a Shelby e todos soubessem disso menos ela. Talvez arrumar confusão fosse um objetivo vazio para ela. Os policiais e os fiéis sabiam disso, daí ela não ter ouvido nada a respeito da bandeira. O incidente havia sido abafado.

O sr. Hibma às vezes parava na farmácia bagunçada no fim da rua simplesmente porque isso retardava a volta para casa, no condomínio Sun Heron Villas. Algumas vezes simplesmente não se sentia preparado para entrar naquele estacionamento invadido pelo mato, cheio de carros grandes, ver as estatuetas no jardim dos vizinhos, colocar a chave pesada na porta frágil. Hoje, entretanto, tinha um propósito para estar na farmácia. Comprar um cartão para a sra. Conner. Ele decidira que deixaria de fantasiar o assassinato da mulher. O sr. Hibma sentia vergonha de ter mandado aquela carta para Dale, a tia de Shelby. Desejava nunca ter ido a Clermont, desejava nunca ter entrado na fila da agência dos correios e esperado por dez minutos atrás daquele mexicano que usava chinelos e roupão de banho. Era provável que ela nunca recebesse a carta. Era provável que alguém selecionasse a correspondência dela. Também era provável que ela recebesse cartas de dezenas de malucos. O sr. Hibma não gostava de ter enviado aquela carta, de pensar que ela poderia estar numa pilha de cartas estrangeiras em uma mesa estrangeira num país estrangeiro.

Ele tiraria aquilo da mente — a carta, a rixa, tudo. Começaria a ser amigável com a sra. Conner. Tornar-se um professor normal era a única coisa que poderia salvá-lo. Ele precisava deixar de fingir o tempo todo. Depois que fingia, mesmo quando tinha sucesso, como no amistoso com a equipe do ensino médio, ele sempre desabava e acabava se sentindo mais baixo do que nunca. Talvez nunca tivesse dado a si mesmo uma chance para ser um professor de verdade. Ele estava disposto a falhar. Precisava, antes de mais nada, acatar a última circular da sra. Conner e organizar a próxima reunião dos professores na sua sala. Isso seria um começo. Ele nunca organizara uma reunião e a maioria dos colegas vira sua sala apenas de relance, do corredor. Providenciaria bebidas e penduraria um ou dois mapas nas paredes. Talvez pudesse começar a sorrir e fofocar. Talvez pudesse começar a almoçar na sala dos professores.

Ele se aproximou das portas automáticas da farmácia, que abriram com um som arrastado. O sr. Hibma queria uma mercearia — produtos feitos à mão, café artesanal, mel e queijos da fazenda —, mas em vez disso tinha a Thomason Drug, que era uma farmácia, mas vendia de tudo. Ele entrou e foi estapeado de todos os lados por tagarelice, vozes que se recusavam a se misturar, chamados estridentes que sobressaíam uns aos outros, competindo entre si. O lugar estava cheio de cinquentonas. Nas outras vezes que parou na loja, o sr. Hibma era o único cliente, mas hoje ela estava ocupada por mulheres não exatamente velhas mas longe de serem jovens, à razão de dez por corredor, todas virando os produtos de cabeça para baixo para conferir os preços. Talvez fosse uma liquidação. Talvez a loja estivesse quebrando. O sr. Hibma não seria afugentado. Ele compraria seu cartão.

Entrou no meio da confusão, sem ter ideia de qual direção seguir, e acabou em frente a um mostruário de óculos escuros. Experimentou um, com armação de plástico azul fosforescente, provavelmente um modelo para esportes aquáticos. O sr. Hibma achou aquilo engraçado. Ele não devolveu os óculos ao mostruário. Ajudavam a enxergar melhor nas luzes fluorescentes da loja. Viu uma gôndola central e leu as placas. Perfumes e camisetas, quase de graça. Doces. Luvas de beisebol. Ele se sentia seguro atrás dos óculos escuros. De alguma forma as lentes eram como uma barreira entre ele o falatório entrecortado. As mulheres debatiam sobre quais comidas podiam ser congeladas, se certa blusa eram roxa ou lilás, qual ex-marido era o mais desprezível, quais bolsas combinavam com quais casacos, se o licor Bailey's estragava. Afinal era licor, mas também um laticínio.

Muitas mulheres ali eram enfermeiras, e isso fez o sr. Hibma se perguntar se a enfermeira que o sequestrara era uma daquelas. Nem *todas* as mulheres transformam-se naquelas mulheres. Talvez tornar-se uma delas fosse do que a enfermeira sequestradora tentava escapar. Ela queria uma família de duas pessoas no deserto, nas montanhas do México. O único falatório seriam os cantos ressoantes e agradáveis dos pássaros. Provavelmente não. Ela provavelmente era uma doida varrida, não do tipo interessante. Uma louca comum.

Parabéns. Pêsames. O sr. Hibma avançou pelo corredor e viu de relance um cartão que revelava a parte superior do corpo de uma mulher quase nua. Ela parecia estar se divertindo. A mulher devia ter mais ou menos a idade do sr. Hibma e haviam concentrado bastante energia no seu penteado. Seus parabéns sensuais fariam o sr. Hibma sentir-se de uma forma que não queria, então ele seguiu em frente, em meio a enfermeiras cheinhas e magricelas. Desculpas — a menor seção, com cinco cartões apenas. O sr. Hibma não queria se desculpar. Talvez quisesse se reconciliar. Não, não era isso. Ele queria recomeçar.

Ele tirou os cartões um a um e ficou em dúvida entre dois. Um dos finalistas era adornado com pombos, o outro tinha uma charge de índios jogando as machadinhas num buraco aberto por eles. As duas enfermeiras ao lado do sr. Hibma quase gritavam uma com a outra. Para estancar as vozes, ele ergueu os cartões na frente delas e perguntou qual prefeririam receber. Elas eram seu público-alvo, eram praticamente iguais à sra. Conner. A dupla não pareceu perceber os óculos escuros extravagantes.

— O que você fez de errado? — perguntou uma delas.

— Nada específico — disse o sr. Hibma. — Estava sendo eu mesmo.

— Você nunca deve se desculpar por ser você mesmo. Aprendi isso depois do divórcio — disse a segunda mulher. — Ela apertava embalagens de café aromatizado contra o peito.

— Isso não depende do tipo de pessoa que você é? — perguntou o sr. Hibma. — E se houver algo de errado com você?

— As pessoas não mudam. Elas tentam, mas não conseguem. Digo isso por experiência própria.

— Você talvez esteja certa. Eu provavelmente não vou mudar.

— Espero que não — disse a mulher com o café. — Nunca mais vou mudar por ninguém.

Toby se levantou cedo no domingo e levou suprimentos para o *bunker*. Pegou uma pá de lixo e um travesseiro, já que Kaley havia rasgado o antigo. A menina já estava com ele havia dois meses. Isso significava o quê, nove semanas? O que importavam dias e semanas? Toby não queria acompanhar a passagem do tempo. Isso não dizia nada para ele. Ele desceu ao *bunker* fez o que tinha que fazer, grato por Kaley tê-lo ignorado naquela manhã, então caminhou de volta para casa.

Quando abriu a porta, tio Neal estava sentado em uma cadeira encarando-o. A sala estava tomada por uma fumaça inodora. Tio Neal se recostou e colocou o cachimbo de lado. Os olhos dele estavam vermelhos, os cantos da boca, contraídos.

— Você viu o cortador de unha? — perguntou ele.

— Tenho mais o que fazer do que saber onde está o seu cortador de unha — disse Toby.

— Essa é uma afirmação discutível — disse tio Neal. — Não que eu me importe em discutir nada, mas é uma afirmação altamente discutível.

Toby deu um passo para dentro da sala e tio Neal se levantou e perguntou se ele estava com fome. Toby olhou para a mesa e viu fatias de pão branco com manteiga, algum tipo de bolinho de carne e pêssegos em uma tigela. Tio Neal nunca passava manteiga no pão de Toby, mas hoje o fizera. Os bolinhos de carne estavam arrumados de modo que se sobrepunham ligeiramente, como numa fotografia publicitária.

— O meu café da manhã não o agrada mais, não é?

A comida não tinha cheiro. Assim como a fumaça.

— Esquento um prato daqui a pouco — disse Toby.

Ele novamente fez menção de ir para o quarto e o tio entrou no seu caminho.

Alimentei você por anos — disse tio Neal. — E de repente você ficou chique demais. De repente precisei começar a comer sozinho. Você tem uma namoradinha com quem anda o tempo todo e come comida chique.

— Eu não tenho namorada — disse Toby.

— Ah, não? E como a gente chama isso hoje em dia?

— Você não precisa se dar ao trabalho de chamá-la de nada. Ela nunca virá aqui.

Tio Neal ainda estava em frente a Toby. Ele parecia aferrar-se ao assunto de uma forma incomum. Segurava um isqueiro, que colocou no bolso.

— Eu sei quem ela é — disse ele a Toby. — É a irmã da menina que foi sequestrada. Você tem uma fascinação doentia pela garota porque a irmã dela foi sequestrada.

— Eu não sou doente — disse Toby.

— Eu achava que ia criar você. — Tio Neal agarrou o ombro de Toby e o garoto finalmente sentiu um cheiro: a camisa do tio. Ele usava as mesmas roupas havia dias. — Costumava pensar que poderíamos ajudar um ao outro.

— Bem, não podemos — disse Toby.

— Eu sei o que você está fazendo, seu ladrãozinho.

Toby sentiu que tio Neal poderia ter quebrado o seu ombro. Ele tentou se mover.

— O que eu estou fazendo?

— Roubando desta casa e vendendo tudo naquela feira de coisas usadas. Você é um homenzinho de negócios, um comerciantezinho de merda. Eu criei um garoto que rouba do próprio sangue. Um capitalistazinho babaca.

Toby não quis responder àquela acusação. Ele *estava* roubando. Era muito mais fácil pegar as coisas em casa do que caminhar até o supermercado ou a farmácia. E era de graça. O que o tio poderia fazer a respeito?

— Eu tolero desrespeito — disse tio Neal. — Tolero você pensar que é especial. Tolero essas coisas o tempo todo. Mas isso precisa ter um limite, e sou eu quem vai colocar.

Toby ficou em silêncio. Ele sentia as pontas de cada um dos dedos do tio enterradas até os ossos do seu ombro. Tio Neal não encostava a mão nele havia anos. Não o empurrava, nem mesmo o despenteava, não o cutucava nas costelas quando contava uma piada, não lhe dava tapas nas costas quando ele tossia. Tio Neal olhou para a mão e flexionou os dedos. Ele inspirou forte, dilatando as narinas.

— E eu dei a você uma droga de mesada. Isso foi *minha* escolha. Meu erro.

Então tio Neal acertou Toby. Meio que um soco com a mão aberta. O golpe foi rápido e não o atingiu, mas o segundo soco, sim. Toby caiu, embora não por causa da dor. Tio Neal pareceu ficar surpreso com o impacto dos tapas.

— Queria que isso doesse mais em mim do que em você — disse tio Neal. — Mas não, não dói em mim.

— Também não dói em mim — disse Toby, sem erguer os olhos. Mesmo assim, sentia que o tio olhava para a própria mão.

— Cheguei a um ponto em que nada mais pode me magoar — disse tio Neal.

— Você é duro, só isso — disse Toby.

— Nem ao menos sinto vergonha.

Toby continuou encolhido, imóvel. Não sabia exatamente onde os tapas o haviam atingido, já que sua cabeça inteira estava quente. Em algum lugar dentro de si, ele estava feliz com a agressão do tio. Era um alívio. Tio Neal se afastou, sua sombra subindo no campo de visão de Toby. Ele saiu porta afora e Toby se levantou. Ouviu os passos do tio atravessando a varanda e então a partida do motor da caminhonete, o ganido de um cão velho e frágil. Toby foi até o banheiro e se olhou no espelho. Ficaria com um hematoma no pescoço e uma marca na testa, mas não por muito tempo. Aquela provavelmente seria a última vez que o tio o tocaria. O homem estava desesperado. Algo nele estava azedo e fraco. Ele e Toby precisavam se suportar. Kaley e Toby precisavam se suportar. Shelby precisava suportar o mundo. Como *alguém* era capaz de evitar ficar azedo? Como era possível que o mundo todo não fosse como seu tio?

O nariz de Toby estava escorrendo, mas seus olhos estavam secos. Ele abriu a torneira de água quente e pegou uma toalha de rosto. Deixou a água ficar quente e soltar vapor e jorrar até que ele não conseguisse mais enxergar o próprio reflexo.

Toby e Shelby combinaram de se encontrar no domingo. Ela havia decidido que deveriam fazer um passeio no ônibus antigo, um veículo grande mas aerodinâmico que, três vezes ao dia, dava uma grande volta na cidade e parava em uma farmácia, um supermercado, o cinema, o centro administrativo do condado e um restaurante self-service. Shelby pagou o motorista com duas notas novas de um dólar e ela e Toby se sentaram nos fundos. Havia apenas outros dois passageiros, uma senhora frágil que usava muitas joias e um rapaz com uma sacola cheia de camisetas no colo. Os dois estavam sentados no meio do ônibus, separados pelo corredor central. A mulher envolvia o corpo com os braços, tremendo. O motorista, um negro magrelo, mantinha o ar-condicionado do ônibus no máximo.

Na primeira parada, a farmácia, ninguém desceu. O mesmo aconteceu no supermercado.

Shelby cutucou Toby com o cotovelo e ele desviou os olhos da janela. Ela olhou bem para seu rosto. Sabia que ele temia que ela fizesse perguntas, então não as fez. Ela não gostava que as pessoas se intrometessem na *sua* vida. Sabia como ele se sentia. Se os hematomas fossem resultados de uma briga com outro garoto ou uma queda nos treinos de salto com vara, ele teria dito. Algo acontecera com tio Neal.

— Quando foi a última vez que deixou alguém ser seu amigo? — perguntou Shelby.

Toby pensou um pouco.

— No ano passado.

— O que aconteceu?

— Ele pediu transferência para uma escola em Gaines-ville para jogar basquete por lá.

— Vocês ainda são amigos?

Toby fez que não.

— Por quê? Por que vocês não têm telefone? — Shelby colocou a mão na coxa de Toby.

— Mesmo que tivéssemos, provavelmente não seríamos mais amigos.

Toby se mexeu inquieto e adotou uma postura mais rígi-da. A mão de Shelby estava espalmada na sua coxa. Ele não percebeu, ou pelo menos agia como se não percebesse. A marca no pescoço dele mais parecia a impressão de uma pata. Shelby o faria esquecer o tio, pelo menos por algum tempo.

O ônibus estacionou perto do cinema. Havia algumas pessoas do lado de fora, mas nenhuma delas fez menção de se aproximar. Era um cinema com duas salas, que exibia um filme de terror e uma animação infantil. O pôster de um homem careca estava pendurado do lado de fora, um dos seus olhos saltando da órbita, ao lado de outro com desenhos de carros.

A senhora se virou. Ela pigarreou, o que pareceu fazê-la sentir um calafrio.

— Com licença, senhor — disse ela.

O rapaz com as camisetas olhou para ela.

— Eu gostaria de ficar com uma dessas camisetas, uma de mangas compridas. O senhor gostaria de fazer uma troca?

— Pode ser que eu *faça* uma troca.

— Uma pulseira? — A mulher ergueu o braço. — São verdadeiras. — Com o dedo, ela separou uma pulseira das outras. — Esta vale 60 dólares.

O rapaz olhou para a caixa.

— Tamanho P, imagino.

Os dois trocaram as mercadorias. O sujeito colocou a nova joia no bolso e a mulher vestiu a camisa. Puxou-a de um lado e de outro, arrumando o tecido, com um leve sorriso no rosto.

O ônibus se pôs em movimento.

— Eu almoçava com dois amigos no semestre passado — disse Toby. — Dina e Tom.

— Quem são eles? — perguntou Shelby.

— São namorados. E eu não era *amigo* deles de verdade.

— Quem são? — insistiu ela.

— Dina e Tom magricela. Os dois que dizem que vão se casar quando fizerem 16 anos.

Shelby não sabia quem eram.

— Eu costumava sentar numa daquelas mesas de quatro lugares junto a eles. Empilhávamos as nossas coisas na quarta cadeira.

Shelby correu a mão para a parte interior da coxa de Toby, acabando com a dúvida de que pudesse estar ali por acidente. Toby passou a falar mais rápido.

— Nunca vi muita recompensa na amizade — disse ele. — Começa como uma entrevista e termina como um emprego.

— Onde ouviu isso?

— É parte de um brinde.

Shelby moveu a mão até encontrar um volume que podia ser o que procurava ou apenas uma dobra no tecido da bermuda folgada de Toby. O ônibus encostou em frente a um conjunto de prédios de vidro de dois andares. Havia carvalhos raquíticos por todo lado, recentemente plantados. Era o centro administrativo. Os prédios estavam fechados. A senhora e o rapaz das camisetas desceram do ônibus e seguiram cada um o seu caminho. Shelby não fazia ideia de para onde poderiam estar indo. O motorista desceu por um instante e falou ao celular. Quando entrou, arrumou o retrovisor e pingou colírio nos olhos. Ele colocou a mão em frente a uma abertura de ar, para garantir que estava saindo ar frio.

Quando o ônibus voltou a se movimentar, Shelby desabotoou a bermuda de Toby e enfiou a mão nela. Toby ajeitou os quadris de modo a facilitar as coisas e ficou imóvel, os olhos voltados para a frente, as costas curvadas contra o encosto do banco. A mão de Shelby estava dentro da bermuda, ela fazia movimentos curtos, tentando não apertar, não machucar. Ele estava imóvel. Shelby parou de mexer a mão. As pernas de Toby tremiam. Ela ainda não queria que terminasse. Recomeçou, com movimentos mais lentos, variados. Toby mantinha os olhos abertos. A próxima parada estava à vista. Shelby fez alguns movimentos rápidos e um som escapou de Toby. Ele mexeu desajeitadamente na bermuda, puxando-a para baixo, expondo-se ao ar e à luz. Shelby observou o rosto de Toby, no qual ainda havia uma expressão neutra, e sentiu-se traída. Ela queria ver alguma exaltação. Queria vê-lo transportar-se para outro estado, melhor. Toby colocou a mão sobre a de Shelby, mirando no banco da frente. A substância escorreu pelo encosto e então perdeu a liquidez. Era inconfundível. Qualquer um saberia o que era.

Shelby olhou para Toby. O cabelo dele estava espetado, crescendo desde que o raspara. Ela não sabia dizer se alguma coisa havia acontecido, se as almas deles haviam se esfregado uma contra a outra. O ônibus parou e Shelby puxou Toby do banco e até a porta. Os olhos dela e do motorista se cruzaram e o homem piscou, mas não como se sugerisse que sabia de alguma coisa. O motorista não sabia de nada. Piscar para os jovens era algo que ele sempre fazia, era parte do procedimento.

Shelby e Toby entraram na JB's Cafeteria e encheram as bandejas com bolo de carne e batata-doce. Quando Shelby sentou-se em frente a Toby, ambos com a boca cheia, foi invadida por uma curiosidade nova e potente. Ela queria, agora, saber não apenas mais sobre o lado sombrio de Toby, mas também onde ele dormia, o que comia, qual era o tipo preferido de clima e o que o fazia espirrar. Queria saber com o que ele sonhava à noite, o que se passava em sua mente quando olhava para a parede durante a aula. Shelby estava fascinada com a eficiência dos próprios hormônios. Engajara-se em um ato sexual e agora o quê, estava amando? Fizera com que um macho da espécie chegasse ao clímax e, agora, queria ser a sua namoradinha? Impressionante. Shelby tentou desfrutar do sentimento. Sentia-se exuberante.

Antes do treino de basquete, o sr. Hibma apressou-se até a área comum do prédio principal e foi até a banca de flores. Era ocupada por uma garota, não uma aluna da oitava série, uma coisinha pequena usando um tailleur. Seus sapatos de salto alto eram como os de uma boneca. Provavelmente era uma réplica da mãe, que deve tê-la vestido daquela forma e penteado seus cabelos para trás porque, aos olhos do público, a filha seria uma vendedora. Ou a mãe da menina era uma desleixada e ela se rebelava.

— Como vão usar o dinheiro que arrecadarem? — perguntou o sr. Hibma.

— Com uma viagem da nossa turma — disse ela. — Para Washington D.C.

— Precisarão vender muitos cravos.

A menina estava com as costas eretas e descansava as mãos no balcão.

— Consegui uma doação do Publix e teremos um bom desconto da Amtrak. Já temos um quarto. Planejamos levantar todo o dinheiro até o fim do semestre e viajaremos no verão.

— Você quer ser política um dia? — perguntou o sr. Hibma.

— Não, quero trabalhar para um político.

Um dos olhos da garota estava ligeiramente desviado para um lado, o que fazia com que parecesse bem mais altiva.

— O meu nome é Gina Lampley — disse ela. — O senhor é o sr. Hibma. — A garota estendeu a mão na direção dele. — Não consigo esperar para ser sua aluna. Ouvi dizer que precisamos fazer muitas apresentações. Não fico nervosa ao me apresentar em público.

— Espero ter você aqui em breve. — O sr. Hibma precisava encarar o puxa-saquismo com mais naturalidade. Esse era um de seus problemas, ele sabia. Os outros professores gostavam dos puxa-sacos e ele, não. Precisava valorizar os alunos pelo que eram. Alguns simplesmente eram puxa-sacos, não conseguiam evitar, da mesma forma que uma pessoa não pode deixar de ser samoana ou alérgica a aipo.

— Gosto dos seus sapatos — disse a menina. — Um professor *velho* nunca usaria esses sapatos.

O sr. Hibma olhou para a menina, com simpatia, ele esperava. Sabia que ela havia apresentado toda a papelada autorizando-a a faltar à aula naquele horário. Escolhera aquele lugar para a banca de cravos devido ao grande trânsito de pessoas. Desenhara flores nos formulários, pilhas deles. Cresceria em um mundo de burocracia, detalhes, licenças, vendas, artes e trabalhos manuais — o mundo em que todos eram forçados a viver.

— Posso escolher a cor? — perguntou o sr. Hibma.

A menina assentiu com elegância.

— Vermelhos ou brancos.

— Acho que prefiro branco.

— E quantos o senhor gostaria de levar?

— Um é o bastante.

A garota pegou um recibo e começou a preenchê-lo. Perguntou se deveria escrever o nome do destinatário no cartão que acompanhava a flor e o sr. Hibma disse que sim. O cravo era para a sra. Conner, sala 142. Ele levou a mão ao bolso e tirou um maço de notas, entregando 3 à garota.

— Ah — disse ela, como se um engano honesto houvesse sido cometido. Ela segurou as notas velhas e cinzentas com a ponta do dedo. — O senhor tem notas mais novas? Gosto que fiquem arrumadas nos envelopes, assim posso colocar o mesmo valor em todos.

— Notas mais novas?

— Se não tiver, não tem problema.

O sr. Hibma olhou em volta. A garota estava apenas sendo ela mesma, como todos tinham direito de ser.

Durante um jogo surpresa de trívia sobre história americana, Toby foi chamado ao SOE. Ele deixou a ficha voltada para baixo sobre o tampo da carteira e foi até a sala, onde se apresentou à puxa-saco na recepção. Foi orientado a seguir pelo corredor. Era a sexta porta à esquerda. Toby nunca havia sido chamado ao SOE. Talvez a orientadora estivesse curiosa com os planos dele para o verão, ou quais matérias desejava cursar no ano que vem, no ensino médio.

A porta estava aberta. A orientadora, sentada à mesa, olhou para Toby, quase sorrindo. Toby a reconheceu. Ela havia sido inspetora, uma policial da escola. Ela gesticulou para a cadeira em frente à mesa e Toby sentou-se. A orientadora ficava estranha vestindo uma blusa com um lenço no colarinho em vez do uniforme azul.

— A antiga orientadora escreveu um livro — disse ela.

Toby sentiu como se usasse um disfarce descoberto. Não sabia por quê. Ninguém descobriria nada a respeito de Kaley. Aquelas agentes do FBI nunca mais o procuraram depois daquele dia no estacionamento. Se elas não conseguiam farejar nada nele, aquela mulher certamente não o faria.

— Preciso chamá-los durante as aulas — disse a orientadora. — Vocês nunca vêm por conta própria.

Toby precisava urinar. Sentira vontade durante o jogo de trívia e se esquecera de parar no banheiro a caminho do SOE.

— Levo essas fichas para casa e as leio, vejo quem pode estar precisando de um empurrão na direção certa.

— A senhora acha que eu estou precisando? — perguntou Toby.

— Você está na lista especial desde que saiu do jardim de infância. — A orientadora se inclinou para frente, apoiando um cotovelo na mesa.

— Posso ir ao banheiro? — perguntou Toby.

— Você sabe quantas detenções já recebeu na escola?

— Nenhuma — disse Toby. — A minha ficha está limpa.

A orientadora riu de forma irônica.

— Vinte e nove. E isso sem contar todas as detenções não documentadas do sr. Hibma.

— E como a senhora sabe delas?

— Acho que você conhece Cara, a recepcionista. Este lugar está cheio de espiões.

— Nunca fui expulso — disse Toby. — Isso é algo do que me orgulho.

— Por que *você* não me diz por que está aqui?

Toby suava. Não era de nervosismo. Ele precisava urinar de verdade e a sala estava quente. Ele esperava que a mulher não passasse a fazer perguntas sobre o tio, sobre sua vida familiar.

— Estou pensando em uma bandeira. Estou pensando em uma igreja. Estou pensando em uma aluna educada que só tira A, uma garota adorável, que agora anda por aí de cara amarrada.

Toby tentou olhar pela janela, mas ela estava coberta com tirinhas de jornal, com cães e gatos tendo pensamentos humanos.

— Não tive nada a ver com a bandeira — disse ele.

— Eu sei disso. O que estou me perguntando é se o com portamento de Shelby é resultado do desaparecimento da irmã, o que não acho que seja, resultado de estar entediada porque é inteligente demais para esse lugar, algo do que também duvido, ou da boa e velha má influência.

— Todos somos manipulados — disse Toby.

A orientadora fechou os olhos por instante.

— Não tenho a pretensão de ser perfeita neste trabalho, mas parte da descrição do meu cargo é cuidar do bem-estar dos alunos. É o que estou fazendo. Cuidando do bem-estar de Shelby, não do seu.

Neste momento, o sino tocou, assustando Toby e a orientadora. Ele precisava sair agora para urinar.

A orientadora olhou para o corredor.

— Não pense que é esperto — disse ela. — Não pense por um segundo que é esperto.

Naquela tarde, Toby participou de uma competição na Citrus High. Shelby estava lá. Ela se acomodou na arquibancada como uma namorada veterana, segurando um copo grande de refrigerante. Toby ainda não sabia ao certo o que precisava de Shelby. Desde o episódio no ônibus, sentia-se em dívida, como se devesse algo a ela, mas não gostava de dever nada a ninguém. Não entendia como alguém poderia fazer algo generoso para ele, ou mesmo demonstrar afeição. Não entendia a matemática. Sentia-se constrangido quando pensava no que acontecera no ônibus. Era infantil — as pessoas correndo por aí tentando tocar umas às outras e chupar umas às outras e tudo o mais. Toby era tão ruim quanto qualquer pessoa. Ele olhou para a plateia dispersa e lá estava Shelby, canudo entre os lábios, acenando.

O oponente daquela noite era um garoto com físico de maratonista e unhas roídas. Ele trazia um rádio pequeno no qual tocava música louca baixinho, e um caderno, que abria de tempos em tempos para fazer anotações. O adversário de Toby venceu no lançamento da moeda, então, inexplicavelmente, talvez para provar quanto estava confiante, escolheu saltar primeiro. Toby observou-o falhar na primeira tentativa. O garoto desligou o rádio e soprou as mãos. Na segunda tentativa, falhou outra vez. Sem chance na terceira. Os passos dele eram descoordenados. O garoto soltou o corpo na grama e atirou o caderno sobre o ombro. Tudo o que Toby precisava fazer para vencer era saltar a altura mínima. Ele venceria. Ele olhou para Shelby, que se levantou e soltou um grito de incentivo.

Em casa, Toby pegou o espelho da mãe. Deu uma baforada no vidro e o limpou com a camiseta. Ele tivera uma nova ideia e precisava refletir a respeito. A ideia era a seguinte: ele poderia abandonar Kaley no *bunker* e deixar de cuidar dela, de alimentá-la, deixar que seus ossos fossem descobertos dali a dez anos, como o corpo da menina encontrado perto do Buccaneer Bay. Esse era o pensamento. Pura e simplesmente. Era um jeito fácil de escapar. De zerar as coisas, de se libertar. Teria ficha limpa, como disse à orientadora. Poderia ir para a escola e voltar direto para casa como um garoto comum. Poderia se preocupar com as notas e outros assuntos do tipo. Provavelmente conseguiria dormir. Conseguiria dormir se soubesse que pela manhã não precisaria ir ao *bunker*. Ele odiava o *bunker*. Passou a ser seu quando o encontrou e agora não podia abrir mão dele? Era de Kaley agora. Se Toby a deixasse ficar para sempre em silêncio lá embaixo, poderia fazer o que quisesse de tarde, nos fins de semana. Poderia se entregar a Shelby. O sequestro sumiria. Toby praticamente se esqueceria dela. Kaley seria outro erro, como o resto. As pessoas erram o tempo todo. Toby daria boas-vindas aos dias em lugar de precisar se preparar para eles. Nunca dera boas-vindas aos dias, com ou sem Kaley, mas nunca tivera um motivo para isso. Nunca tivera Shelby.

Toby pressionou a mão no espelho, deixando uma impressão. Não conseguia olhar para o próprio rosto. Sua face estava tomada pela culpa e pela fraqueza, e abandonar Kaley exigiria mais força do que levá-la, mais força do que ficar com ela. Toby era indigno. Precisava aprender a controlar a própria mente. Estava sendo um chorão porque o mal dentro dele não oferecia informações mastigadas a cada dois minutos. Ele precisava ouvir com mais atenção. Precisava sentir os próprios instintos. Mas não conseguia. Tudo o que conseguia sentir era como o futuro poderia ser.

Shelby tomou o elevador e encontrou o escritório de emissão de passaportes. Ela tirara uma fotografia na farmácia e surrupiara a certidão de nascimento. Agora só faltava preencher a papelada. Não tinha certeza se precisaria forjar a assinatura do pai, mas estava preparada para isso. Ele não se importaria que ela tirasse o passaporte, mas

Shelby não queria dizer por que precisava de um. Não queria dizer nada a ninguém até que recebesse o convite que aguardava. Tia Dale mandava e-mails queixando-se do sujeito com quem nunca se casou, sobre as viagens e as pessoas com quem precisava trabalhar, o tipo de desabafo que se faz a uma amiga, a uma confidente. Era um alívio para Shelby ouvir os problemas de outra pessoa em vez de ser indagada sobre os seus. Àquela altura, Shelby demorava mais para responder do que tia Dale, já que nem sempre tinha acesso a um computador. Ela estava um pouco surpresa que a tia ainda não tivesse sugerido que conversassem ao telefone, mas para alguém como tia Dale, os telefones eram coisa do passado. Os telefones eram para pessoas comuns, lentas.

Havia apenas uma funcionária no escritório e nenhum outro cliente. A mulher usava calças de cintura alta e um prendedor de cabelo grande, de madeira. Shelby disse o que queria e a mulher pegou alguns formulários.

— Você não deveria estar na escola?

— Sim, deveria. — Shelby apoiou os cotovelos no balcão.

— Mas vocês não abrem nos fins de semana.

— Então está resolvendo algumas coisas hoje? — A mulher era simpática. Usava uma unha pontuda, bem-feita, para folhear os formulários.

— Adoro resolver coisas — disse Shelby.

— De onde é o seu sotaque, querida?

— Eu não tenho sotaque — respondeu Shelby. — Pronuncio as palavras corretamente. *Você* tem sotaque.

— Todo mundo tem sotaque.

— É o que pensam as pessoas que têm sotaque.

Para a reunião da qual seria anfitrião, o sr. Hibma levou morangos do Plant City e uma vasilha de molho Romanoff que ele mesmo preparou. Levou também uma embalagem com 12 latas de refrigerante e alguns *tamales* que uma mulher sempre vendia perto do seu condomínio.

Além do sr. Hibma e da sra. Conner, estavam presentes outros nove professores do departamento de artes. Desses, sete pareciam seguir o mesmo padrão de aparência: vestiam roupas simples, mas não ordinárias, estavam fora de forma, mas não eram gordos. Os outros dois eram jovens. Um deles era Pete, um sujeito que dava aulas de inglês avançado e tocava em uma banda punk nos fins de semana. O sr. Hibma estivera na sala de Pete apenas uma vez, pouco depois de contratado. Pete mostrara ao sr. Hibma todos os seus pôsteres dos Sex Pistols e dos Ramones. Confidenciara que todos os professores mais velhos estavam contra ele e parecia acreditar que os dois seriam amigos. Convidou o sr. Hibma para os shows da sua banda algumas vezes, mas acabou desistindo. Agora a interação deles consistia em cumprimentos silenciosos no corredor e em breves conversas ocasionais.

A outra professora, de 26 anos, tinha rosto redondo e pós-graduação em espanhol. Ela ia até a USF diversas noites por semana. Tinha mestrado em estudos linguísticos, mas não podia deixar o condado de Citrus porque o marido tinha uma pedreira com negócios em toda Costa da Natureza. Aparentemente não via problemas nisso. Não tinha problemas em trabalhar na Citrus Middle e não na ONU ou na embaixada americana em Madri.

O sr. Hibma recebeu os convidados na porta, cumprimentando-os e indicando a mesa com bebidas e comidas. Pete comeu um *tamale*. Ninguém tocou nos morangos. A sra. Conner deu um tapinha no ombro do sr. Hibma, que ele retribuiu com seu sorriso mais amável. A decana foi até a frente da sala e os professores se instalaram nas carteiras dos alunos. A professora de ciências, uma mulher de testa ampla que usava uma camiseta com os dizeres Spider Pride toda sexta-feira, pediu desculpas e sentou-se com uma barra de Snickers. Ela explicou que a dieta que seguia só permitia um doce por semana, e que aquela havia sido a sua escolha.

A reunião começou com um resumo dos progressos de um novo programa disciplinar, informações sobre ex-alunos com quem a sra. Conner mantinha contato. Foram trocadas impressões sobre alunos-problema. Havia alunos que precisavam de drogas e não usavam, alunos que usavam drogas mas não precisavam, alunos com pais superprotetores, alunos com pais ausentes. A sra. Conner distribuiu petições para que todos assinassem: uma solicitando à direção que os alunos fossem proibidos de faltar aula sob justificativa de atividades esportivas, a outra, a proibição de livros de Kurt Vonnegut. Nenhum professor da escola fazia atividades com livros de Kurt Vonnegut. Era uma medida preventiva, provavelmente uma ordem vinda da direção da igreja da sra. Conner.

— Não vou assinar isso — disse Pete. — A não ser que me ajude a conseguir que os meus shows sejam aprovados como crédito musical extra, não vou te ajudar a fazer nada. Reuniões em torno de um mastro de bandeira para rezar valem como crédito extra, e testemunhar a criação de música ao vivo não?

O sr. Hibma percebeu que, para causar impacto, Pete algumas vezes usava o pronome *te*.

— Os seus shows acontecem em bares — rebateu a sra. Conner.

— Nem todos. A senhora sabe disso.

O rosto da sra. Conner estava contrafeito, mas contido, como se houvesse sentido um cheiro ruim e esperasse que fosse soprado pelo vento.

— Você está comparando orações ao rock? — perguntou ela a Pete.

— Estou comparando orações ao *punk rock*. Ambos encantam a alma. Ambos são coisas em que se pode crer.

O cheiro azedo ainda não havia sido soprado pelo vento. O sr. Hibma podia perceber que ela queria dizer milhões de coisas a Pete. Seu impulso era defender Pete, mas ele precisava consertar as coisas e não se importava em ficar de fora daquela confusão. Ele deixara para trás aquela fantasia ridícula de assassinar a sra. Conner e aquela carta idiota que escrevera. Era passado. Estava feliz que Dale não tivesse respondido.

A sra. Conner suspirou e algo cedeu nos seus olhos.

— Vamos ouvi-la — disse ela. — Vamos ouvir sua música.

Pete disparou para fora da sala. Os outros professores olhavam uns para os outros, escutando os passos dos tênis All Star de Pete ecoarem no corredor até sumirem. Os passos voltaram, ficaram mais altos e Pete estava de volta, com um aparelho de som na mão, procurando uma tomada.

Para crédito de Pete, ele não identifica sua musa ou expunha simbolismo em suas letras. Ele apertou play e se afastou do som. A princípio ouviu-se apenas o zumbido da fita. Alguém fez a contagem em voz abafada e então a sala do sr. Hibma foi preenchida por barulho. O barulho não era restrito por uma melodia. Cada músico tocava o mais alto possível, tirando tudo do seu instrumento. Ocasionalmente, para surpresa geral, o som ficava ainda mais intenso. Alguém cantava, mas apenas porque alguém precisava cantar. Quando o barulho cessou, a surpresa era a mesma de quando começou.

— Está bem, está bem — disse a sra. Conner. — Está bem. — Ela agitou as mãos, implorando a Pete que ele parasse a fita antes da próxima música.

Ele se adiantou e tateou os botões.

— Acho que não faz diferença o que você canta, já que ninguém consegue entender — disse a sra. Conner. — Redija uma petição que eu a assinarei.

Pete ficou confuso. Ele deveria ser contido pela Autoridade. A Autoridade não deveria ser razoável. Pete parecia deixar de perceber a ironia: a sra. Conner, para poupar a *si mesma* de escutar mais, estava disposta a permitir que os alunos fossem sujeitados à música dele. Como aquilo era insuportável, ela conseguira apoio. Talvez Pete acabasse de viver o primeiro momento punk da sua vida. O sr. Hibma sabia que não deveria odiá-lo. Pete e a especialista em espanhol não lhe fizeram mal algum. O sr. Hibma os desprezava porque não era melhor do que eles. Apesar de terem chegado à escola por caminhos distintos, ele, Pete e a especialista em espanhol estavam ali agora, e determinados a ficar.

Shelby recebeu um bilhete orientando-a a faltar a aula de educação física e comparecer à sala 171E para uma reunião com a sra. Milner, a professora da turma dos alunos superinteligentes. Ela encontrou a sala, abriu a porta e se deparou com a sra. Milner sentada numa poltrona, atrás de uma mesa enorme. A sala era grande e acarpetada. Contra a parede dos fundos, na sombra, havia um amontoado de equipamentos mecânicos semimontados ou semidestruídos.

— Você está atrasada. — A sra. Milner inclinou a cabeça para trás de modo a conseguir olhar para Shelby.

Shelby avançou um passou ou dois antes de perceber que não havia uma cadeira para ela. Aquilo devia ser algum tipo de teste, concluiu. Ela precisava usar suas habilidades de resolução de problemas. Deveria vasculhar a confusão no fundo da sala e criar uma cadeira ou virar a mesa de cabeça para baixo para que ela e a sra. Milner pudessem se instalar nela como numa canoa.

— Ficarei de pé — disse Shelby. Aquele era o maior aborrecimento que poderia ter: entrar na turma dos superdotados. — Não tenho muito tempo.

— Algo importante está acontecendo na aula de educação física?

— Por que a senhora não faz logo a proposta? — sugeriu Shelby. — Eu fico aqui de pé e a senhora fala de uma vez.

— Começarei pelo preço. O preço é a sua amada aula de educação física. — A sra. Milner arregaçou as mangas do suéter. — Esta sala é uma zona livre. Explore, não explore. Interaja, não interaja. Esse tipo de liberdade vende a si mesmo. Esse é o lugar onde são construídas carruagens, onde se tiram cochilos.

Shelby então percebeu que a bagunça no fundo da sala deveria tornar-se um carro alegórico, uma balsa romana.

— Os talentos podem ser assustadores — sugeriu a sra. Milner. — Muitas pessoas têm medo dos seus dotes. Você não acha que isso é verdade?

— Guardarei meus comentários até o fim da proposta — disse Shelby. — A senhora já acabou?

Houve um brilho no olho da sra. Milner. Por fazer-se de difícil, Shelby ficava ainda mais atraente.

— A matemática mais avançada acontece aqui — disse a sra. Milner. — Lemos Tolstoi em russo. Recebemos um palestrante convidado todos os meses.

— Que barulho é esse?

— A nossa máquina de gelo. O Best Western a doou.

— Para que vocês precisam de uma máquina de gelo?

— Eu teria feito essa mesma pergunta... na verdade, a fiz. Mas agora não sei como conseguíamos viver sem ela. — A sra. Milner arregaçou novamente as mangas do suéter, dessa vez até os braços. — Também temos um liquidificador.

Shelby estava cansada de ficar de pé. Ela teve o impulso de aceitar o convite da sra. Milner, pedir que a professora saísse da sala e dormir sobre a mesa.

— Eu sei que houve um desentendimento entre você e Lena, e me ela pediu que lhe dissesse que não guarda ressentimentos. E preces não são permitidas nesta sala. É uma zona livre, e para mim isso inclui a ausência de religião.

Lena era a garota em quem Shelby atirou *grits*.

— Não sabia que ela era dessa turma — disse Shelby.

— Ela é muito inteligente e muito sincera.

— Com todo o respeito, vou recusar — retrucou Shelby.

— Diga-me o motivo.

— Não quero ficar confinada com alunos que se acham excepcionais. Prefiro colegas que são um pouco inteligentes e não sabem.

A sra. Milner pigarreou. Ela não estava impressionada.

— A turma dos superdotados oferece mais opções.

A ideia de opções soava estranha a Shelby. Opções na vida. Ela não fazia a menor ideia das escolhas que faria. Nunca precisara de sonhos, nem mesmo de esperanças. Talvez agora precisasse. Quaisquer que fossem seus sonhos, eles não tinham nada a ver com a turma de alunos brilhantes.

— O verdadeiro motivo é o seguinte — disse Shelby. — Alguém em quem confio me disse para não aceitar.

— Quem?

— Não vou dizer.

— Essa pessoa esta mal-informada. A minha turma tem dez alunos e a maioria é admitida no terceiro ou quarto ano. O único motivo de termos uma vaga é a mudança de Daphne Biner. Se entrar agora, permanecerá durante o ensino médio. Você *precisará* dessa turma.

— Por quê?

A sra. Milner parecia estar perplexa.

— Amigos — disse ela. — Esses passarão a ser seus amigos. Você acha que os alunos comuns fazem ideia de como cultivar uma amizade com alguém como você?

— Nunca vi muito sentido na amizade — disse Shelby. — Começa como uma entrevista e termina como um emprego.

A sra. Milner ficou abatida, uma mulher desmoronando sob o peso da sua sabedoria desprezada. Ela colocou a mão no antebraço de Shelby, que o puxou gentilmente e sussurrou a palavra "não". Shelby estava de pé, acima da sra. Milner como uma pessoa santa sobre a disciplina, com a máquina de gelo zumbindo como um coral distante.

Shelby e Toby tomaram a trilha principal até a biblioteca pública. Eles caminhavam rapidamente, deixando os mosquitos para trás. Ouviram a música de xilofone robótica de um carro de sorvete. A música ficou distante, depois mais próxima, até sumir de vez.

Entrando na biblioteca, Toby e Shelby foram até os computadores e dividiram a cadeira. Ele ficara lendo enquanto ela escrevia um e-mail para a tia, contando as fofocas da escola. Tia Dale gostava de fofocas escolares. Shelby perguntou se os islandeses gostavam de ketchup, se costumavam esquiar, qual era a idade permitida para beber. Depois de uma pausa, em que ficou olhando um pôster de Mel Gibson lendo um livro, ela voltou à mensagem:

Estou namorando um garoto chamado Toby. Penso nele o dia todo. Ele tem uma barriguinha de garoto mas seus braços são duros como pedra. Ele tem cheiro de madeira molhada e não tem uma única sarda. É diferente de todo mundo. Estou esperando ele criar coragem para fazer o que quer fazer comigo. Gostaria de ter um adulto com quem falar abertamente, e escolhi você.

Isso despertaria a atenção de tia Dale. A tia vinha falando bastante a seu respeito, respondendo a todas as perguntas de Shelby. Agora era a vez dela.

Clicou em enviar. Deixou os olhos gravitarem ao seu redor até olhar para Toby. Ele lera a mensagem e se esforçava muito para manter a expressão impassível. Ninguém mais conseguia perturbar Toby, mas Shelby fazia isso dia sim, dia não.

— Você está com cara de louco — disse ela. — Está parecendo a pessoa que compôs a música do carro de sorvete.

— *Eu* sou louco? — perguntou Toby.

Shelby fechou o navegador e colocou o cartão da biblioteca no bolso.

— Não fale a meu respeito com a sua tia — disse Toby. — Eu não quero ser incluído nesse experimento. Ser honesto com um adulto?

— Tia Dale não é um adulto normal.

— E eu não sou um adolescente normal. Por mais que tente.

Toby pegou uma cesta ao entrar no supermercado. Pegou carne moída e tomates para parecer normal. Depois entrou no corredor de medicamentos. Havia uma seção inteira apenas para indisposição digestiva. Havia remédios especiais para enjoo, e ele pegou um. Havia diversas caixas com imagens de crianças tossindo. Toby não ia ao *bunker* havia três dias. O sol continuaria a se pôr e nascer. Toby se perguntava o que Kaley estaria pensando. Ele já havia faltado um dia antes, mas nunca dois e certamente não três Ela ficaria sem comida hoje, ou talvez amanhã. Depois disso, Toby não fazia a menor ideia de quanto tempo levaria. Ela estava dormindo sobre a própria imundície, tentando ficar o mais suja possível, sabendo que Toby teria de limpá-la. As feridas estavam infeccionando — os cotovelos e joelhos. A água, a garrafa de chá gelado e as caixas de suco não durariam muito tempo. Toby se perguntava em que momento ela deixaria de esperar que ele aparecesse, quando saberia que estava absolutamente sozinha no mundo. Ela não tinha aliados e estava perdendo o único inimigo.

Toby teve um lampejo. Enquanto caminhava ao lado de Shelby, viu como as coisas poderiam ser, como elas *seriam*, quando não tivesse nada para detê-lo, nada para sugar a sua alma como uma erva daninha terrível. Ele seria capaz fazê-lo. Deixaria Kaley lá embaixo. Toby não precisava dar ouvidos ao mal dentro de si. Faria o que era certo para ele e para Shelby. O sol continuava a nascer e continuava a se pôr e se Toby conseguisse ficar longe do *bunker*, quando nascesse um desses dias o encontraria sem amarras.

Toby disse a si mesmo que não estava no supermercado para comprar remédios para Kaley, mas para repor os de tio Neal, antes que ele percebesse e pirasse. Mas tio Neal não perceberia — não àquela altura. Toby olhou para a carne moída e os tomates na cesta. Pegou mais remédios, mas nenhum com fotos de crianças nas caixas. Havia um que supostamente reforçaria o sistema imunológico. Um polivitamínico que certamente não faria mal a ninguém. Pegou hidratante labial e pomada antibiótica. Não tirava os olhos das crianças nas embalagens dos medicamente pediátricos. Elas tentavam parecer tristes, tentavam induzir Toby. Não eram crianças de verdade.

O treinador do time da Springstead, o rival do treinador que estava montando uma empresa de manutenção de jardins, tinha olhos pequenos e pescoço musculoso. O sr. Hibma não se dirigiu a ele antes do jogo, como era de praxe entre os treinadores, e o sujeito pareceu não perceber, preocupado com o fato de a sua armadora estar com o tornozelo contundido. Ele insistia que a garota se movimentasse na quadra, para ver se conseguiria jogar.

Na primeira vez que Springstead tocou na bola, o sr. Hibma adotou a estratégia Earl Ray, uma pressão ofensiva, fazendo com que a armadora insegura do adversário ficasse profundamente agitada, o que não mudou até o fim da partida. A pobrezinha tropeçava, atirava a bola nas arquibancadas. Enquanto isso, a armadora do sr. Hibma estava sempre desmarcada. A garota era um espírito mágico que enfeitiçara a bola. E também, notou o sr. Hibma, um garoto magricela com cabelos compridos se sentava na segunda fila em todos os jogos. Desde o início do seu regime de beleza, o time havia ganhado quatro namorados, que, se acrescentados aos três que já tinham — os namorados das reservas bonitas —, davam ao time de Citrus Middle torcedores mais apresentáveis. Se o sr. Hibma não estivesse enganado, ele fazia um serviço útil como treinador. Talvez ele pudesse ser um professor. É claro que não podia ser tão difícil; era só olhar quantas pessoas conseguem. O sr. Hibma apenas fora preguiçoso. Intimidado pela ideia de altruísmo, de comprometimento.

O time dele ganhou de 29 a 5. O sr. Hibma queria criticá-las, para evitar que ficassem convencidas, então ergueu a voz e informou que o fizeram passar por mentiroso. Ele fizera uma promessa. Dera sua palavra que não deixariam Springstead marcar um ponto sequer.

O sr. Hibma se jogou no sofá e passou a preencher um novo livro de notas. Ele tinha uma lista de todos os trabalhos do ano e folhas com os registros das aulas. Precisaria começar do zero. Havia virado a sala de cabeça para baixo, mas nada do livro de notas antigo. Ele se lançara no mundo e o sr. Hibma nunca mais ouviria falar a seu respeito. Mas poderia lidar com aquilo. Toda atividade tem as suas dificuldades. Todo mundo desperdiça tempo.

O sr. Hibma listou os nomes dos alunos, então os trabalhos e as datas. Estava com aquela crise do livro de notas sob controle. Poderia estimar, àquela altura do ano, quanto cada aluno tiraria em cada atividade. De vez em quando, entretanto, um aluno A se descuidava e um aluno D dava sorte. O mais seguro era garantir que cada aluno ficasse com a média acima do esperado. O sr. Hibma rabiscou as notas por mais de uma hora, até os seus olhos começarem a ficar estranhos. Muito estranhos. Ele colocou o livro de notas de lado. A sensação era de estar chapado, mas ele não estava com fome nem com preguiça. Era mais como estar chapado de uma forma que afiasse a mente em lugar de embotá-la. O sr. Hibma sentia o cheiro do lixo dentro da lixeira. Conseguia ver detalhes ampliados do jogo contra Springstead — a verruga no ombro da pivô adversária, os chiados dos tênis das jogadoras. Sentia sua identidade afiada. As palavras da atividade de vocabulário daquela semana disparavam pela sua mente. Reducionismo: *teoria de que todo fenômeno complexo pode ser explicado por meio da análise dos seus mecanismos físicos mais simples.* Fumoso: *fumacento, nebuloso.* O sr. Hibma queria ligar a televisão. Encontrou o controle remoto sob as almofadas do sofá e apertou o botão. Luta livre. Os lutadores giravam pelo ringue. Um deles abusava do domínio sobre o oponente, girava os cabelos.

O sr. Hibma tirou o saco de lixo usado e colocou um novo, então passou a varrer a casa. Carregava flanelas nos bolsos e segurava uma lata de desodorizador de ambientes. Encontrou teias de aranha em cantos altos. Limpou todas as superfícies que encontrou até começar a suar, então jogou fora todas as flanelas, limpas ou sujas. Pegou manteiga, farinha de trigo, leite, açúcar, ovos. Abriu e fechou as gavetas até achar uma folha de papel amarelada com uma receita de *rugelachs*. Era a receita do velho, do homem que lhe deixou uma herança, o homem cuja herança ele gastou. Surpreendentemente, o sr. Hibma tinha todos os ingredientes de que precisava.

Preparar os rolinhos não ajudou. O sr. Hibma colocou-os no forno, regulou o timer para 45 minutos e percorreu a casa toda. Tudo para que olhava o irritava. Ele pegou um saco de lixo na cozinha e foi até a estante de CDs. Jogou vários discos de new wave dentro do saco plástico. Pegou outro saco para rock, outro para música clássica. Amarrou os sacos e colocou-os ao lado da porta, então foi até o quarto e fez o mesmo com o guarda-roupas. As meias tinham furos, as camisas tinham manchas amareladas sob as mangas. Ele encheu outros dois sacos. Voltou à cozinha, onde os *rugelachs* estavam quase prontos e se desfez de vidros velhos de vitaminas e temperos, cupons e embalagens de macarrão mofado. Tirou os *rugelachs* do forno e os colocou sobre uma tábua para esfriar. Pegou todos os sacos que enchera, carregou-os sobre o ombro e foi até a caçamba de lixo.

No caminho de volta, parou em frente às caixas de correio. Havia uma carta, remetida de Clermont. Correu o polegar sobre o endereço da caixa postal e seus ouvidos começaram a zumbir. Puta merda, Dale respondera. A testa do sr. Hibma formigava. Ela não fazia ideia de quem ele era. Estava no meio da Flórida, em frente a caixas de correio. Cheirou o envelope e sentiu um ódor salgado. Ele não tentaria descolar o envelope — iria rasgá-lo com cuidado no topo.

Sr. H,

 Decidi responder mesmo sob o risco de o seu plano não ser honesto, já que, ainda que você desista de fazer o que propôs, as suas cartas podem, em si, constituir algum tipo de arte. Sei que isso provavelmente é um trote, mas o mundo precisa de todos os tipos de pessoas, mesmo aquelas que passam trotes.

O sr. Hibma não se sentia mais chapado. Quando um desconhecido de outro continente desafia a validade do seu ser, você deixa de ficar chapado. Dale respondera. A carta dele não havia sido manuseada por assistentes. Dale estava interessada nele. Ela *queria* acreditar que ele era capaz de matar alguém. Ela não diria isso, mas ele sabia que era isso que a mulher pensava. Lá no fundo, ela o incentivava. Ela acreditava no seu velho eu, o eu de antes de ele começar a tentar mudar. Ela não era uma desconhecida qualquer. Era como se fosse sua amiga. Para ele, aquilo é que era amizade.

Ele se sentia como um vigarista, o que o fazia parecer ingênuo. Ele se iludira com aquele plano de se transformar num professor do ensino fundamental, um monitor, um mentor, e acreditara que conseguiria. O que ele tentava fazer consigo mesmo, sendo anfitrião de reuniões de professores, comprando cartões, forçando sorrisos para todo mundo, carregando os *burritos* pelo corredor até a sala e sentando-se com os colegas? Vira essas coisas no seu futuro e tudo começava a desmoronar em questão de segundos. Ele estava envergonhado. Tentara facilitar as coisas para si mesmo, como se isso fosse possível.

O sr. Hibma entrou e devorou os *rugelachs*, parando a cada dois ou três minutos para reler a carta de Dale. Fora escrita à mão. O sr. Hibma conhecia a caligrafia de Dale e ela, a dele. Ele estava sujando o papel. Mas não se importava. Não fazia ideia de como seria a aparência de Dale e desejava poder vê-la sentada à mesa de trabalho, olhando para Reikjavik, com um sorriso de inveja ao escrever a resposta à sua carta. Ele não fazia ideia se enganava Dale como enganara a si mesmo. Não sabia se conseguiria seguir em frente com o plano e não esperava saber. Aquilo era algo que se pode apenas supor. Logo descobriria se era mesmo um farsante. Descobriria se era capaz de mudar a essência da própria vida. Desafiaria o próprio blefe.

# PARTE TRÊS

Com a tarde livre, Toby saiu para dar um passeio com Shelby depois do treino. Os dias estavam ficando mais longos. A mata começava a soltar aqueles estalos que vêm com o calor. Eles caminhavam ao lado de uma estrada vicinal, por uma trilha aberta no mato baixo. Aproximaram-se da filial dos correios e ouviram algo acontecendo do outro lado. Era um evento para levantar fundos. Toby e Shelby escutaram a conversa de algumas pessoas e entenderam do que se tratava. O último trem que passaria pelo condado de Citrus deveria passar por ali na quinta-feira seguinte e depois disso os trilhos deixariam de ter qualquer utilidade. Aquelas pessoas estavam reunidas com a intenção de transformar a ferrovia desativada em uma ciclovia. Eles se *pareciam* com ciclistas, a maioria, pelo menos. Toby conseguia imaginá-los vestindo luvas sem as pontas dos dedos e capacetes coloridos.

— Eu não sei o que penso a respeito disso — comentou Shelby. — Caminhar ao lado dos trilhos é importante para as crianças.

— Eu costumava fazer isso — disse Toby.

Eles circularam pelo evento. Havia camisetas, adesivos. O dono de uma loja de bicicletas montara uma banca. Todos estavam unidos.

— Não vou me preocupar com isso — disse Shelby. — Vou apoiá-los. — Ela tirou uma nota de 5 dólares do bolso e a colocou dentro de um vidro grande. — Protestar não é a minha função.

— Temos direito a um cachorro-quente — disse Toby.

Eles foram até uma mesa com bebidas e pegaram cachorros-quentes e latas de refrigerante. Havia uma retroescavadeira estacionada em frente à filial dos correios. Toby e Shelby foram até lá e sentaram-se na pá amarela, na sombra. O veículo era enorme. Era difícil dizer se a presença dele tinha algo a ver com o evento.

Toby bebericou o refrigerante e desembrulhou o cachorro-quente das muitas camadas de papel-alumínio maleável. Sentia-se confortável com todas aquelas pessoas ao redor. Gostava de estar com Shelby quando não havia a possibilidade de se amassarem. Ele a viu rasgar os sachês de ketchup e mostarda e espremê-los.

— A minha mãe costumava pegar esses sachês — disse ela.

Toby não queria o cachorro-quente depois que cheirou. O refrigerante bastava.

— Ela pegava das lanchonetes — continuou Shelby. —, e até de um evento como esse. Ela fazia a limpa. Tínhamos baldes de adoçante também.

— Vocês eram pobres? — perguntou Toby.

— Não exatamente. *Ela* era, quando criança.

— Não considero isso roubo — disse Toby.

— Até hoje, quando uso um pote de ketchup sinto como se fosse um luxo.

Shelby colocou os sachês vazios dentro do papel-alumínio e fez uma bola. Ela deu outra mordida no sanduíche. O dia estava chegando ao fim, mas não havia grilos ou coisa parecida. Pessoas ainda chegavam à reunião, quase não havia mais vaga para estacionar.

— Olhe para essa coisinha — disse Shelby.

Toby se virou. Era uma rã, bem ao lado da perna de Shelby. O bicho parecia assustado. Ele não combinava com a pá da escavadeira, estivesse na sombra ou não.

— Eu tinha uma dessas como animal de estimação — disse Toby.

— Você a pegou e colocou em um vidro?

— Ela apareceu no boxe um dia. Toda vez que eu entrava no banheiro ela estava em um lugar diferente.

— Você deu um nome para ela?

Toby fez que não. Ele observou Shelby limpar ketchup do lábio.

— Ela foi perdendo a cor — disse ele. — Está vendo como essa é verde?

Shelby não se afastou da rã, mas também não a tocou.

— Eu não tinha nada para dar para ela comer, então precisei deixá-la ir.

Shelby olhou para Toby antes de terminar o cachorro-quente.

— Isso conta — disse ela. — É uma história que você dividiu comigo.

Toby deu de ombros.

— Duvido que alguém diria que não é.

Toby olhou para a multidão. A ponta da pá da escavadeira pressionava suas pernas. Ele dera a Shelby algo de si, mas sentia como se tivesse *recebido* alguma coisa. Dera e agora tinha mais. Esse era o segredo. As coisas que vinha tentando conseguir de Shelby, o que quer que fossem, só as conseguiria dando. Ele sentia o cheiro dela. Um cheiro de água limpa, cristalina. Ele afastou o cachorro-quente. Não queria sair da pá da retroescavadeira. Ali ele não precisava pensar em nada em que não quisesse pensar.

Naquela noite, Toby pegou o espelho da mãe e saiu do quarto, foi até a varanda e sentou-se pesadamente na cadeira de balanço de tio Neal. Colocou o espelho em uma cadeira vazia, na qual costumava se sentar. Ele não tinha certeza sobre como deveria agir. Pegou o espelho e olhou para si mesmo. O cabelo havia crescido fazendo-o parecer um selvagem. Toby havia sido atirado na vida errada. Ele queria uma vida onde não houvesse nada entre ele e Shelby. Queria ter essa vida sem precisar prender Kaley no *bunker*. Ele era um sequestrador e logo poderia se tornar coisa pior, mas ainda era um adolescente. Conseguia se sentir como um adolescente com o coração em amadurecimento que ansiava pelas coisas, que emprestava seus planos das mesmas velhas prateleiras que todo mundo, que amava em silêncio, como as pessoas devem amar.

Ele daria qualquer coisa para voltar ao começo do semestre. Não havia nada de errado com seu antigo eu. Ele foi cego, sobre muitas coisas. Agora via que precisara das detenções do sr. Hibma. Sentia falta delas. Nas detenções, ele era um adolescente normal. O sr. Hibma era a coisa mais próxima que Toby tinha de um adulto que dava a mínima para ele. Ele fazia parecer que as ações de Toby tinham consequências. Ficava ali sentado com Toby, apenas os dois, em vez de ir para casa, e algumas vezes o silêncio da sala tinha um quê de alívio —, ambos aliviados por terem um papel a desempenhar. E olhe para Toby agora. Ele não ia ao *bunker* havia cinco dias. Mal conseguia comer alguma coisa agora. Não dormia, não sonhava. Ele sabia que Kaley estava sem comida. A menina estava faminta e ele não conseguia comer. Por pior que a vida de Toby houvesse sido, ele nunca enfrentou uma situação tão desesperadora quanto a que Kaley vivia naquele momento. Ela estava viva, mas seus pensamentos definhavam. Provavelmente não tinha mais emoções, nem um traço de raiva.

Toby olhou no espelho e não conseguiu ver nada. Ele não fazia ideia do que sentia por Kaley, se ficaria orgulhoso caso a menina lutasse pela própria vida. Toby largou o espelho e caminhou pela mata. Escorria seiva dos troncos dos pinheiros e os arbustos de azaleias lançavam olhares sedutores uns para os outros. As únicas nuvens que conseguiram sobreviver eram ágeis, cruéis. Toby ouviu um zumbido acima da cabeça e viu uma teia grande e uma aranha com listras amarelas. Ela havia capturado um besouro enorme, cascudo, vindo de algum lugar mais tropical do que o condado de Citrus. Era impressionante que o besouro não conseguisse rasgar a teia. Ele estava tão preso quanto se pode estar. A cada um ou dois minutos, quando o besouro parava de se debater, a aranha se aproximava, sabendo que precisava fazer o que as aranhas fazem, embrulhar o grandalhão e administrar o veneno. Quando a aranha chegava perto, o besouro se debatia com todas as suas forças, sacudindo a teia, quase atirando a aranha no chão. A aranha recuava, esperava um minuto, e tentava outra vez. Recuar. Tentar outra vez. Isso continuava indefinidamente.

Shelby sonhava com um grupo de lontras travessas que conseguiam convencer as mulheres a fazer qualquer coisa. Mas então sentiu um cheiro e as lontras desapareceram. Era manhã. O cheiro não fazia parte do sonho. Havia um odor no sonho, mas não um odor saboroso. Cheiro de cílios molhados. Shelby não sabia de onde vinha aquele cheiro. Ela manteve os olhos fechados, não olhou para o relógio. Bacon e talvez alguma coisa assando no forno. Ouviu passos subindo o corredor e então batidas na porta. A porta abriu com um rangido. Shelby sabia que era o pai. Ela se virou na cama e deixou a luz entrar nos olhos, as mãos descendo num movimento instintivo para garantir que estava decente, que não havia puxado ou arrancado a calça do pijama. Ela olhou para a cabeça na fresta da porta e se esforçou por um momento para ter certeza de que era mesmo o pai. Ele se barbeara. De barba feita, o pai de Shelby parecia vulnerável. A pele da metade inferior do rosto dele estava cinzenta, pálida.

— Esteja na cozinha daqui a cinco minutos — disse ele, e Shelby conseguiu ver as palavras se formarem na sua garganta e nascerem dos lábios. Ele lançou um olhar travesso e sumiu da fresta.

E agora? Pensou Shelby. Ele preparara o café da manhã, como nos velhos tempos. Ninguém preparava um café da manhã naquela cozinha havia séculos.

Shelby vestiu uma calça cargo e uma camiseta. Havia tanta coisa das quais proteger o pai, tantas ameaças a rechaçar. Ela não estava certa se tinha energia.

Na cozinha, Shelby viu cinco ou seis waffles empilhados num prato, e mais a caminho.

— Desde quando temos uma máquina de waffles? — perguntou Shelby, puxando uma cadeira.

— Presente de casamento — respondeu o pai de Shelby. — Estava no sótão.

— Esta casa tem um sótão?

— Está mais para um armário no teto. — O pai de Shelby tirou o xarope de bordo na bancada e colocou-o sobre a mesa, então pegou dois copos. Ele estava agitado, como que temendo perder o embalo. Serviu suco para Shelby, e então ela notou o espremedor e uma pilha de cascas de toranja. Também havia bacon. Ele empurrou um prato na direção da filha.

— Também não sabia que tínhamos um espremedor de frutas — disse Shelby.

— Comprei quando mudamos para cá. — Ele pegou um guardanapo e limpou a boca, apesar de não estar comendo nada.

Shelby tomou um gole do suco. Espalhou um pouco de xarope de bordo no prato e mergulhou nela um pedaço de bacon. Comeu um pedaço e depois outro e depois outro. Pegou um waffle. O pai olhava para ela; um olhar grave, carregado de orgulho indisfarçado.

— Vou ignorar meus verdadeiros sentimentos — disse ele. — Vou fazer meus verdadeiros sentimentos pensarem que escolheram a pessoa errada.

A garganta de Shelby era puro bacon. Ela queria abraçar o pai ou dizer algo encorajador. Viu a si mesma fazendo isso, saltando da cadeira e o apertando pela cintura em forma e dizendo a coisa certa, mas não conseguiu sair da cadeira. Ela não conseguia fazer mais do que ficar sentada ali, cortando o waffle.

— Vou levá-la para St. Pete — disse ele. — O Museu Dalí, depois vamos jantar no píer.

Shelby afastou o prato, subitamente cheia.

— Uma viagem — disse ela.

— Isso mesmo.

Shelby se levantou e foi para o quarto. Passou gloss, colocou um vestido verde-claro e escovou os cabelos.

Quando voltou para a sala, viu o pai assistindo ao canal de programação, um resumo de todos os programas que iriam ao ar nas próximas horas. Ele parecia desnorteado. Shelby não viu o controle remoto. Ela foi até a TV e a desligou, ficou parada em frente ao aparelho e deu uma volta, girando a barra do vestido. O pai estava tentando, e ela o ajudaria no que pudesse.

Já fora de casa, o pai abriu a porta do carro para ela. Seguiram pela Rota 19 no sedã simples do pai e entraram na via expressa. Ambos estavam intimidados pelo silêncio que pairava dentro do carro. Shelby retirara a cadeirinha de Kaley havia algumas semanas, mas ainda era impossível não notar a falta da irmã no banco traseiro, cantando e fazendo perguntas e chutando o banco do passageiro com os sapatinhos inquietos. Shelby sabia a que ponto o pai havia chegado. Não lhe restava nada além de esperança e orações e coisas assim. Chegara ao ponto em que não havia mais nada que pudesse fazer a não ser aceitar que perdera a filha caçula e seguir em frente, preparado para outras lutas. Ele ligava e desligava o rádio, tentava escolher uma estação cujo som não estivesse submerso em estática.

— Não vamos falar sobre ela hoje — disse Shelby.

O pai de Shelby deu tapinhas no braço dela. Ele abriu a janela e aumentou o volume do rádio. A estação era de Tarpon Springs e tinha programação contemporânea. Tocaram duas canções de Neil Diamond ou coisa parecida, então o radialista passou a falar de eventos beneficentes.

Shelby amou as pinturas do deserto. Apesar de nunca ter estado em um, ela amava os desertos. Guardá-los-ia até ficar velha; não visitaria um deserto até que sentisse a morte a caminho. A guia do museu ficou encantada pelo pai de Shelby. Olhava apenas para ele enquanto falava; ele a ignorava, com a atenção voltada para as pinturas.

Shelby decidiu que não estava completamente desesperada. Decidiu que não precisava de esperanças e sonhos.

Tinha um bom pai para ajudar, uma tia interessante para visitar e um garoto a perseguir. Sentaria confortavelmente e esperaria as coisas melhorarem. Se quisesse um destino aberto, precisava permitir que esse destino tomasse forma.

Passara-se uma semana. Noites e dias. Horas demais para contar. Toby não conseguia mais. Ele precisava ver. O que quer que fosse, ele precisava ver. A caminho da escola, tomou um caminho que passava pelo *bunker* — o caminho mais longo até a Citrus Middle que no passado fora emocionante passou a ser uma tarefa e então uma rotina penosa, mas que naquele dia era um alívio. Os pés de Toby sabiam onde pisar. A mente dele ficava menos escura com a chegada do amanhecer. Ele parecia ter as articulações de um idoso. Sentia-se o velho que todos acreditavam que fosse.

Passou sobre um galho de carvalho caído, grosso e com sementes verdes, e, ao contornar uma curva da trilha, viu nitidamente que a porta do *bunker* estava aberta. Toby parou, esperando que o lusco-fusco estivesse pregando uma peça em seus olhos. Mas ele sabia que não era uma peça. Toby sentiu que tinha um momento antes de se afogar no pânico. Respirou o ar da manhã, um pouco antes que os ouvidos se fechassem por causa do calor. As pernas voltaram a se mexer. Ele estava se aproximando do *bunker* aberto. A mata tinha cor de ponta de lápis.

O cabo da vassoura estava enterrado na fechadura. Kaley forçara a porta com uma vassoura. A fechadura provavelmente estava quebrada. Toby olhou para dentro e viu a cama de campanha encostada na parede, a torre caída de Kaley. Ela empilhara cobertores e travesseiros e caixas de enlatados e os livros que Toby levara para ela e usara o balde onde ficavam os produtos de limpeza, abrira a fechadura e saíra. Toby não fazia ideia de quando.

O tempo não havia parado. Os minutos ainda passavam. Sem minutos, não haveria dias, anos. Toby se perguntava se Kaley vinha pensando naquilo havia algum tempo ou se agiu impulsionada pelo desespero. Ele se perguntava quantas vezes a menina tentou alcançar a fechadura, construiu a torre e falhou e esperou por mais material de construção. Ou a ausência de Toby a levou a agir de repente? Ela era outra agora. Tinha seus próprios planos. A história dela a pertencia.

Toby largou a mochila no chão e vestiu a máscara. Correu ao redor do *bunker*, em círculos cada vez mais amplos. Ele poderia correr para sempre. Não sabia se Kaley havia fugido havia dias ou se havia esperado as primeiras luzes do dia nos respiradouros entupidos aquela manhã. Ele sabia que a menina não havia sido descoberta, resgatada. Toby teria ouvido a notícia. Ele precisava encontrá-la. Kaley podia estar em qualquer lugar próximo, em qualquer local perto da propriedade de tio Neal. Havia digitais de Toby por todo lado no *bunker*. Não conseguia pensar que a menina poderia estar morta. Tudo o que tinha era o que sentia, e ele sentia que ela estava viva.

O dia estava ficando mais claro. Toby sabia que Kaley não havia encontrado o caminho até a estrada. Ela não se aproximara o bastante para ouvir o barulho dos carros que passavam pela 19. Kaley ainda devia estar na mata. Toby não estava nem de longe disposto a desistir de procurá-la. Ele contornou moitas e desviou de galhos baixos, a máscara já ensopada de suor. As cores ficavam mais nítidas — as folhas verdes, as *bay flowers* brancas, as azaleias vermelhas. O sequestro era, pela primeira vez, um assunto apenas entre Toby e Kaley. Não tinha nada a ver com Toby e seu destino perverso, nada a ver com Shelby e o pai, nada a ver com tio Neal, a mãe de Toby. Era apenas um crime, uma violação de certas leis. As autoridades não podiam punir Toby, mas havia outras punições.

Ele diminuiu o passo. Achava que conseguiria correr para sempre, mas não conseguia. A próxima volta o levaria até perto da propriedade de tio Neal, quase até o pântano que se estendia até as fontes e se fundia com elas. Toby achou que seria capaz de escutar os carros na estrada principal, todos seguindo apressados para algum lugar importante. Passou a caminhar. Não tinha noção da passagem dos minutos. O tempo não tinha consciência da sua situação. Ele reconhecia cada cheiro da manhã, encorpado e lento. Apoiou a mão no tronco áspero de um carvalho ao passar pela árvore.

Quando viu os desgrenhados cabelos alaranjados de Kaley refletindo os primeiros raios cândidos da manhã, precisou de um instante para acreditar. Viu a pele da menina e seus tênis brancos castigados. Ela estava parada. Estava de pé. Ainda não vira Toby. Ele a observou. A menina olhava de um lado para o outro, decidindo em que direção seguir, a cabeça cheia de pensamentos. Ela não conseguia se mover. Parecia não querer. Ouviam-se os carros ao longe, e o som parecia vir de todas as direções.

Toby se aproximou e Kaley não correu. O rosto dela perdeu a vigilância. Não estava assustada ou desafiadora. Toby não sabia o que fazer. Ele sentia que não tinha direito de arrastá-la, de agarrá-la ou carregá-la. Estava relutante. Sentiu vontade de apontar a direção da estrada para Kaley e empurrá-la para que se movesse. Queria que alguém aparecesse agora, alguém que soubesse o que ele estava fazendo.

Toby fez um barulho e Kaley veio na sua direção. Ela não estava serena ou em pânico. Podia estar se sentindo exatamente como Toby. Ele começou a caminhar, a menina o acompanhou e ele a conduziu até o *bunker*. Não estavam distantes, um quilômetro, no máximo. Toby sentiu-se um tirano. Não era meramente uma violação de leis.

— Me desculpe — sussurrou ele. Era a primeira vez que falava com a menina.

Ela não ergueu os olhos. Continuou a arrastar os pés, amassando as flores frágeis no chão da mata.

Na escola, Toby estava febril. Ele caminhou de uma sala para outra e então até o refeitório. A algazarra dos alunos, o fedor das pizzas sob as lâmpadas de aquecimento, o reflexo das luzes fluorescentes no linóleo. Ele abriu espaço em meio a um mar de corpos e encontrou um corredor tranquilo. Caminhou o mais devagar que podia, lendo as placas com atenção. A maioria das salas estava vazia. Toby foi até a sala de música e voltou.

Chegou à sala de artes da oitava série, abaixando-se para passar por uma faixa. Aproximou-se da sala dos professores e escutou a sra. Conner e a moça que ensinava espanhol. Ele se encostou na parede oposta para não ser visto pela janela pequena. Lá estava a porta da sala do sr. Hibma, com uma fresta aberta. As luzes estavam apagadas mas Toby ouviu um ruído, o som de algo sendo amassado. Ele empurrou a porta lentamente e entrou, sentindo que invadia uma propriedade particular mas também como se tivesse encontrado um oásis. Não se lembrava de estar ali apenas uma hora antes, sentado naquela sala, assistindo a uma aula. Ele reconheceu o som agora, um lápis sendo apontado. Ele viu a mesa do sr. Hibma. O professor largado na cadeira, de costas para Toby, girando a manivela do apontador, parafusado em uma moldura de aço grande. O micro-ondas soltou alguns bipes, assustando Toby, que olhou para o aparelho e viu que dentro dele havia um *burrito*. O cheiro era tão ruim quanto o das pizzas.

— Sr. Hibma — disse Toby, sem falar alto mas querendo ser ouvido.

A cabeça do sr. Hibma girou lentamente e ele parou de girar a manivela. Ele não respondeu nada. Passou a girar a manivela mais rápido, então parou e ergueu o lápis. O lápis era um toco, apenas a borracha e a ponta. O sr. Hibma jogou-o no lixo.

— Eu deveria estar no refeitório — disse Toby.

O sr. Hibma olhou para o relógio com curiosidade.

— O que posso fazer por você, Toby?

Toby nunca vira o sr. Hibma mal-humorado. Ele era como uma planta que está definhando.

— Preciso falar com o senhor — disse Toby.

Toby deixara o refeitório, seguira até a ala de artes liberais, entrara na sala do sr. Hibma e agora estava ali parado, olhando para o professor de geografia. Sentia uma pedra no estômago. O sr. Hibma era o único adulto que poderia ajudá-lo ou feri-lo. Toby pigarreou.

— Não sou exatamente o cara que ajuda os alunos com problemas — disse o sr. Hibma.

— Para mim, é — disse Toby.

— Eu queria ser, mas não sou. A essa altura, vivo hora a hora, aula a aula.

— É assim que eu vivo — disse Toby.

O sr. Hibma espalmou as mãos sobre a mesa.

— Você ainda tem uma chance, mas é tarde demais para mim.

— Vim até aqui dizer uma coisa — disse Toby. — Não para ouvir.

— Você acha que é o meu favorito ou algo assim? Dei todas aquelas detenções para você porque é isso que os professores fazem, e eu estava tentando ser um professor. Não tenho um favorito. Se quiser ser o favorito de alguém, comece a puxar saco. Mas, definitivamente, *não* incomode as pessoas durante o almoço.

Toby usou o som da voz do sr. Hibma para se preparar.

— O senhor precisa dar um jeito em uma coisa para mim — disse ele. — Eu não quero uma detenção. Quero estar encrencado *de verdade*.

— Você não será jovem por muito mais tempo. — O sr. Hibma fez uma expressão dramática com a boca, um tipo de sorriso. — Não perca tempo tentando falar com as pessoas sobre seus problemas. Faça coisas tolas até que não seja permitido fazê-las.

O micro-ondas soltou mais alguns bipes. Desta vez, o sr. Hibma se levantou, tirou o *burrito* com um guardanapo e o colocou sobre uma bancada. Ele não voltou para a cadeira.

— Aquela sua namorada, eu me concentraria nela e deixaria de andar por aí procurando conselhos. Não combina com você.

— Eu nunca pedi conselhos. O senhor está pensando em outra pessoa. Conselhos não podem me ajudar.

— Você quebrou alguma coisa ou roubou alguma coisa. Isso é tudo que garotos como você podem fazer.

— E o que o *senhor* pode fazer? — disse Toby. — Aposto que posso fazer coisas piores do que o senhor faria.

O sr. Hibma encarou Toby. O que quer que sentisse pelo aluno, era puro. Toby estava entrando no clima do momento. O sr. Hibma o estava repelindo e o garoto estava permitindo.

— O senhor não é durão — disse Toby. — Quaisquer que sejam os outros problemas que tenha, o senhor não é uma pessoa dura.

O professor pressionou o polegar no maxilar.

— Isso ainda não foi decidido — disse ele.

Toby fora de encontro à sua própria sabedoria inflexível, tentara compartilhar algo importante com um adulto, e estava recebendo o que merecia. Ele sentia que conseguia voltar a respirar. O sr. Hibma não parecia ter nada a dizer.

— É melhor eu ir andando — disse Toby. — Antes que acabe a pizza.

— Nada disso é pessoal — disse o sr. Hibma. — Nada, você descobrirá, é pessoal.

O sr. Hibma passou por várias casas de penhores, uma barbearia, o novo restaurante de uma rede que decidira dar uma chance ao condado de Citrus. Passou por uma placa que alertava os motoristas a terem cuidado com os ursos. WEST CITRUS U-STOR. Lá estava, o minicomplexo de armazenagem da sra. Conner e do marido. O sr. Hibma estacionou e foi até o escritório, onde foi recebido por uma mulher que tinha mais ou menos a idade dele e usava um boné. Os Conner não estavam por lá, ela disse. "Somos só eu e você". Sorriu e balançou os quadris. Sr. Hibma achou que ela estava dando bola pra ele, então agiu de forma profissional. Pediu uma lista de preços e escolheu um depósito de 3x4m, que custava 51 dólares mensais. O sr. Hibma pegou um cadeado grande. Preencheu um cheque, deu à mulher esperou pelo código que abria o portão, então foi até o carro e rodou pela área de armazenagem até encontrar o galpão C-63. Era frio, e mais alto do que largo. O sr. Hibma tirou uma cadeira de jardim do porta-malas, um bloco de anotações e uma caneta e uma lata grande de chá gelado. Ele puxou a porta da unidade de armazenagem e ficou isolado ali dentro.

Alugar aquele cubículo era a próxima fase da campanha para fazer amizade com a sra. Conner. Ele passara a levar café para ela todas as manhãs, na sala de aula, e ela estava mais ou menos comendo na sua mão. Quando contasse sobre o aluguel de uma das unidades de armazenagem, conquistaria de uma vez por todas a confiança da sra. Conner. Ela diria coisas boas a seu respeito às suas costas, o defenderia das fofocas dos outros professores.

O sr. Hibma abandonara o projeto estapafúrdio de se tornar um professor-padrão e se dera conta de que toda a energia gasta conquistando sua vítima não fora em vão. Havia sido necessário. Todo mundo sabia que a sra. Conner e o sr. Hibma estavam se entendendo agora. Quando ela fosse encontrada morta, o sr. Hibma poderia chorar e ficar chocado, como todo mundo. Poderia dizer "por que *agora*, quando acabo de descobrir a pessoa inspiradora e dinâmica que ela era?". Sofreria com a paixão do convertido que todos acreditavam que fosse. Tudo estava entrando nos eixos. O sr. Hibma precisava travar os dentes e suportar até o final do ano letivo. Seria uma eternidade, mas também passaria num piscar de olhos. Se não conseguisse fazer o que precisava ser feito, seria em virtude da sua fraqueza, e nada mais. Ele não se sentia um assassino, mas talvez as pessoas só se sentissem assim depois de assassinar alguém. Ele também nunca se sentira um não assassino. Alguém precisava cometer todos aqueles assassinatos que sempre são cometidos. Por que não ele? Por que a história dele não poderia ser a história de um assassino?

O sr. Hibma colocou a cadeira de jardim perto da parede dos fundos e ficou em silêncio. A única coisa que ouvia era o zumbido do ar-condicionado, que lutava para manter a temperatura em 25,5 graus. Ele se perguntava que segredos estariam escondidos naquele lugar. Que trevas a West Citrus U-Stor presenciara antes da chegada do sr. Hibma? Que provas incriminadoras estariam escondidas naquelas alcovas escuras? Nenhuma, provavelmente. Talvez fossem apenas futons desmontados e conjuntos de porcelana.

O sr. Hibma conhecia o cheiro daquele lugar. Era o cheiro do sótão da sua infância — não um odor específico, algo como apenas papelão e naftalina. Ele desejava lembrar-se mais da infância, o período antes da adolescência, antes da viagem angustiante da puberdade. Aqueles anos em que era um camaradinha simples, que queria apenas brincar, ser alimentado e aquecido, que vislumbrava o mundo sem desconfiança, eram indistintos. Ele os lembrava em flashes decepcionantes.

Ele olhou para o teto. Podia escutar seus órgãos funcionando, o murmurar abafado do coração. Sentia o peso do corpo contra a cadeira. O sr. Hibma se perguntava o que teria acontecido com ele se não houvesse sido salvo daquela enfermeira quando bebê. Ela devia desejar um filho desesperadamente para abrir mão da profissão e cometer um crime. Talvez não quisesse *qualquer* criança; talvez tenha se apaixonado pelo sr. Hibma, ela, que vira milhares de recém-nascidos. Era possível que o amor da enfermeira fosse o mais forte que alguém já sentira por ele. Por outro lado, talvez o sr. Hibma tivesse morrido se os pais não o tivessem recuperado. Por *outro* lado, talvez ele *devesse* ter morrido. Talvez estivesse destinado a ficar no mundo apenas alguns dias, não décadas.

Ele colocou a caneta de lado, abriu a lata de chá e bebeu. Já decidira o que fazer a respeito do livro de notas sumido. Ele criaria um sistema impenetrável de créditos extra. O sistema seria aplicado de forma retroativa, enlameando as águas das médias de trívias e notas de apresentações ao ponto em que nem mesmo a puxa-saco mais meticulosa seria capaz de questionar a nota. O novo livro de notas do sr. Hibma seria um tornado de asteriscos, tiques, símbolos de mais, símbolos de mais dentro de círculos, carinhas sorridentes, todos em cores diferentes, todos espalhados pelas colunas ao acaso. Sob este sistema, os ricos ficariam mais ricos e os pobres também receberiam ajuda.

O sr. Hibma ouviu uma mulher de salto alto entrando no prédio. Ela passou pela unidade dele e foi até o fim do corredor. Seguiu-se o som de uma porta corrediça abrindo, que soava como cartas sendo embaralhadas, e depois fechando. O clique de um cadeado. Quando a mulher passou de volta, os passos dela estavam abafados. Ela usava tênis agora. Quando a mulher saiu e fechou a porta às suas costas, o sr. Hibma pegou o bloco de papel e a caneta. Ele esperou alguns dias para não parecer ansioso. Para não dizer nada que não deveria dizer.

D,

A minha vítima tem mente pequena e pés grandes. Há muitos milhões como ela, mas ela é a que importa para mim. Ao que parece, a minha sina tem sido ser torturado por ela e por mulheres como ela a vida toda, e não fazer nada a respeito senão ficar amargo, mas moldarei a história da minha vida da forma que desejo. Não sou um incompetente.

Sr. H

Toby saiu do prédio da escola, foi até a área comum e se sentou em degraus acarpetados até ouvir o sinal, então se levantou e caminhou em direção à biblioteca para devolver o manual de salto com vara e pagar a multa. Ele assistiu às aulas de matemática e biologia, faltou aula do sr. Hibma e então, no horário do almoço, saiu e ficou perto das salas anexas. Ele evitara Shelby o dia todo. Não queria estar na escola, mas também não queria estar em casa. A temporada de salto com vara terminaria naquela tarde e se não fosse à escola não poderia saltar. Por algum motivo, ele se importava em terminar a temporada. Queria fazer alguma coisa da maneira certa. Uma coisa pelo menos. Toby era o primeiro substituto nessa última prova do condado e um dos atletas estava com bronquite. Ele enfrentaria o garoto oriental.

Naquela tarde, durante a prova, Toby sentiu uma estranha ausência de pressão. Shelby, sentada na arquibancada com os joelhos juntos e os lábios apertados, não o deixava nervoso. O treinador Scolle não o deixava tenso com seus olhares de desdém. Toby sabia que era apenas um passatempo. Esperava-se que as pessoas ficassem felizes com o lazer e se preocupassem com ele, mas Toby não conseguia sentir nenhuma das duas coisas naquele momento. Tudo o que podia fazer era sujeitar-se. Aquela competição era um passatempo. O garoto oriental pediu coroa. A moeda chegou ao topo do arco e começou a girar em direção ao chão e Toby estendeu a mão e a pegou.

Outro domingo. Toby se levantou e vestiu short e tênis. Ele foi até a cozinha comer uma tigela de cereal, acompanhada por um gole de isotônico. Tio Neal estava na sala, um cômodo da casa que caíra praticamente em desuso, sentado em uma cadeira dobrável. A última vez que tio Neal se sentou naquele lugar foi no dia em que bateu em Toby. Tio Neal estava chorando ou coisa parecida. Ele tinha um livro aberto nas mãos. Quando viu Toby, se recompôs com um suspiro profundo. O rosto dele estava vermelho, as sobrancelhas, desgrenhadas.

— E o barracão? — perguntou Toby. — Nada de cicuta hoje?

— Já preparei — disse tio Neal. Ele fechou o livro, olhando para Toby.

O livro era pequeno e tinha borrões de tinta na capa.

— Encontrei isso — disse tio Neal, tentando se vangloriar. — Peguei no lixo.

— Que lixo?

— Daquele posto de gasolina grande perto do centro administrativo.

O livro era uma coletânea de poesias. Tio Neal correu os dedos pela capa, como se acariciasse um gato. Ele soltou um riso debochado.

— Estou ficando cansado de escutar os policiais — disse.

— Não lia um livro desde que tinha a sua idade, e quero ler mais um antes que seja tarde demais. Ele estava em cima do lixo, sobre o jornal.

— E é bom?

— Perdoe, Satã, as exigências da virtude. — Tio Neal arqueou uma sobrancelha. Ele recitava com voz empostada.

— Todas quebraram os nossos hábitos, ou não as toleraram, os cumpridores de promessas, premiados, dóceis como folhas no circo do vento.

Toby apertou os olhos. Ele pensava no poema ou fingia que pensava. Ele não sabia dizer.

— Quem precisa de uma mãe? — disse tio Neal. — As mães não são tudo. Eu tive uma, e olhe o que me tornei.

A presunção de tio Neal ainda estava intacta. Ele tinha os olhos vidrados, mas estava presunçoso como sempre. Toby quis tirar o livro das mãos do tio e esbofeteá-lo com ele.

— Tudo o que as mães fazem é garantir que você esteja apresentável — disse tio Neal. — Você me parece apresentável. Acho que apresentável para *quê* é sempre a pergunta.

— Me faz um favor — pediu Toby. — Não fale sobre a minha mae. — Toby procurou os olhos injetados do tio e o encarou, olhando através dele. — Não fale sobre mães comigo por qualquer motivo, nunca mais. — Ele disse isso sem emoção, exatamente como queria.

O velho sorriso de canto de boca ganhou vida nos lábios de tio Neal.

— Está bem — disse ele a Toby. — Mas agora *você* vai me dever um favor.

Shelby estava começando a conhecer a mata. Ela tinha uma ideia até onde as trilhas menos usadas levavam. Sabia onde estavam as tocas de tartarugas, sabia como evitar as áreas sombreadas onde era provável encontrar cobras matando tempo. Havia caminhos diretos e outros que pessoas generosas ou ignorantes poderiam chamar de belos, meia dúzia de formas de chegar à biblioteca. A subestação parecia estar inativa. Havia uma energia insondável passando por ela, mas ela parecia desativada. Os garotos do ensino médio, que se encontravam no estacionamento, sentados nos skates e dividindo cigarros, agora reconheciam Shelby. Quando ela passou, um deles tirou o boné e os outros riram.

Já no prédio, ela se registrou para usar um computador. Havia uma fila. Ela foi até um suporte onde repousava um atlas monumental. Bulgária. A capital se chamava Sófia. Shelby nunca ouvira falar de Sófia. Era a capital de um país importante e ela nunca ouvira falar da cidade. As aulas de geografia do sr. Hibma eram praticamente inúteis no que dizia respeito à geografia. Havia milhares de países, e Shelby estivera apenas em um. Em mais de 13 anos, vivera em apenas um país.

Shelby fechou o atlas e encontrou uma cadeira isolada, próxima dos fichários. Ela inspirou o ar, que cheirava a ar de biblioteca. Queria que fosse um cheiro aconchegante, como o de cobertores de uma velha casa de fazenda ou coisa parecida, mas na verdade era cheiro de cola de livro e gente velha. Shelby estava preocupada com ele. Já não estava mais intrigada com o lado negro dele, não ansiava por explorar as suas profundezas. Shelby se importava com Toby. Sabia que tio Neal fazia alguma com ele, não apenas as marcas no pescoço e cabeça dele como daquela vez, mas coisas mais profundas. Algo embotara o Toby em Toby. Ela queria saber o que exatamente acontecia naquela casa remota. Não queria vaguear por um país distante sem ter certeza de que Toby ficaria bem. Não poderia deixá-lo entregue aos lobos, e era isso que tio Neal era. Toby era assunto de Shelby e ela precisava cuidar dele antes de partir.

Era sua vez de usar um computador. Ela esfregou os olhos com as palmas das mãos e carregou seus e-mails. Caixa de entrada: uma nova mensagem.

Sobrinha minha,

Nada de muito novo por aqui. As coisas interessantes acontecem com menor frequência do que costumavam — de modo geral, no mundo. Larguei o café. Isso é alguma coisa, acho. Fiz essa coisa de pular na água gelada. É como se você precisasse escolher o que fazer de manhã — beber café ou mergulhar em água gelada. Bem, desculpe-me por ser breve, mas estou atrasada para um voo e não consigo encontrar nada.

Tia Dale

Nenhuma alusão ainda, por enquanto, a uma visita de Shelby. Café ou água gelada. A tia era muito ocupada e tinha uma agenda imprevisível. Ela provavelmente estava sendo cautelosa, para não convidar a sobrinha e precisar cancelar o convite ou ter de trabalhar o tempo todo durante a visita. Atrasada para um voo. Shelby desejava que *ela* estivesse atrasada para um voo. Tia Dale era despreocupada com essas coisas, apenas isso. Não era o tipo de pessoa que planeja tudo antecipadamente. Por isso não casara com o cara que namorava desde sempre; ela não gostava de se sentir presa.

Mas Shelby não gostou de uma coisa: tia Dale parecia lutar para encontrar algo para escrever. Isso não aconteceu em nenhum dos e-mails anteriores. Talvez Shelby precisasse escrever com menos frequência; talvez estivesse importunando a tia. Mas conseguir o que queria na pressão não era o jeito de Shelby. Ela sugeria e, se isso não funcionasse, simplesmente agarrava o que queria.

Ela puxou o mouse e clicou em Responder.

Tenho desejado viajar em um trem pelo campo — não um trem bolorento da Amtrak, mas um trem onde servem queijo macio e café, com um vagão-restaurante cheio de pessoas fascinantes com lábios vermelhos que falam línguas diferentes e você dorme em uma cabine completamente escura e de manhã há montanhas nevadas do outro lado da janela que fazem com que você se sinta pequena e segura.

Uma manhã, quando o sr. Hibma chegou cedo na escola para planejar os últimos treinos de basquete, a sra. Conner apareceu na porta da sala. Ele tinha nas mãos um caderno cheio de Xs e Os, novas táticas para ajudar sua defesa a neutralizar a penetração do ataque adversário. Ele colocou o caderno de lado e olhou para a sra. Conner, que o convidou para acompanhá-la e ver se queria algum livro. Todos seriam doados a um abrigo mantido pela igreja que ela frequentava, mas ela queria dar ao sr. Hibma a chance de escolher alguns antes. Era um gesto. O sr. Hibma fizera os seus gestos, e agora ela retribuía.

Ele a seguiu até a sala, que cheirava a sabão e café. Era uma sala grande de esquina, com janelas em duas paredes. A sra. Conner abriu a porta de um armário e mil lombadas olharam para o sr. Hibma. Enquanto examinava as prateleiras, ela disse que estava honrada por ele ter escolhido confiar seus pertences a ela e ao marido, e que a West Citrus U-Stor era a melhor empresa de armazenamento da região. Agradeceu ao sr. Hibma pelo calendário que ele lhe dera, um desses que se arranca as folhas de cada dia. O tema eram regras pouco conhecidas de gramática. A sra. Conner o colocara na escrivaninha de casa.

A maioria dos livros no armário não eram livros de fato. Eram livros *sobre* livros, manuais que instruíam como ensinar certos livros. Havia coleções de exercícios de escrita, guias para montar um currículo escolar. A atenção do sr. Hibma foi despertada por uma grossa antologia poética. Ele puxou o livro alguns centímetros e então o tirou da prateleira. Outra antologia, ensaios sobre a culinária da Flórida. Outro livro, *Obras completas de Shakespeare*. Era uma edição luxuosa — devia valer umas 100 pratas na livraria.

— Nunca consegui entender Shakespeare — disse sra. Conner. Ela sussurrou, mas não como se escondesse alguma coisa. — Consigo acompanhar as tramas, porque estão resumidas na edição do professor, mas não compreendo o texto em si.

O sr. Hibma colocou o Shakespeare no topo da pilha que crescia ao lado do seu pé. O rosto da sra. Conner estava profundamente pensativo.

— E esses são os primeiros que chamam a sua atenção — disse ela. — O Shakespeare e a poesia. Eu meio que passo por cima dessa unidade todos os anos. Exibo os filmes.

O sr. Hibma olhou para a sra. Conner e conseguiu imaginá-la morta sem muito esforço. Ele não a odiava. Não sentia nada tão forte como o ódio. O que era bom; não queria matar uma pessoa porque a odiava. Não queria cometer um crime passional. Ela ficaria em silêncio depois que o sr. Hibma a matasse, ficaria com a pele azulada. O sr. Hibma a respeitava ainda menos, depois que descobriu como era fácil ganhar a confiança dela. Ela não era fiel, nem às próprias birras. O sr. Hibma era um capricho dela, outro dos seus sucessos.

— Não sou como você — disse a sra. Conner. Ela colocou a mão no antebraço do sr. Hibma. — Não sou inteligente como você. — Ela inclinou a cabeça na direção dele e saiu da sala, confiando no sr. Hibma, dando a ele tempo para escolher os livros sozinho.

Uma biografia da autora de *The Yearling*. Uma biografia de Dickens. O sr. Hibma não conseguia se concentrar nos livros. Não queria nenhum daqueles. Mas sabia que precisava ficar com alguns. Sentia-se uma criança, sozinho na sala da sra. Conner. Uma criança tratada com liberdade demais.

Toby não vagava mais pela natureza. Ele passeava, como qualquer pessoa razoável. Já havia se decidido. No fim daquela semana, na noite de sexta-feira, mesma noite da semana em que a levara, ataria os pulsos e os tornozelos de Kaley, amordaçaria a boca dela com fita adesiva, colocaria a menina na mochila e a levaria de volta para casa. Toby seria um fracasso, mas estaria livre. Era a coisa certa a fazer. Toby se lembrou do pai de Shelby falando para as câmeras. Lembrou-se de esquecer a garrafa térmica, do cheiro da casa dos Register. Não voltara a entrar lá. Tinha medo daquela casa. A última coisa que queria era intimidar Kaley outra vez, ser forçado a movê-la. Dessa vez agiria de olhos abertos, sem o transe estranho em que mergulhara quando a levou. Essa havia sido a única resposta o tempo todo, ele percebeu. Precisaria desfazer o que fizera. Precisaria pisar os mesmos passos na direção contrária, carregando Kaley, mais leve nas suas costas apesar de mais velha. O que quer que tenha feito com Kaley estaria acabado. Ele podia terminar tudo e Kaley se recuperaria. E então Toby poderia ficar com Shelby. Ele fora o maior inimigo de Shelby e agora seria o seu maior aliado, e ela nunca saberia de nada. Eles poderiam recomeçar. Poderiam ser eles mesmos. Poderiam descobrir quem eram eles mesmos.

Toby não precisaria entrar na casa; ele poderia deixar Kaley na varanda ou no quintal. Ele a deixaria no quintal dos Register e, para o caso de a menina não conseguir sair da mochila, deixaria um despertador na grama ao lado dela. Compraria um desses despertadores com som altíssimo feitos para velhos — roubaria o aparelho no supermercado, provavelmente. Nunca mais precisaria usar uma máscara. Ele a queimaria para livrar-se dela, mas também porque a odiava. Usara a máscara para esconder a identidade e agora a usava por vergonha. Toby continuou caminhando. As coisas estavam ficando claras. Ele se sentiu como seu antigo eu, engenhoso e magro, com nada a se preocupar além de ser pego. Sentiu-se simples outra vez; ele tinha uma operação a executar e seria pego no flagra e enfrentaria as consequências ou escaparia impune. Mas Toby sabia que ninguém o pegaria. Ele conhecia a mata. Conhecia a noite.

Mais cedo naquele dia, depois da escola, ele levou o espelho da mãe até a área de carga e descarga. Bateu a moldura contra a quina de aço de uma das caçambas de lixo com força o bastante para espalhar rachaduras pelo vidro, levou o braço até o interior da caçamba, o mais longe que conseguiu, e soltou o espelho. O espelho não podia ajudá-lo, e ele não queria ajuda. A mãe não podia ajudá-lo. O sr. Hibma não podia ajudá-lo. Ninguém podia. Toby era um tom de cinza, como todo mundo. E talvez agora ele pudesse ser feliz com todo mundo. Poderia ser um inútil com veneno o suficiente no coração para fazer papel de idiota. Poderia ser outro inútil com uma namorada boa demais para ele. Toby não era perverso e não estava destinado a tirar B ou praticar salto com vara. O seu verdadeiro eu era o pequeno vândalo que quebrava ovos de pássaros e passava trotes. O seu verdadeiro eu queria flertar com o mundo como qualquer um, flertar com o perigo e flertar com Shelby e flertar com o que aparecesse pela frente. Ele não estava destinado a causar danos, apenas a controlar danos. Outra pessoa deveria ter encontrado o *bunker*.

Toby parou ao ver a teia de aranha com o besouro. O besouro estava morto e seco, mas a casca ainda brilhava. Não estava embrulhado. A aranha não estava por perto, a teia estava desfiada. A aranha desistira da teia e a abandonara. Uma brisa que Toby não sentia agitava os fios soltos. Toby pegou um graveto e acabou com o que restava dela, fazendo a carcaça do besouro a cair no chão da floresta e sumir no mato.

Shelby estava deitada no sol. Ela estava no quintal de casa, onde havia estendido um lençol, colocado um travesseiro pequeno para apoiar a cabeça, o telefone e uma maçã. Muito em breve, talvez amanhã, ela passaria a se alimentar melhor — comeria alimentos saudáveis em quantidades satisfatórias. Muito em breve ela voltaria a ler, leitura de verdade. Não hoje, mas em breve. Ela atravessaria o oceano até um país estranho e frio. Mas antes ficaria bronzeada. Seria uma figura exótica com seu brilho tropical. Tomaria canecas de bebidas quentes, comeria enguia, conheceria músicos e compraria botas grossas mas macias. Conviveria com os adolescentes multifacetados da Islândia, em lugar de skatistas e crentes. Quando voltasse, vislumbraria os quintais queimados do condado de Citrus com altivez, com neutralidade. Contaria a Toby cada detalhe da viagem, cada impressão pessoal.

Era uma da tarde. Shelby deixara a escola no intervalo do almoço, matando as aulas de psicologia e álgebra, o que soava como uma decisão acertada. Sentia-se melhor sem elas. Aquela era uma coisa com a qual não se comprometeria; ela continuaria a faltar à escola sempre que acreditasse que lhe faria bem, sempre que acreditasse que ir à aula fosse inútil. Ela levou o livro de ciências para o quintal, e também um romance erótico, e planejava intercalar capítulo a capítulo.

Shelby analisou a tabela periódica por 15 minutos, refrescando a mente com aquelas colunas de letras e números, então colocou o livro de ciências de lado e deitou-se de costas. Ela abriu *O inverno selvagem e quente de Shauna Black*. Uma mulher na casa dos 20 anos, virgem, vai a um bar, conhece um homem e eles vão para um motel. A jovem estava assustada, não saía do banheiro. Descrição do banheiro. Homem convencendo-a a abrir a porta. Beijos e sussurros. Dedos deslizando para dentro da calcinha. No parágrafo seguinte, o autor descreve as partes íntimas de Shauna de diversas formas, em minúcias, estendendo cada momento e empilhando adjetivos. E, surpreendentemente, era eficaz. Estava provocando um efeito em Shelby. Ao mesmo tempo que sentia a força e o formigamento do sol na barriga e nas coxas, sentia a energia sexual dentro de si. Shauna se continha, relutava em abrir mão do que guardara por tanto tempo. Shelby rolou de lado, recompondo-se antes de seguir em frente. Ela suava. O homem puxou Shauna pelas coxas e a colocou onde queria. Desabotoou a blusa dela, colocou o polegar na sua boca. Shelby levou o próprio polegar aos lábios. Ela ouvia o som de abelhas.

O telefone tocou e Shelby se assustou. Ela fechou o livro e tateou atrás de si, encontrando primeiro a maçã e depois sentiu a antena de metal com o dedo mínimo. Ela apertou o telefone nas mãos, sufocando tudo o que sentia no corpo, bloqueando o sol, esquecendo de Shauna e do que acontecia no quarto de motel.

Ela apertou o botão e disse alô.

A voz do outro lado era grave, levemente áspera — uma voz de homem.

— Gostaria de falar com o sr. Ben Register.

— Está falando com a secretária dele.

— O meu nome é Finch Warren.

— Nunca ouvi falar de você.

— A maioria das pessoas nunca ouviu — disse Finch.

— São quinze para as duas da tarde. Você não achou que o meu pai deveria estar no trabalho?

— Você é a irmã mais velha — disse Finch.

— Não, sou apenas a secretária.

Finch pigarreou.

— Sou escritor. Ensino na USF. Escrevi um ensaio que foi selecionado para o prêmio Blackburn-Hickey. Gostaria de escrever um livro sobre você e o seu pai. — Ele pigarreou outra vez.

— Ainda estou aqui — disse Shelby. — Não desliguei. Ainda.

— Poderíamos aproveitar parte dos lucros e fazer algo por Kaley, como criar uma bolsa de estudos com o nome dela.

— *Eu* precisarei de uma bolsa de estudos muito em breve — disse Shelby.

— Você não vai precisar de uma bolsa de estudos se esse livro faturar o que acho que vai faturar.

Shelby abriu o livro de ciências e olhou para um diagrama que explicava a energia nuclear. Ela deixara de ouvir abelhas. Nuvens preguiçosas estavam espalhadas pelo céu.

— Posso conseguir uma bolsa sozinha — disse Shelby. — Vou voltar a assumir o controle das minhas notas, Finch. Eu e o meu pai vamos voltar a assumir o controle das coisas, e eu agradeço seu interesse mas acho que não temos nada a ver com seu livro. Já ouvi o que você tem a dizer e dei a minha resposta.

— Eu preferiria não precisar escrever o livro sem você.

— É claro que preferiria — disse Shelby.

— Talvez você possa pensar um pouco a respeito. Conversar com seu pai.

— Não preciso de muito tempo para pensar. Sou rápida e precisa quando o assunto é pensar.

Shelby pegou a maçã. O braço dela estava pesado. O telefone parecia um tijolo. Ela agradeceu Finch pelo interesse e desligou. Sabia que deveria se sentir insultada por alguém que sugerisse que poderiam faturar com o desaparecimento de Kaley, mas não se sentia. Finch Warren estava fazendo o trabalho dele. Todos no mundo apenas faziam o que eram pagos para fazer.

Shelby levou o telefone sem fio para dentro de casa e o colocou na base, na cozinha. Ela conseguia sentir toda a vergonha dentro de si. De nada específico — vergonha de ser capaz de seguir em frente. Ela conseguia comer, vestir roupas, ler livros vagabundos, limpar a casa, fazer planos para o verão, se preocupar que as coisas estavam dando errado com um garoto. Shelby não era uma boa pessoa. A mãe endurecera uma parte dela, a irmã outra parte, e agora ela não era uma boa pessoa.

Ela ainda segurava a maçã. Soltou-a no lixo, ficou parada em frente à pia da cozinha e bebeu um copo d'água. Depois foi até o quintal, enrolou tudo no lençol e voltou para dentro da casa. Shelby pegou o romance de Shauna Black e sentiu um embrulho no estômago, como se a água que bebeu fosse leite azedo. Ela levou o livro até a cozinha e o colocou sobre o cesto de lixo. Depois de um momento, o colocou embaixo do resto do lixo.

No domingo, as garotas do sr. Hibma derrotaram o time da Pasco Middle, a escola negra, por 13 pontos. Apesar de Pasco estar em um ano de reformulação e de três titulares estarem gripadas, aquilo ainda era um motivo de orgulho para o time da Citrus. Pasco tinha toda aquela reputação, e o jogo nem ao menos foi difícil. O time pareceu desistir no início do segundo tempo, desfalcado como estava. Não usaram uma defesa sob pressão. Não fizeram arremessos de três pontos. Quando o relógio zerou, as jogadoras de Pasco absorveram a derrota com uma dignidade que abafou qualquer desejo das jogadoras de Citrus de fazer uma comemoração ruidosa. Até mesmo Rosa e Sherrie se perfilaram para os cumprimentos. A vitória colocou o time do sr. Hibma nas semifinais distritais, e ele deu às meninas uma folga de dois dias dos treinos, dizendo que recarregassem as energias para o jogo de quarta-feira à noite. O sr. Hibma tentou saborear a vitória, mas descobriu que o que lhe dava prazer não era vencer; era ver o outro perder. Ele adorava ver o oponente frustrado, e Pasco não lhe dera isso.

Agora era tarde de quarta-feira, de volta ao ginásio, e o sr. Hibma recebeu uma bola quadrada. Uma hora antes do jogo, com as jogadoras entrando na quadra para começar o alongamento, uma garota que usava uma gargantilha foi até o sr. Hibma e entregou-lhe uma folha de papel dobrada. Os dois trocaram olhares. A garota sabia como dar más notícias. Era uma profissional. No momento em que ele abaixou os olhos para o bilhete e começou a desdobrá-lo, ela se virou e saiu, com as sandálias estalando nos calcanhares.

Sr. Hibma,
Rosa e eu não poderemos jogar mais. Queríamos derrotar Pasco e conseguimos. Vamos disputar o campeonato estadual de arremesso de peso e disco, e essa é a nossa prioridade. Obrigada por ser nosso treinador. Agradeça às garotas por terem sido nossas companheiras.

Sherrie

O sr. Hibma deixou as garotas baterem papo e então treinarem as bandejas. Ele sabia que se perguntavam sobre Rosa e Sherrie, esperando que o atraso se devesse a um pneu furado ou ao fato de terem dormido demais, acreditando que elas entrariam pela porta do ginásio a qualquer instante, comendo alguns *tacos*, em ritmo de aquecimento. Os torcedores de Citrus — um contingente crescente de namorados, alguns pais, idosos entediados — também estavam preocupados com Rosa e Sherrie. As jogadoras do time adversário olhavam para o sr. Hibma; elas também haviam percebido. As Dade Chargers: competentes, mas nem um pouco espetaculares. Elas chegaram até as semifinais na base dos arremessos livres e da posse de bola. Era assim que ganhavam; usavam a consistência técnica e tática e esperavam que algo de errado acontecesse com as adversárias.

Quando faltavam 20 minutos para o início da partida, o sr. Hibma chamou o time para o vestiário.

— Elas não virão — disse o sr. Hibma. — E é assim que vai ser. Não temos tempo para fraquejar. Rosa e Sherrie estão fora. E essa, pura e simplesmente, será a última vez que tocaremos no nome delas. — O sr. Hibma concedeu às jogadoras um minuto de silêncio, de luto. Quando ele voltou a falar, as garotas sabiam que o treinador esperava que tivessem se recuperado da perda das companheiras mais altas e terríveis.

O sr. Hibma se ajoelhou em frente à armadora e colocou as mãos nos joelhos ossudos.

— Quero que você carregue a bola sempre que a pegar. Mesmo que o time adversário inteiro esteja na defesa, abra caminho até a linha dos três pontos e descubra o que fazer quando chegar lá.

A armadora balançou a cabeça. Ela gostava de desafios.

— Em que situação você deve passar a bola?

— Nenhuma — respondeu ela.

O sr. Hibma foi até a garota rápida, disse que ela seria a estrela do jogo, que faria uma dúzia de bandejas. Disse às gêmeas arremessadoras de três pontos que ficassem perto uma da outra o tempo todo, para abrirem espaço entre elas como uma porta giratória. O sr. Hibma tinha instruções para todas. As tropas ficaram motivadas. Ele deu um passo atrás e se dirigiu ao time.

— Vocês sabem o que vai acontecer na quinta-feira. Enfrentaremos Ocala. Seremos superados na quadra. Seremos superados no banco. Ocala está em melhor forma do que nós e o time tem um instinto matador. — O sr. Hibma disparou um dedo para o ar. — Mas hoje à noite, vamos arrasar essas Dade Chargers sem personalidade. Seremos uma tempestade vertiginosa de audácia.

As garotas não sabiam o que queria dizer audácia, mas estavam prestes a incorporar o espírito. O sr. Hibma queria que as Dade Charges perdessem da pior maneira possível. Queria que os pais delas gritassem com os árbitros. Queria que o treinador delas se sentisse impotente. O sr. Hibma, pela primeira vez desde que se tornou treinador, não fingia. Ele agia como acreditava que um treinador agiria, mas falava do seu âmago.

— Nada de conversa fiada quando sairmos desse vestiário. Nenhuma palavra. Nada de sorrisos. Nada de olhar para os namorados. Vou sentar no banco em silêncio e cruzar as pernas. Vocês serão como uma avalanche silenciosa.

O sr. Hibma se dirigiu para a porta, deixando que as suas palavras ganhassem peso, caíssem no chão e se assentassem. As jogadoras estavam com furor no coração. Elas tremiam.

E triunfaram. O sr. Hibma nunca vira um time tão completamente desnorteado quanto o de Dade. Depois que os últimos segundos correram, toda a voz que as jogadoras do sr. Hibma continham no peito explodiu no ginásio. Os torcedores berravam. Até mesmo o outro treinador parecia ter entendido que os mocinhos haviam ganhado.

O sr. Hibma dirigiu pelas estradas que levavam ao seu condomínio. Ele parou no supermercado e comprou vinho, *homus*, picles, salame. Passou em um lava-rápido e depois parou para abastecer. Ele estava apoiado no carro, com a mangueira encaixada no bocal do tanque de combustível quando um SUV estacionou em frente e uma mulher curvilínea que o sr. Hibma nunca vira desceu. Ela vestia uma camiseta propositalmente esfarrapada, um shortinho sexy e tênis de lona. Ela não era da região. Os tornozelos, os joelhos e a cintura eram delicados, e entre esses pontos irrompia uma carne generosa. O rosto era uma confusão organizada de bochechas cheias, lábios carnudos e sobrancelhas escuras.

Quando terminou de encher o tanque, o sr. Hibma colocou a pistola da mangueira na bomba e atarraxou a tampa do tanque. Tateou as chaves no bolso. Contornou a bomba e surgiu ao lado do carro da mulher. Ela olhava na outra direção, puxava a mangueira, procurando um lugar para ficar de pé. As panturrilhas dela se moviam de forma absurda.

— Senhorita — disse o sr. Hibma.

A mulher se virou, havia sido pega desprevenida. Era noite e ela estava em um posto de gasolina no meio de uma terra de caipiras.

— Quando um homem vê a mulher mais atraente que jamais verá, ele sabe que recebeu um presente que o enriquecerá e amaldiçoará. Você ampliou a minha noção de sedução feminina. Por sua causa, este posto de gasolina será um dos lugares mais caros do mundo para o meu coração.

A mulher deu risadinhas entrecortadas. Dirigiu ao sr. Hibma um olhar que significava que era impossível.

A mangueira que ela segurava soltou um estalo, indicando que o tanque estava cheio, e o sr. Hibma não perdeu a oportunidade de sair de cena com classe. Ele saiu do campo de visão da mulher, entrou no carro e deixou o posto. Olhou para o seu reflexo no retrovisor o tempo todo até chegar em casa, questionando a si mesmo, duvidando muito pouco que a pessoa que via era um assassino frio e calculista, duvidando muito pouco que fosse capaz de realizar algo grandioso que o transformaria. Não era tão complicado. A mente dizia ao corpo para fazer coisas e o corpo obedecia. Se precisasse treinar, ele treinaria. Se precisasse jogar charme para uma mulher atraente, ele jogaria. Se precisasse matar a sra. Conner, ele mataria. Poderia passar algumas horas na sua unidade de armazenagem e deixar a alma endurecer. O sr. Hibma não estava preso na própria vida. Ele era uma arma engatilhada e carregada, pronta para explodir a vida em pedaços.

A caminho de casa ele conferiu a correspondência e, como imaginava, uma carta de Dale o esperava. O endereço da caixa postal em Clermont estava escrito com a caligrafia dela e, abaixo, um adesivo amarelo redirecionava o envelope para o condado de Citrus.

Sr. H,
Escreva-me mais uma vez, para que eu saiba onde estar e quando estar lá. Estou pronta, como já deve ter percebido. No mínimo, tão pronta quanto você.

Depois da escola, Toby e Shelby passaram por um parque de trailers onde apenas idosos tinham permissão para morar. Eles entraram na mata e passaram por uma montanha de pneus e seguiram em frente até chegarem ao velho barracão, com algumas estátuas encostadas nas paredes. Toby passou por ali diversas vezes, mas nunca se aventurou a entrar. A porta não tinha maçaneta. Shelby tirou uma tábua fina dos suportes e Toby empurrou, então eles admiraram a imensidão escura do lugar. Havia caixas por todo lado, nenhuma delas fechada. Bíblias e sapatos. Bíblias pesadas, com capas lustrosas de couro, e sapatos pretos simples. Esse era o cheiro do lugar: borracha nova e palavras muito antigas. Shelby começou a beijar Toby e ele estava pronto. Podia desfrutar dos beijos dela agora. Não queria fazer nada *a não ser* beijá-la. Em dois dias, daria um jeito em tudo e a sua mente ficaria vazia e pronta para um novo inventário.

Ele não usava mais seus instintos falhos. Estava pensando. Pensando no novo dia que iria nascer, quando todo mundo acordaria onde deveria acordar. Shelby não iria até a casa de Toby e ele não iria até a dela, mas o resto do condado seria deles para vaguear, para beijar.

Shelby recuou para as sombras e se encostou em algumas caixas. Toby se perguntou se eram sapatos ou bíblias. Ela desabotoou a blusa e calmamente tirou um braço e depois o outro das mangas. Não usava nada por baixo. A boca de Toby estava seca de nervosismo e seca da falta da boca de Shelby. Ele vinha admirando o corpo dela havia meses e agora lá estava. Shelby era muito pálida, mas de alguma forma os seus seios eram de um tom ainda mais branco. Tinham forma e volume que Toby nunca imaginou. Ele se aproximou e colocou a mão em um deles e um som rouco escapou de Shelby. Toby não queria sentir medo outra vez. Não queria se sentir um idiota. Queria sentir o que se deve sentir.

Shelby queria mais, mas não voltaria a guiar Toby. Queria que *ele* fizesse alguma coisa. Ele levou a mão livre ao short dela, sem ter ideia do que aconteceria. Shelby estava bem na sua frente, mas a mão pareceu demorar uma eternidade até chegar ao seu destino. Ele tateou o botão por um momento, os dedos descoordenados, e então Shelby se aproximou dele, o abraçou.

Toby deu um passo atrás, chocando-se com algumas caixas e eles tropeçaram e quase caíram.

— Não quero que você me toque dessa vez — disse ele.

— Por que não?

Toby não sabia o que dizer. Ele queria ser capaz de se controlar, de tocar Shelby porque era isso que ela queria. Ele recuou e ambos ficaram em silêncio, escutando. Ouviram um carro. O som ficou cada vez mais alto até estar do lado de fora do barracão. O carro não tinha abafador ou coisa parecida. As portas abriram e então fecharam. Toby entregou a blusa para Shelby, que a pegou e passou a abotoá-la. Os dois se esgueiraram até a parede e encontraram uma tábua torta por onde conseguiam ver o que se passava do outro lado. Havia dois homens, ambos com cabelos raspados à máquina e um dele com um anel enorme. Eles confabularam sobre as estátuas que deveriam levar, com quais conseguiriam mais dinheiro, falando alto, acima dos resmungos do motor. Carregaram estátua após estátua. Devia ser uma picape das grandes. Eles deviam estar empilhando santos e os cavaleiros uns em cima dos outros como um monte de corpos. Os homens podiam ser os donos das estátuas ou poderiam estar roubando-as.

Naquela noite, Shelby pediu ao pai que a levasse de carro à biblioteca. Ela já caminhara o suficiente na mata por um dia. Eles passaram ao largo de alguns pastos, reduziram a velocidade para ver um sumidouro recente, que engolira metade de uma clínica de diabetes. Entraram na estrada de terra, passaram pela subestação.

Nos últimos dias, os cafés da manhã do pai de Shelby ficaram cada vez mais elaborados — linguiça com mel e pecã, omeletes, suco de abacaxi. Ele forçava a si mesmo a ler o jornal todas as manhãs, avançando por todas as principais matérias, independentemente do quanto o interessassem. Deu presentes a Shelby, incluindo um livro no qual alguns poetas falavam sobre suas canções preferidas. O pai de Shelby aprendera a forçar o próprio humor, a manter a si mesmo em cima do muro, nem maníaco nem desesperado. Parecia estar com o espírito um pouco mais leve, talvez porque agora tivesse menos espírito. Ele encontraria paz, mesmo que ela não fosse plena comprometida. Shelby podia sentir; ele sobreviveria.

O pai de Shelby estacionou o carro e os dois observaram o pôster de um piquenique beneficente pela defesa dos manatis. Shelby olhou do lado dela do carro e viu os garotos do ensino médio, com os jeans pretos arriados e os tênis roídos. Eles eram covardes e perigosos, uma matilha de hienas.

— Não entendo os manatis — disse o pai de Shelby. — Não entendo essa fascinação toda. Se ainda estiver por aqui quando aparecerem, vamos fazer uma festa. Prepararemos *margaritas*.

— Eu entendo os manatis — disse Shelby. — Eles são como dinossauros amistosos. — Ela desceu do carro e se inclinou sobre a janela. — Volto em dez minutos.

Shelby caminhou ao longo dos canteiros na frente do prédio. Quando passou pelos garotos do ensino médio, um deles murmurou alguma coisa, baixo demais para ela entender. Shelby subiu as escadas sem olhar para eles, entrou no prédio e foi até os computadores. Se tia Dale ainda não a tivesse convidado para ir à Islândia, ela precisaria deixar de sutilezas e pedir. Era uma atitude grosseira, mas menos grosseira do que enrolar alguém por semanas, pensou Shelby. E talvez, por mais incisivas que fossem suas indiretas, a tia podia não ter entendido que ela queria visitá-la agora, o quanto antes, e que as sugestões não eram hipotéticas. Lá estava, uma mensagem na caixa de entrada.

Shelby,
Quero que você saiba que eu gostaria muito de uma visita sua, mas infelizmente não vou conseguir fazer com que aconteça neste verão. Esperava que a minha agenda ficasse um pouco mais tranquila, mas ela só tem ficado cada vez mais impossível. Espero conseguir tirar férias de verdade (o que é isso?) na primavera, então talvez consigamos combinar alguma coisa, talvez na semana de férias na primavera. Será interessante e nevado para você. Assim pode ser melhor, porque tenho certeza de que seu pai ainda precisa de você por aí. Estou feliz de verdade que tenhamos nos reaproximado. Tenho certeza de que há muitas coisas interessantes que você pode fazer aí na Flórida, e gostaria de ouvir tudo a respeito delas — mas não interessantes demais, espero.

Shelby fechou o navegador, mas não se levantou da cadeira. As pessoas na fila podiam esperar. Tia Dale estava dando um fora nela. Shelby não precisava ler outra vez. Ela entendeu na primeira vez, estava levando um fora. O único motivo de ter demorado tanto para dizer alguma coisa foi saber que magoaria a sobrinha. E magoou. É claro que o pai precisava dela, mas e quanto ao que Shelby precisava? Na próxima primavera. A próxima primavera parecia ser outro éon. O mundo podia acabar antes da próxima primavera.

Tia Dale era uma covarde. Talvez na próxima primavera, como se tudo estivesse bem. Era cheia de conversa fiada, aquela mulher. Ninguém era *tão* ocupado. E usar o pai de Shelby como desculpa. Tia Dale tinha medo de ajudar o próprio sangue. Tinha medo dela como todo mundo.

Pegou algumas folhas de rascunho na mesa, rasgou-as em pedacinhos e jogou-as no lixo. Estava irritada por ainda ser suscetível a decepções. Ainda perdia o equilíbrio quando alguém lhe puxava o tapete. Nunca mais mandaria e-mail para ninguém. Olhou em volta, para as outras pessoas, todas olhando para suas telas. Pesquisavam Deus sabe o quê. Tentavam descobrir o que dar a uma ovelha doente, tentavam comprar uma aliança de noivado usada, procuravam um barco de pesca barato. Todas aquelas pessoas eram melhores do que a tia de Shelby. Fariam qualquer coisa pelas suas famílias. Sabiam o que era importante. Tia Dale levava uma vida agitada e glamourosa e Shelby era uma interrupção incômoda.

Shelby atravessou a biblioteca e abriu as portas com um empurrão, então desceu os degraus pisando forte. Ela rodeou um canteiro e saltou na calçada, a poucos metros dos garotos do ensino médio, fazendo com que o mais próximo recuasse.

— O único jeito de um dia chegarem à segunda base é colaborando uns com os outros — disse ela. — Nenhum de vocês jamais encostará o dedo em uma garota como eu.

Os garotos olharam nervosos para o carro do pai de Shelby. Riram um pouco, acreditando que podiam transformar o insulto de Shelby em piada.

— É por isso que ficam aqui parados e falam besteiras — disse ela. — Vocês nem ao menos são caipiras, bandidos, pervertidos ou traficantes. Vocês são inúteis.

— Eu sou caipira — disse um deles; o que tinha os olhos mais juntos e o boné mais apertado. — E sou o tipo de caipira que não deixa as pessoas me insultarem.

— Ninguém acha que vocês são engraçados e ninguém tem medo de vocês.

— Somos apenas alguns caras que gostam de ar fresco e companhia — disse outro; esse com uma penugem patética que fazia as vezes de bigode.

Shelby olhou para o garoto que disse ser caipira, que estava impaciente para começar a fazer alguma coisa. Ele desejava pular em cima dela ou levantar a voz. Shelby queria ver o pai encher aqueles moleques de porrada. Era naquilo que estava presa. O condado de Citrus. Aquele era o seu povo agora. Ninguém na Islândia era dela. A mãe e a irmã não eram dela. Toby... quem podia saber? O condado estava cheio daqueles garotos, daqueles inúteis, cheio dos pais deles.

Shelby olhou para o carro e o pai a fitava atentamente, uma expressão dura. Ele tentava se decidir se aqueles garotos eram amigos dela ou não. Shelby olhou fixamente para eles, para dentro dos seus olhos vazios. Os garotos não se mexeram. Ninguém soltou um pio. Eles eram uma única mente cansada. Eram sobreviventes. Não podiam se dar ao luxo de travar nenhuma luta dentro de si, como Shelby. Sabiam quando haviam sido derrotados.

Depois que o último sino soou e a última turma do dia correu para o hall e se misturou ao restante dos alunos, o sr. Hibma apagou as luzes da sala e se sentou à mesa. Todos os clubes já haviam encerrado as atividades. A temporada da maioria dos esportes já chegara ao fim. Aquela era a época do ano em que os professores iam embora logo depois do último sino. Era o início do verão, tempo de ser feliz. O sr. Hibma bateu o salto do sapato no linóleo e escutou o eco, e pela primeira vez não era um som desanimador. O som do salto do sr. Hibma não era de uma nota menor; era a primeira nota de um crescendo.

Ele girou a cadeira de modo a ficar de frente para o computador, soprou o teclado e recuou a cabeça quando subiu uma nuvem de poeira. Ligou o computador e o escutou ganhar vida, abanando a poeira. Viu a luz verde piscar e então ficar fixa, conferiu se havia papel na impressora. O sr. Hibma abriu o processador de texto e digitou o seguinte:

A lua fica mais séria a cada noite e o sol mais tolo a cada dia. Eu poderia abrir mão de qualquer coisa. Eu poderia abrir mão de qualquer coisa. Supermercado Publix. Cooper Road, 1315. Clermont, Flórida. 5 da tarde. 1º de junho.

O sr. Hibma caminhou até o fim do corredor e olhou para o estacionamento. Viu os ônibus partindo, o gramado onde os alunos que faziam a troca da bandeira. Viu Pete e a especialista em espanhol saírem juntos e entrarem no mesmo carro. Viu Vince gravitando de turma em turma, oferecendo chiclete. O sr. Hibma não fazia ideia se Dale apareceria. Sabia que as cartas haviam-no encurralado, e estava grato por isso, mas se Dale apareceria fisicamente não tinha grande importância agora. O sr. Hibma não precisava mais dela, não se preocupava em impressioná-la. Entendia que ela não o levava a sério. Ela *queria* ser decepcionada. Era assim que vivia — em busca de decepção. Se tivesse levado o sr. Hibma a sério, um pouco que fosse, nunca teria respondido. O sr. Hibma estava tentando mudar a própria vida e Dale acreditava que ele não era capaz. O sr. Hibma não a abalara; ele a cutucara com um segredo pesado, um problema, e ela teria de carregá-lo.

Ele iria até a FedEx em Clermont naquela tarde — não perderia tempo com o correio — e mandaria entregarem a carta na manhã do dia 29. Ele não queria que Dale tivesse tempo para pensar. Se ela *de fato* viesse, o sr. Hibma queria que corresse para encontrá-lo, que chegasse desgrenhada, reconsiderando as dúvidas a seu respeito — as dúvidas, tudo que tinha. Queria vê-la chegando esbaforida ao Publix em um carro alugado, em pânico, torcendo para não estar atrasada, esperando que o sr. Hibma estivesse blefando, desejando não precisar dissuadi-lo. E o que o sr. Hibma faria? Ele não podia se encontrar com ela ali. Ficaria no estacionamento e a esperaria, saberia quando a visse, passaria perto o bastante para sentir o cheiro de avião e ar estrangeiro, e não diria uma palavra. Depois, se ela quisesse revelar o que se passou entre eles, se quisesse denunciar o sr. Hibma, que fosse. Isso seria problema *dela*.

O sr. Hibma estava dominado por uma sensação estranha. Ou talvez pela ausência de uma sensação conhecida. Ele não estava na defensiva. Não se sentia explorado, atacado. Ele estava em ação. Nenhuma outra forma de seguir em frente lhe ocorrera, e ele não fugiria da que escolhera.

Shelby decidiu seguir Toby na tarde de sexta-feira. Restava apenas uma semana de aula. Ela não conseguia pensar em nada pelo que aspirar, e isso era bom. O que ela faria era aferrar-se ao condado de Citrus. Se precisasse estar ali, ela *estaria* ali. O passaporte chegou pelo correio e ela imediatamente o levou até o quintal e o queimou em uma lata de café, a fumaça sendo carregada pela brisa até as copas das árvores. Shelby não precisou atiçar o fogo. O passaporte queimou como mato seco, como se soubesse que estava destinado a virar cinzas. Shelby também tirara o retrato da tia do corredor. Não era dela, então não podia queimar, mas escondeu-o na área de serviço. Não estava disposta a olhar para aquela mulher sempre que fosse ao banheiro. O pai a perguntaria sobre o retrato e ela inventaria alguma coisa.

Shelby sabia a direção que Toby seguia a caminho de casa e em que ponto da mata ele costumava entrar, mas não queria ser frustrada caso ele escolhesse um caminho alternativo, então se misturou à multidão na ala de ciências e seguiu Toby desde que ele saiu da aula de biologia. Ele abriu caminho em meio a um grupo de loiras baixinhas, enfiou a mochila no armário e seguiu em passos lentos até a saída do refeitório. Ele não parou para falar com ninguém. Deixou o estacionamento e entrou na mata em um lugar onde não parecia existir uma trilha. Shelby o seguiu. Havia sim uma trilha, cheia de curvas e sombras. Shelby se sentiu exposta. Não estava certa da distância que deveria manter entre eles. Toby mantinha os olhos no chão, sem nunca se virar para ver o que havia às suas costas. Ele usava uma camiseta vermelha naquele dia, então sempre que Shelby deixava que se distanciasse um pouco mais, só precisava apertar o passo até ver a camiseta em meio ao mato. Ela passou a imprimir um ritmo. Mantinha pelo menos uma árvore entre ela e Toby. A profusão de insetos na floresta produzia o zumbido crepitante padrão, abafando qualquer ruído que Shelby fizesse ao pisar em gravetos. Ela se sentia desonesta, mas determinada.

Chegaram a uma área aberta, que seria um prado caso houvesse prados no condado de Citrus, e Shelby e Toby seguiram em frente. Ela o viu atravessar a clareira arenosa e entrar na mata do outro lado. Shelby não era uma espiã, era uma garota apaixonada. Havia algo de delicioso em observar Toby sem que ele soubesse. Ela podia ver bastante do céu cansado, o lugar onde o sol, dali a algumas horas, deveria se por.

Ela entrou na claridade e correu para atravessá-la, olhando à sua frente em busca da camiseta vermelha, e um instante depois lá estava ela, cortando o mato. Toby havia apertado o passo. Eles passaram por diversos cruzamentos de trilhas, com rastros de motos, cães e guaxinins, e deixaram para trás incontáveis tocas de coelho, incontáveis brejos isolados que ocultavam incontáveis cobras. Passaram por um carrinho de supermercado cheio de latas de cerveja. Estavam caminhando havia quase uma hora. O suor escorria pelo rosto de Shelby. Ela sentia o gosto salgado. O sol era um olho sem íris. Dispersava as nuvens, preparando-se.

O mais provável era que tio Neal fosse exatamente como Toby o descreveu, confuso mas volúvel. Era possível que a casa tivesse aparência normal, que Toby tomasse um banho e jogasse paciência ou coisa parecida, que tio Neal tirasse um cochilo antes do jantar. Talvez Shelby não visse nada de condenável na casa, mas ela precisava conferir. Precisava descobrir onde Toby vivia. Fazia aquilo em parte por si mesma, ela sabia, seguia Toby por seus próprios motivos. À noite, quando ele estava na casa dele e ela na dela, seria capaz de imaginar Toby em segurança na sua cama. Seria capaz de imaginá-lo cair no sono como ela caía. Toby era o seu único amigo, e à noite ela sabia disso mais do que nunca.

Shelby sentiu alguma coisa acima de si e tropeçou. Era uma coruja. O bicho estava 3 metros acima da cabeça dela. A coruja não gostava que as pessoas entrassem na sua floresta; isso ficava evidente naquele olhar. Shelby sussurrou oi e a coruja não piscou. Ela era uma estatueta arrogante. Shelby quis atirar alguma coisa no bicho, mas teve medo. Era como a cobra no quintal de casa: não se mexeria até que Shelby se afastasse. Era preciso seguir em frente. Ela voltou ao rastro de Toby e logo viu linhas de transmissão. A mata ficou menos densa. A camiseta vermelha de Toby saltou para uma varanda. Shelby conseguira. A casa estava à vista. Toby pegou a chave no bolso, colocou-a na fechadura e entrou.

Shelby empertigou-se. Ela observou atentamente, então seguiu até a lateral da casa. Nenhum canteiro de flores, nem ao menos sinal de grama. Nenhum equipamento esportivo ou bicicleta à vista. Nada de cachorro nem de gato. A casa tinha cor de lona velha. Havia uma varanda ampla na frente, com uma cadeira de balanço. O lugar parecia arrumado na sua sobriedade, quebrada apenas pelos galhos retorcidos de um carvalho que quase tocavam o telhado, que farfalhavam quando a brisa soprava mais forte. Não havia esquilos, nenhum urubu pairava acima. As cortinas da maioria das janelas estavam abertas, mas Shelby não conseguia ver o nada lá dentro. Ela estava muito distante e a casa, escura demais.

Ela se aproximou de um barracão que parecia ao mesmo tempo dilapidado e resistente, algum tipo de estufa. Tinha um cheiro estranho, de coisas maduras demais. Na mata, o som dos passos de Shelby havia sido abafados, mas agora ela conseguia escutar o contato das suas botas com o solo úmido. Conseguia escutar o vento roçando na parte de trás do pescoço. Havia uma janela naquele lado da casa, nos fundos, que parecia ter sido colocada por engano. Lembra va uma daquelas janelas abertas nas paredes de fortalezas, para ver a chegada do inimigo. Shelby avançou pelo espaço aberto e encostou-se à parede. O coração batia tão rápido que parecia ter parado.

Shelby se esgueirou pela parede. As cortinas da janelinha estavam abertas. Ela aproximou o rosto com cautela, vendo mais e mais do interior. Encostou a testa no vidro frio. Ela olhava para o quarto de Toby. Ali estava. Havia roupa suja em um cesto, a camisa que ele usara na escola no dia anterior, o short que vestira no treino de salto com vara. A porta do quarto estava fechada e Shelby sabia que podia ser aberta a qualquer momento. Havia um armário grande com portas que não estavam totalmente fechadas. Caixas de papelão desbeiçadas. Uma pilha de moletons dobrados que ele aposentaria no verão. Não havia TV, não havia um rádio. Toby não pendurara pôsteres, não tinha uma prateleira com livros. Ele não lia revistas em quadrinhos e não jogava videogame. Havia uma lata de refrigerante no chão, ao lado da cama. Os interruptores de um ventilador e da luz eram baixos, podiam ser alcançados quando estivesse deitado. O carpete tinha alguns tons de marrom. Shelby gravou a imagem daquele quarto, o tom chamativo de azul dos lençóis, a mancha de infiltração no teto, a imobilidade absoluta. Ela se sentiu satisfeita, como se agora jogasse com o dinheiro da casa. Havia retalhos de paz dentro dela, voando como confetes. Ela não precisava de tia Dale. Não precisava ir para a Islândia. Não importava para onde ia. *Onde* não significava nada. Talvez, Shelby pensou, ela sempre tenha jogado com o dinheiro da casa. Talvez todos jogassem, todos os dias em que estivessem vivos.

A casa era um retângulo perfeito. Shelby continuou encostada na parede. Ela se afastou do quarto de Toby, pisando em mato seco e persistente. Se visse tio Neal, ótimo; se não, tudo bem. Não precisava vê-lo. No que isso ajudaria? Ela viu onde Toby passava todas as noites, e isso era o mais importante. Ela chegou a uma janela maior. Estava coberta por uma persiana, mas algumas lâminas estavam tortas, como se algo houvesse sido atirado nela. Shelby posicionou um olho e viu uma mesa grande e vazia e algumas cadeiras dobráveis. O canto de um aparador era visível, e sobre ele um vidro com caixas de fósforo. Tudo estava imóvel ali dentro, como no quarto de Toby, como num museu. Talvez tio Neal nem ao menos estivesse em casa. Talvez estivesse trabalhando fora da cidade. Shelby não viu nenhum carro estacionado em frente à casa, mas também não tinha visto um acesso para carros propriamente dito. Um melro passou a arengar atrás dela e Shelby voltou a se mover, passando por uma porta de madeira solitária. Não havia um pátio nos fundos da casa, degraus ou coisa assim, apenas uma porta pintada num tom um pouco mais escuro do que o da casa. A próxima janela era pequena, ficava à altura dos olhos. Shelby teve uma visão completa, obscena, da cozinha. Havia algumas laranjas pequenas no peitoril. Boa parte da bancada era ocupada por garrafas de dois litros de refrigerante, perfiladas como soldados. Havia uma bandeja com o que pareciam ser ferramentas cirúrgicas, mergulhadas em um líquido colorido. Shelby olhava para a bandeja quando sentiu um movimento à direita. Ela congelou, não conseguiu fazer nada, nem ao menos dobrar os joelhos e atirar-se no chão. Ficar parada parecia a coisa certa a fazer. Era Toby, e ele não a viu. Ele olhava para nada, falava sozinho. Shelby o viu entrar na mata por um dos lados da casa e novamente o seguiu.

Ele seguiu Toby, e toda a tarde parecia ser um único momento agora, um único e espichado momento. As sombras se cristalizavam, preparando-se para desaparecerem. Havia uma linha de estacas castigadas pelo tempo enterradas a intervalos regulares, muitas árvores com fitas cor-de-rosa nos troncos. Shelby percebeu que não havia mais trilhas de qualquer tipo naquela parte da mata. Deu-se conta de que se comportava como uma louca. Seguia alguém por um terreno desconhecido e selvagem enquanto anoitecia. Ela se perguntava se conseguiria voltar caso perdesse Toby de vista. As árvores pareciam esquecidas. Eram árvores de verdade, como no norte — bordos ou plátanos. Nunca perderiam as folhas. A camisa de Shelby estava colada nas costas, molhada de suor. Ela sabia que deveria parar agora, teria de voltar. E então Toby se ajoelhou. Shelby se aproximou para ver o que ele estava fazendo. Toby afastou musgo e galhos para um lado e para o outro. Puxou um pouco de mato. Esses movimentos eram desprovidos de energia, eram gestos mecânicos. Shelby se agachou, observando Toby detrás de uma touceira de palmeiras. As coxas dela estavam dormentes, exaustas da travessia na mata arenosa e daquele agachamento. Toby estava montando um acampamento? Será que as coisas em casa estavam assim *tão* ruins na casa dele? Será que dormia ali, no mato?

Toby levantou, curvou o corpo e puxou um tipo de porta, e quando o fez, a acústica do mundo distorceu-se. Todos os sons ficaram mais lentos. Shelby agarrou uma folha de palmeira, perto da base, onde são mais fortes, e puxou o corpo mais para dentro da touceira, as lâminas da folha se enterravam na sua palma macia. O corpo de Shelby sabia que algo estava acontecendo; a parte animal sabia. Toby desceu para o subterrâneo, carregando alguma coisa sobre a cabeça. Ele estava ali de pé e agora não estava mais. Toby tinha algum tipo de toca subterrânea. Shelby estava próxima do Toby verdadeiro, secreto. Precisava ficar escondida. Se ele descobrisse que ela o seguira até aquele lugar, aquele lugar que considerava só seu, perderia a sua confiança para sempre. Shelby precisava esperar que ele saísse.

Depois de apenas um minuto ou dois, Toby estava de volta. Ele emergiu, tirou o que parecia ser uma máscara de esqui e fechou a toca. Deixou que a tampa fechasse com o próprio peso, como o capô de um carro, e então, sem se dar o trabalho de arrastar os galhos de volta, seguiu mata afora pelo mesmo caminho por onde veio. Shelby observou a camiseta vermelha ficar cada vez menor. Ela não o seguiu. Permaneceu escondida, esperando. Parecia temerário sair do esconderijo, deixar as palmeiras. Ela estava prestes a trair Toby. Ela se levantou e se aproximou. A porta era octogonal e tinha um ferrolho pequeno que a trancava e destrancava. Musgo e cogumelos cobriam toda a superfície. Estava fora de lugar, tão úmida e enlameada, naquele trecho seco da mata. Shelby levou a mão ao ferrolho e ouviu um som vindo de dentro. As entranhas dela deram uma volta. Uma voz fina, abafada. Estava cantando. Uma voz de criança. Shelby sabia que havia ações físicas que precisava executar e a primeira era erguer aquele alçapão. Ela se concentraria nas ações. Continuaria a dar o próximo passo.

Toby acordou com uma vontade absurda de beber refrigerante com gelo. A sensação era de que a garganta precisaria ser lavada. As luzes do quarto estavam apagadas, mas a porta estava aberta e até mesmo a luminosidade fraca que vinha do corredor ofuscava seus olhos. Estava tão escuro do outro lado da janela quanto dentro do quarto. Podia ser o amanhecer ou o anoitecer. Nas próximas horas, Toby deveria voltar a dormir ou enfrentar o dia.

Toby nunca estivera em um hospital antes, mas o cheiro azedo e químico e a infinidade de bipes que ouvia — equipamentos de monitoramento, a campainha de um elevador, o zumbido dos botões de chamada das enfermeiras — conspiravam para que concluísse que só podia estar em um. Toby se lembrava de ter sido levado para lá. Foi colocado no fundo de uma van. O rádio tocava rock antigo. Ele se lembrava de uma cadeira de rodas, um elevador, mas, antes disso, de uma delegacia, outro lugar onde nunca estivera. A delegacia parecia pequena de fora, mas o interior parecia nunca acabar. Telefones tocavam e ninguém atendia. Uma mulher fez alguns exames em Toby, então lhe deram um cachorro-quente e uma maçã muito pequena. Essa lembrança era nítida, a pequenez da maçã. Toby a comeu em três ou quatro dentadas e não tocou no cachorro-quente. O que ele não se lembrava era da chegada da polícia na casa do tio. Ele se lembrava de ter voltado do *bunker* depois de conferir como Kaley estava pela última vez. Vestiu-a como quis e deixara o cabelo da menina crescer nas últimas semanas, até que ficasse parecido com o daquela agente do FBI. Ele voltou para casa para esperar a noite, mas não para dormir. Deitou-se no chão do quarto, preferiu um lugar firme e permanente ao colchão velho, e, de repente, foi acordado por um tiro. Ele quis ficar chocado com o som, aquele estalo abafado e decidido que poderia ter vindo do armário ou de quilômetros dali, de um lugar frio e distante. Ele foi até a sala e ouviu o rádio ligado no quarto do tio, policiais exaltados vociferando. Haviam encontrado a menina Register. Muitos falavam, mas nenhum conseguia usar um tom calmo e objetivo. Códigos e direções. Falavam o nome do tio de Toby o tempo todo, Neal Showers. O cheiro de queimado do tiro pairava na casa. Toby soube, compreendeu que o tio estava no quarto, morto. O tio não tomaria mais decisões, não limparia mais nada ou fumaria outra coisa. Toby não conseguiu entrar. Ele se lembrava de como soava, desconhecidos em um rádio falando sobre tio Neal, chamando-o de todo tipo de coisa que as pessoas comuns e obedientes chamam as pessoas que não entendem.

Era manhã. Do outro lado da janela do quarto de hospital de Toby, o sol nascia. Ele sentou na cama e apoiou as costas nos travesseiros. Viu a TV em um canto do quarto, o controle remoto sobre um móvel abaixo do aparelho. Ele não precisava mais apertar os olhos. Outro tipo de bipe vinha do lado de fora, um caminhão dando ré.

Toby se lembrava de estar sentado no banco de trás de uma viatura de polícia. Uma tela de metal separava os bancos da frente do de trás. Dois policiais sentaram-se na frente e um ficou ao lado de Toby, um sujeito com um bigode fino e matreiro. O homem fez perguntas, a princípio fáceis, como a idade dele ou os esportes dos quais gostava, mas então passou a perguntas sobre seu tio. Toby foi esperto o bastante para não dizer nada.

Tio Neal se fora. Estava morto. Toby nunca saberia se ele se matou porque acreditava que receberia a culpa pelo sequestro, porque vinha procurando por uma desculpa havia muito tempo e aquela parecia ser boa ou se o tio teve a intenção de levar a culpa por ele. Talvez, pela primeira vez, o tio tenha cuidado dele. Toby apressou o suicídio do tio e o tio manteve Toby seguro. Ajudaram um ao outro. Toby estava feliz por não ter entrado e visto o tio morto. Não queria aquilo na cabeça. Aquele não era o tipo de coisa, ele imaginava, que se tira da cabeça com uma longa caminhada.

Toby escutou passos se aproximando do quarto e então uma enfermeira calçando sapatos pretos parou na porta.

— Quer que eu acenda a luz? — perguntou ela.

— Não — disse Toby. — Se não tiver problema.

A enfermeira veio até a cama, ajeitou as costas de Toby e afofou os travesseiros. Não parecia gostar dele, mas estava sendo eficiente.

— Eles me pegaram na casa do meu tio *ontem* à noite? — perguntou Toby. — Ou anteontem?

— Ontem à noite — disse a enfermeira. — Eles lhe deram algo para dormir. É por isso que parece que você levou uma pancada na cabeça.

A enfermeira chupava uma pastilha. A bala era de um branco reluzente, o que ajudava a perceber que os dentes dela não tinham essa cor. Ela abriu algumas gavetas e não ficou incomodada com o que viu. Olhou para o prontuário de Toby, então foi até a janela e levantou a persiana. Disse a Toby que voltaria em alguns minutos para ajudá-lo a tomar banho. O médico o veria dali a uma ou duas horas e ele precisava estar desperto.

Ela pegou o controle remoto e o entregou para Toby.

— Posso beber um refrigerante? — perguntou Toby. — Um refrigerante com gelo?

— Acho que sim.

— Os policiais estão aqui?

A enfermeira balançou a cabeça.

— Eles estão na sala das enfermeiras. Estão à paisana. Acho que a sua presença aqui deve ser um segredo, mas veremos quanto tempo isso vai durar. Aqueles caras não vão incomodá-lo. Estão ocupados demais dando em cima de Stacy.

— Não quero ver nenhum policial agora.

— Eu não me preocuparia com isso, se fosse você. Stacy está usando o uniforme curto.

A enfermeira deu alguns tapinhas no beiral da porta, sugerindo que estava de saída.

— Talvez dois refrigerantes — disse Toby.

— Um duplo. — A enfermeira talvez tenha sorrido.

— A menina está aqui? — perguntou Toby. — Kaley e a família estão aqui?

A enfermeira fez um barulho. Se sorriu, isso estava acabado agora.

— Não, senhor. Eles levaram aquela criança para um lugar melhor do que esse aqui.

A enfermeira saiu e Toby voltou a atenção para o controle remoto que tinha nas mãos. Menu. Modo. Função. Ele apertou o botão vermelho e a tela ganhou vida. Ouviu os locutores antes de ver o que havia na tela. Era um jogo de futebol, no México ou coisa assim. Pessoas agitando bandeiras pulavam nas arquibancadas. Toby apertou a seta. Um programa dos anos 1980 sobre adolescentes. Um programa sobre churrasco. Toby precisava de um canal de notícias. Quando encontrou um, e aumentou um pouco o volume.

Havia imagens da casa de tio Neal, de cima, filmadas de um helicóptero. Toby ouvia a pulsação das hélices. A visão da casa o fez sentir uma pontada — por que, ele não sabia. Uma mulher com voz dura começou a falar, referindo-se à propriedade como um complexo. Tudo poderia ter aparência plácida e comum — a casa, o barracão, o acesso para carros que serpenteava até a casa —, mas com a câmera instável e a música lúgubre, a impressão era sinistra. A mulher mencionou Kaley e uma imagem dela apareceu no canto superior da tela. A mulher estava perplexa que Kaley houvesse sobrevivido. Usaram uma imagem diferente dela agora. Kaley era carregada no colo por alguém e segurava um picolé. Contra o laranja brilhante do picolé era possível ver com estava magra e pálida, assim como a pastilha e os dentes da enfermeira. Kaley tinha uma aparência terrível, na verdade. Ela poderia ter morrido. Toby via isso agora. Qualquer um que olhasse para a menina diria que ela não resistiria muito mais. A imagem de Kaley continuou no canto da tela enquanto a âncora voltava a falar sobre o complexo Showers. O barracão, ela disse, estava abarrotado de pés de cicuta. Havia drogas espalhadas por toda a casa, mas poucas ilegais. Nada de comida na geladeira. Carpetes velhos que nunca foram limpos. A âncora disse que muitos acreditavam que Neal Showers havia se livrado pelo caminho mais fácil suicidando-se, que ele deveria ter enfrentado o pai de Kaley e o tribunal e tentado a sorte na prisão. Toby olhou para as mãos. Estavam pálidas, cortadas por veias finas. Não pareciam capazes das coisas que haviam feito. Toby queria saber como encontraram Kaley. Como tudo virou de cabeça para baixo, afinal? Ninguém dizia.

Depois de algum tempo, foi feito um corte das imagens da casa de tio Neal. A câmera fechou na âncora. Ela ajeitou a franja e passou a falar sobre Shelby de modo reverente, referindo-se a ela como heroína. Ela havia seguido o sobrinho de Neal até o *bunker*. O homem havia sido cruel o bastante para, além de sequestrar uma menina, forçar o sobrinho a cuidar do cativeiro. A âncora estava perplexa com as coisas que aconteciam no mundo. Ela prometeu que nas próximas horas levariam ao ar notícias sobre Shelby, o garoto e o próprio *bunker*. Prometeu descrever em detalhes as condições enfrentadas pela menina.

Toby afastou as cobertas e sentou-se na beirada da cama. Shelby. Shelby descobrira. De alguma forma, Toby estava feliz que houvesse sido ela e mais ninguém. Ela nunca subestimou Toby, não é? Toby estava aliviado que ela soubesse a verdade a seu respeito. Ele foi até janela, apoiou a mão na parede e puxou o cordão, fechando a persiana. Girou a alavanca de plástico e o quarto voltou a ficar escuro.

Depois de uma sucessão de comerciais a âncora passou a falar sobre Toby. Não dissera o nome mais cedo, mas agora sim. A mulher falou dele em tom condescendente. Disse o nome Milton Hibma. O sr. Hibma? Lá estava ele, usando uma gravata. O sr. Hibma tentava conseguir a guarda provisória de Toby. Ele era o professor de geografia do adolescente, explicou a mulher, um homem solteiro e sem filhos. Toby não tinha família, não tinha avós.

Toby lembrou. O sr. Hibma esperava no hospital quando ele foi transferido da delegacia. O sr. Hibma levou *tacos* do restaurante. Toby rolou até o canto da cama e ergueu a tampa da lixeira. A caixa estava lá dentro, os copos de queijo. Toby não se lembrava de ter comido nada, não sentia que conseguiria.

Toby desligou a TV. Ele estava com muita sede. O sr. Hibma o queria. Será que aquilo poderia ser verdade? O sr. Hibma não se importava com adolescentes problemáticos. Desde que Toby o procurou e tentou confessar tudo no intervalo do almoço aquele dia, o professor mal havia olhado para ele. Toby acordara em um mundo mudado. Apenas *parecido* com o antigo mundo. Toby precisaria mudar. Precisaria tolerar aquele novo mundo. Precisaria deixar de lado a sensação de que seria punido, de que merecia ser julgado. Ele estava sendo tratado como uma vítima. Ele era um tipo de vítima; era o que todos pensavam.

O sr. Hibma ficou acordado até tarde, trocando de canal entre um programa sobre trabalhadores temporários e o longo comercial sobre um vídeo com garotas que mostravam os seios. Ele se preparava para desligar a TV e enfrentar a noite silenciosa fazendo um último giro nos canais quando um plantão de notícias foi ao ar. As imagens no canto da tela não estavam em sincronia com o texto escrito às pressas. A irmã caçula de Shelby Register havia sido encontrada. Havia sido resgatada, viva. O sr. Hibma escutou a descrição sobre Neal Showers, que se matou, e cujo sobrinho estava agora sob custódia do Departamento do Xerife do Condado de Citrus. O sr. Hibma se sentou e bebeu um gole de chá gelado. Neal Showers. Aquele era o nome que Toby sempre forjava nos formulários de detenção. O sr. Hibma conseguia ver a letra cursiva cuidadosa. Era Toby que estava na delegacia. Toby.

O sr. Hibma tomou uma dose de bourbon, escovou os dentes e dirigiu a toda pelas estradas desertas que levavam ao centro administrativo e à delegacia. Aquela era a mudança, ele percebeu. Não precisava amar os puxa-sacos. Precisava amar quem amava. Ele podia ser seu próprio tipo de professor, um professor que se interessava pelos Tobys do mundo. O sr. Hibma não *precisaria* ter dado todas aquelas detenções a Toby. Ele respeitava o garoto. Havia se equivocado ao tentar agarrar a mudança da sua vida com as próprias mãos. Como de costume, o mundo proporcionava a mudança. Como de costume, o sr. Hibma era um personagem, não o autor. E graças a Deus, o sr. Hibma não estava apto a ser o autor. Ele não sabia como salvar a si mesmo. Nunca foi tão inábil, tão tolo, como quando tentou escrever a trama da própria vida.

Quando chegou à delegacia, circulou o prédio com o carro, sem saber por onde entrar. Havia vans de estações de TV e o sr. Hibma não queria ficar perto delas. Ele viu uma entrada lateral que parecia ser usada para entregas, então pegou todo tipo de documento de identificação que podia no porta-luvas e na carteira — comprovante de residência, contracheque, seguro obrigatório do carro, cartões de crédito e carteira de motorista. Pegou também a carteira do seguro social, o cartão de uma lanchonete.

O sr. Hibma bateu na porta até alguém atendê-la. Pediu para falar com o supervisor, dizendo que tinha informações sobre Toby McNurse, e foi levado a uma saleta com piso de azulejo manchado, onde esperou por quase uma hora. Depois de muita consideração, ele decidiu sair da sala e logo encontrou a enfermaria, onde uma enfermeira o informou que Toby havia feito exames e estava descansando. A mulher parecia uma pessoa compreensiva, então o sr. Hibma disse por que estava ali, que queria a guarda de Toby, que era um dos professores dele na escola, que o garoto gostava dele, que seu destino era ajudá-lo.

A enfermeira pediu que o sr. Hibma se sentasse, ofereceu café e, mais uma vez, ele teve de esperar por uma hora. Sentia que *ele* estava encrencado. Sentia os cabelos oleosos. Estava à beira das lágrimas. Deu-se conta de que estava muito cansado e agitado e que quando finalmente conseguisse falar com alguém importante ali, seria taxado de louco. Bebeu mais café. Conseguiria ficar sentado por mais dez minutos, e depois iria explorar outra parte do prédio. Será que se estava sendo filmado? Imaginou que a polícia e o conselho tutelar já haviam confirmado que Toby não tinha família. Eles levantariam a ficha do sr. Hibma. Havia advogados ali atrás. O chefe de polícia. Precisava ir ao banheiro. Queria urinar e jogar água fria no rosto. O sr. Hibma se lembrou da única vez que foi preso. Quando estava na faculdade, não compareceu a uma audiência para se defender de uma acusação de apresentar identidade falsa para comprar bebida. Policiais bateram na porta do seu apartamento às seis da manhã. Aos 18 anos, ele foi colocado no fundo de uma van comprida junto a pais que não pagavam a pensão alimentícia. A polícia fazia isso uma vez por mês. Por horas e horas, o sr. Hibma viu advogados sendo arrastados dos escritórios, mecânicos acompanhados para fora de oficinas, velhos negros com pele grossa sendo interpelados em buracos de pesca.

A porta da saleta em que o sr. Hibma estava se abriu, levando-o a derramar café na calça. Um policial grande e tranquilo entrou. Ele não vestia uniforme, apenas uma camisa polo com um distintivo bordado, e era acompanhado pela sra. Conner. O sr. Hibma ficou aparvalhado. Ele fez tudo o que pôde, que era sentar-se com postura formal e esperar que falassem com ele. A sra. Conner sorria solenemente, como se estivesse orgulhosa. O policial começou a falar. Ele era o marido da sra. Conner, o sargento Conner. Estava aposentado havia anos, mas ainda tinha influência na delegacia. O sr. Hibma imaginara o marido da sra. Conner vestindo uma camisa polo e lá estava ele, vestindo uma camisa polo. Toby seria libertado e entregue à guarda do sr. Hibma por um período de experiência de 30 dias. Trinta dias era o mínimo. Se o sr. Hibma não podia comprometer-se por 30 dias, deveria dizê-lo agora. O sargento Conner prosseguiu, com a esposa radiante ao seu lado. A sra. Conner considerava Toby um adolescente-problema, concluiu o sr. Hibma, acreditava que ele agia de forma abnegada ao pedir a guarda do garoto. A mulher falou bem a respeito do sr. Hibma. Ela e o marido estavam cuidando de tudo. Era apenas uma questão de tempo e burocracia. O marido explicou que Toby seria levado ao hospital e ficaria internado por algum tempo, então ficaria sob custódia do condado por cerca de uma semana, até que a poeira baixasse. Depois disso, garoto ficaria sob a guarda temporária do sr. Hibma. O sr. Hibma nunca tinha visto a sra. Conner fora da escola. Tudo nela parecia exagerado. Os cabelos eram de um vermelho vibrante. Os dentes, grandes e retos. A blusa era de algum material grosso, armado, e o perfume encolhia a sala.

No dia seguinte, o sr. Hibma acordou tarde. Levantou do sofá faminto e vasculhou a cozinha. Pegou bolachas de água e sal que estavam moles, mas dariam conta do recado. Depois mastigou meia caixa de balas de gengibre. Preparou chá, colocou mel na caneca e voltou com ela para o sofá.

A sra. Conner o ajudara. A campanha de amizade dera frutos. Eles eram amigos agora. A sra. Conner era sua parceria. A amizade com a sra. Conner estava cimentada, enquanto o que quer que tivesse com Dale estava acabado. No instante em que chegou da delegacia, enviou um e-mail para Dale, o primeiro que enviava havia muito tempo, dizendo que não levaria a proposta adiante, que o projeto estava encerrado. O sr. Hibma não deve nenhuma explicação para tirar o corpo fora; não disse que, ao contrário dela, tinha algo de útil a fazer na vida, não revelou que era professor de Shelby e que, na verdade, não era de Clermont. Dale respondeu em menos de cinco minutos, dizendo que nunca teve a intenção de ir para a Flórida, que dava corda ao sr. Hibma por diversão — não que aquilo tivesse sido tão divertido assim. Ele não era capaz de produzir arte, ela disse. Não tinha isso dentro de si. Ele realmente acreditava, perguntou Dale, que ela não recebia mensagens malucas como aquela todos os dias? Ela conhecia esse tipo. Ele era um fracassado e os seus planos eram típicos dos fracassados.

Quando os Register voltaram para casa do hospital, o pai de Shelby começou a construir uma cerca no quintal. Ele havia encomendado um cavador articulado e um carregamento de madeira e tirara a serra circular e outras ferramentas da garagem. A cerca tinha 2,5 metros e de altura. Ela começava no lugar onde a imprensa estava de vigília. Os religiosos haviam se oferecido para ajudar na construção. Quando recusou a oferta, o pai de Shelby o fez com uma dignidade irritada que a filha admirou.

Ele conversava bastante com Shelby à tarde, ambos bebendo café, enquanto Kaley cochilava. Shelby mais ouvia do que falava. Ela gostava de café. Gostava de usar as medidas certas, de despejar a água e acrescentar os torrões de açúcar. Gostava dos pires e das colheres e do jarrinho onde colocava o creme. O aroma do café e o som da voz do pai eram coisas pelas quais ansiava. Kaley despertou em Shelby e no pai sentimentos indesejados. O pai queria mergulhar de volta em Kaley, mas algo o impedia. Era difícil para ele tocá-la e passava a maior parte do tempo observando-a do outro lado da sala. Ele precisava terminar de sofrer pela perda da filha, apesar de tê-la de volta. A sensação era que Shelby e o pai deveriam estar comemorando, mas não era este o estado de espírito na casa. O estado de espírito era de alívio desnorteado. Eles sentiam que estavam de fora, alheios a algo importante. Assim como aconteceu logo depois do desaparecimento de Kaley, Shelby precisava superar a sensação de que o curso da sua vida era traçado por forças externas. Ela sentia que o trabalho do seu coração nunca lhe pertenceria.

Cada segundo que Shelby passou com Toby, cada momento que passou pensando nele, contavam contra ela. Ela sentia pena dele, como se devesse estar ajudando agora. Era absurdo, mas ela queria cheirá-lo. O passado estava contra ela e o futuro podia vê-la chegando como presa fácil.

Quanto a Kaley, ela estava assustadoramente magra, apática. Não era mais fofinha. A memória dela estava fraca. Ela estava meticulosa. Não se entregava aos abraços, mas os correspondia. Na hora de dormir, não reclamava. Depois de todo aquele tempo com nada além de uma cama de campanha, agora ela não queria nada além da própria cama. A mesma da qual fora tirada. Shelby e o pai não se livraram dela. Shelby sabia que demoraria bastante para que Kaley voltasse ao normal. Já é difícil o bastante sentir que se tem um lugar no mundo sem que esse lugar lhe seja arrancado. Eles mantiveram Kaley no hospital por 48 horas. Surpreendentemente, ela não parecia ter sofrido abusos, físicos ou sexuais, um fato que confundiu a todos, de policiais e repórteres a psicólogos. Era uma informação com a qual ninguém sabia o que fazer, mas era a melhor notícia que Shelby recebeu na vida, a única boa notícia do mundo. Depois que ouviu isso, Shelby não quis ouvir mais nada.

Um pequeno desfile em homenagem a Kaley foi organizado em Crystal River, às margens do rio. Shelby não compareceu, nem tampouco o pai ou a irmã. A imprensa havia se dividido em duas frentes, uma na casa dos Register e outra fora dos portões do condomínio do sr. Hibma. A atenção deles era constante, mas não exaltada. Shelby se acostumou com a presença da imprensa e, depois que a cerca ficou pronta, chegava a esquecer que estava lá fora. A polícia, por não ter tido nenhum papel na elucidação do caso, pensava Shelby, demonstrava cada vez menos interesse. Kaley estivera no condado de Citrus o tempo todo, debaixo do nariz deles. Não tiveram mais notícias da agente do FBI de cabelos curtos. Uma nova dupla de agentes, homens, apareceu no hospital e fez algumas anotações sem muito entusiasmo, mas todos pareciam reconhecer que agora tudo estava nas mãos de advogados, médicos e assistentes sociais, e não de pessoas com distintivos e armas.

O pai de Shelby levou Kaley para um passeio na direção da escola, resgatando o mundo exterior ensolarado. Shelby ficou sozinha em casa. A imprensa nem ao menos estava na calçada hoje. A cerca resolvera o problema. Shelby estava determinada a fazer uma refeição decente, mas isso não iria acontecer. Ela estava com frio. O telefone tocava o tempo todo. O escritor telefonou outra vez, agora que o livro poderia ter um final feliz, e novamente Shelby o dispensou. Ela acreditava que talvez *ela* pudesse escrever um livro. Talvez conseguisse uma permissão para ter aulas em casa no próximo ano e poderia ficar de pijama e escrever o dia todo.

Decidiu que comeria algumas torradas, mas não pegou nenhuma. Sentia-se presa na cozinha, aprisionada na casa com o ar-condicionado frio demais, então foi até a varanda da frente. Ela abriu o portão da cerca construída pelo pai e ficou parada no meio da rua. As nuvens estavam próximas demais, as árvores verdes e nítidas demais, a poeira da rua pérfida, o ar carregado de mofo, os sons de grilos e sapos, exuberantes. Shelby ficou em meio a tudo isso, o sol lhe cozinhando a cabeça com o que ela esperava acreditar ser desinteresse, sem intenção de ferir ou ajudar, como faria com qualquer pessoa que estivesse parada no lugar onde ela estava.

O sr. Hibma compareceu à cerimônia de formatura do ensino fundamental, sentando-se em um canto do ginásio onde poderia ser o último a chegar e o primeiro a sair. Não havia um motivo em especial para que fosse, mas ele descobriu que queria dar um ponto final ao ano e dá-lo por encerrado, sentir que não tinha mas no que pensar a não ser no futuro. Ele assistiu aos discursos e então escutou a chamada interminável de nomes, percebendo alguns olhares curiosos de pessoas na plateia. Elas sabiam que ele pedira a guarda daquele garoto que foi pego em toda aquela maldade no complexo do tio, mas nenhum deles conhecia Toby pessoalmente e poucos conheciam o sr. Hibma. No ginásio, o professor sentiu uma normalidade revigorante. O ginásio estava saturado de orgulho parental e faixas de time de vôlei, então não havia espaço para mais nada.

Depois, ele ficou sentado dentro do carro no estacionamento. Aquela podia ser a última vez que veria a escola. Ele viu as famílias encontrarem seus carros, o estacionamento ser invadido por irmãozinhos e irmãzinhas, como ratos em um navio, se esquivando e disparando e impossíveis de encurralar. Durante cada treino de basquete e cada jogo, uma menina que ele nunca conheceu era mantida em cativeiro. Havia milhões de meninas no mundo, e uma delas, enquanto cada cesta da temporada era marcada, foi mantida em cativeiro em um buraco no chão. Assim como durante as aulas, os jogos de trívia e as apresentações. Quando Glen Staulb morreu. Durante toda aquela tolice com Dale. Enquanto o sr. Hibma sentava-se em silêncio na sua unidade de armazenagem, a menina estava sentada em um *bunker*. Aconteceram terremotos em muitos continentes. Canções foram compostas, muitas delas intencionalmente melancólicas. Eleições foram fraudadas. Inventos foram concebidos, patentes, vendidas. Incontáveis pessoas nasceram; incontáveis morreram. Os sr. Hibma não sabia dizer se todos os acontecimentos dos últimos meses foram insignificantes. Ele pensava em Toby procurando-o e tentando conversar com ele durante o intervalo do almoço, e não se sentia mal. Dali a poucos dias ele se redimiria. Sempre existiria pessoas ruins, mas o sr. Hibma não seria uma delas. Agora que tudo acontecia como acontecia, agora que tivera parte naquele novo começo, o sr. Hibma sentia que quanto pior ele houvesse sido, melhor passaria a ser.

Toby calçou os sapatos e deixou o centro de correção juvenil do condado certa manhã quando todos estavam em reunião. Dali a apenas alguns dias ele seria entregue ao sr. Hibma, mas precisava fazer uma excursão, ter uma folga. Ele se esgueirou pela porta dos fundos, esperando não ser visto de nenhuma das janelas. Os funcionários do centro se esforçavam para fazer com que Toby se sentisse um convidado e não um prisioneiro, para deixar claro que ele não estava na prisão, que não estava em apuros. Ele passou pelo último dos edifícios idênticos, por um tanque com água parada, um campo gramado que um dia fora usado para jogar futebol, e entrou numa mata na qual nunca estivera antes. Não havia como dizer onde ela terminaria. Talvez fosse até a outra costa, até o centro espacial. Em algum lugar naquela mata, longe dali, acontecia um piquenique animado. Em algum lugar nela, um cachorro estava sendo repreendido. Em algum lugar, pessoas se encontravam em devoção aos seus deuses. Toby ficaria encrencado por fugir. Seria colocado sob vigilância, alguma forma casual de detenção, mas seria bom sair sozinho para o ar livre. Ele respirava ar confinado por mais dias do que se dava ao trabalho de contar.

Toby vasculhou as cercanias até encontrar uma trilha que seguia pela orla de um pasto. Ele a percorreria até o fim e então daria meia-volta. Apenas isso. Ele não se defrontaria com estorvos ou estímulos. Havia coisas das quais estava livre — não apenas do centro de correção, mas coisas das quais estava permanentemente livre — e ele sentia a liberdade de forma tangível, nas entranhas. Ele estava livre do *bunker*. Nunca mais precisaria se aproximar daquele lugar em meio a sombras que definhavam ou alongavam, nunca mais precisaria cheirá-lo, se perguntar o que significava o fato de ter sido ele a encontrá-lo e não outra pessoa. Ele era de todos agora. O *bunker* não era mais de Toby. Pertencia aos noticiários. Era impotente.

Ele tirou um saco de castanhas do bolso. Aquela mata era mais silenciosa do que a sua velha trilha. Novilhos magros olhavam para ele com desdém. Toby apertou os cadarços dos tênis. Ele achava que o sentia era esperança. Tinha um problema diferente agora. Ele não tinha problema algum, na verdade. Ele não era um caso triste de infortúnio. Ele aprontara uma confusão monumental, mas cada vez mais parecia que a limpeza de tudo seria problema de outra pessoa. Ele saiu-se bem na reunião ou audiência ou como quer que chamassem aquilo. Havia uma assistente social, um policial, um psiquiatra e algumas outras pessoas, e nenhuma delas gostava uma da outra. Tinham objetivos diferentes, o que evitou que Toby fosse encurralado. E ele próprio não sentiu que estava mentindo. Sentiu que estava agindo bem. Ficou um pouco preocupado com o que os policiais conseguiriam com Kaley, mas Toby sabia que sempre seria capaz de turvar as águas. Ele poderia turvar as águas ao ponto de ninguém querer mergulhar nelas.

O pasto chegou ao fim e o ar mudou. Toby sentiu cheiro de carros e cinco minutos depois a mata deu lugar a um grande canteiro de obras, aparentemente desativado, que fazia limite com uma via expressa. Toby já ouvira falar daquela estrada. Ela ia para Tampa. Era a última chance do condado de Citrus de tornar-se parte do resto da Flórida. Toby estava no meio do nada. Os únicos serem humanos por perto eram os motoristas de caminhão, que passavam um de cada vez, cada caminhão arrastando consigo o mesmo uivo de vento.

Toby não conseguia parar de pensar em Shelby. Eles nunca mais teriam a chance de pensar um no outro a não ser daquela forma. A culpa de Toby se erguia em outro plano. Ele não sentia culpa. Toby esperava, já que era tudo o que podia fazer, ser capaz de pensar em tudo que aconteceu com Shelby como uma confusão triste, lastimável e desalentadora que havia sido atirada contra ele e com a qual lidou da melhor forma que pôde. Era isso que a vida seria para Toby, descobrir as melhores formas de pensar nas coisas que fez.

Toby não estava pronto para voltar. Ele entrou em um prédio semiacabado. Seria uma loja enorme. As prateleiras estavam todas instaladas, mas não abastecidas. Havia placas para orientar os clientes a encontrarem ferramentas elétricas, tinta, madeira. Toby andou a esmo e se viu na seção de jardinagem. As plantas haviam sido entregues e deixadas à própria sorte, plantas de estados, províncias e hemisférios inimagináveis. Algumas estouravam os vasos e as raízes tentavam se fixar no chão, outras estavam morrendo. Folhas cobriam tudo. Toby encontrou uma mangueira e a seguiu até a torneira, tateando a parede. Ele girou a válvula e escutou o som da água abrindo caminho e sentiu a mangueira enrijecer na mão. Cada planta em cada fileira — as que apodreciam e as rebeldes — teria direito à sua cota.

Este livro foi composto na tipologia Minion Pro
Regular, em corpo 11,5/16, e impresso em
papel off-white no Sistema Cameron da
Divisão Gráfica da Distribuidora Record.